Alex Steiner
Tante Ebba dreht am Rad

PIPER

Zu diesem Buch

Tonis Cousine will endlich heiraten. Im heimatlichen Emsland bereitet sie sich auf den großen Tag vor, und das ganze Dorf ist in Aufruhr. Auch Toni, der durch seine Rolle in einer Vorabendserie leidliche Berühmtheit erlangt hat, muss in die verhasste Provinz reisen – dabei ist das Letzte, was er jetzt erträgt, seine Großfamilie auf dem Land. Und zu allem Überfluss taucht auch noch sein Jugendschwarm auf und rührt an alte Wunden. Doch Tonis fünf Tanten haben ganz andere Pläne: Da Toni nun Single ist, wollen sie ihn – getreu dem Motto: blind und blind versteht sich gut – mit dem Kassenwart des Papenburger Schützenvereins verkuppeln, dem einzigen Schwulen im Ort. Tante Ebba ist derweil angespannt: Sie hat das Regiment für die Hochzeitsvorbereitungen übernommen und fühlt sich persönlich dafür verantwortlich, dass die Braut ihren »schönsten Tag im Leben« bekommt. Sie kommandiert ihre Schwestern herum und versucht, alle aufziehenden Katastrophen abzuwenden. Mit leidlichem Erfolg. Tante Ebbas Gehilfinnen brechen nacheinander weg: Tante Kamilla wird mal wieder alles zu viel, Tante Immi bricht sich das Bein, und Tonis Cousine ertränkt ihren Frust über das Chaos im Alkohol. Schließlich droht der schönste Tag im Leben der Braut in einer einzigen Katastrophe zu enden …

Alex Steiner, geboren 1973 in der westdeutschen Provinz, hat es nie bereut, in die Großstadt gezogen zu sein. Und seine zahlreichen Tanten feiern auf dem Berliner CSD inzwischen genauso ausgelassen wie auf dem heimischen Schützenfest. Nach »Fünf Tanten und ein Halleluja« ist »Tante Ebba dreht am Rad« sein zweiter Roman.

Alex Steiner

Tante Ebba dreht am Rad

Roman

Piper München Zürich

Mehr über unsere Autoren und Bücher:
www.piper.de

Von Alex Steiner liegen bei Piper vor:
Fünf Tanten und ein Halleluja
Tante Ebba dreht am Rad

FSC
www.fsc.org
MIX
Papier aus verantwortungsvollen Quellen
FSC® C014496

Originalausgabe
August 2013

Umschlaggestaltung: Cornelia Niere, München
Umschlagabbildung: Kordula Röckenhaus/
Jutta Fricke Illustratoren-Agentur
Satz: Kösel, Krugzell
Gesetzt aus der Bembo
Papier: Munken Print von Arctic Paper Munkedals AB, Schweden
Druck und Bindung: GGP Media GmbH, Pößneck
Printed in Germany ISBN 978-3-492-30233-3

1

»Du sollst in einer halben Stunde auf dem Gefängnishof sein. Rocco will dich sprechen.«

Toni drehte sich um. Matthias von Serthau standen die Sträflingssachen überhaupt nicht, das fiel ihm jedes Mal auf, wenn er ihn sah. Da war etwas im Grauton der Kleidung, das ihn blass machte. Eine Schande eigentlich, aber leider nicht zu ändern.

»Ich kann nicht«, erwiderte Toni. »Gleich ist Besuchszeit. Meine Mutter, du weißt schon.«

Matthias von Serthau kam ihm bedrohlich nah. Sein Atem roch nach Pfefferminz, denn er hatte Angst vor Mundgeruch und lutschte in jeder freien Minute auf diesen furchtbaren Minzbonbons herum. Er packte Toni am Kragen.

»Eben. Sie soll was in den Knast schmuggeln. Rocco will, dass du mit ihr redest.«

»Bitte. Ich will sie da nicht reinziehen. Dafür ist sie nicht stark genug.«

»Ist nicht mein Problem. Das kannst du Rocco erzählen.«

Rocco. Als hätte er ein Stichwort erhalten, tauchte er am Rande der Szene auf. Er trug immer noch seine Gefängniskleidung und ließ den Blick auf Toni ruhen. In seinen Augen war nichts Herzliches. Nur Verschlagenheit.

Toni wollte sich zusammenreißen. Er konzentrierte sich

auf Matthias von Serthau. Er musste ihm antworten. Doch da war es bereits zu spät.

»Cut!«, schrie der Regisseur. Toni hatte seinen Einsatz verpasst. Er war einfach nicht schnell genug gewesen. Rundherum wich die Spannung aus den Schauspielern. Schultern sackten herab, es wurde gestöhnt, einige verdrehten die Augen. Schon wieder hatte Toni eine Szene versaut.

»Und ich war so *drin*«, sagte Matthias von Serthau zu dem Regieassistenten. »Ich hab das total gut gemacht, oder? Das wär diesmal echt eine tolle Szene geworden.«

Toni wäre am liebsten im Boden versunken. Alle wollten nach Hause, es ging um die letzte Szene, und er hatte es wieder einmal vergeigt. Er hatte aufgehört zu zählen, wie oft das heute schon passiert war. Es lag am Stress, sagte er sich.

Die Maskenbildnerin trat vor, um sein Gesicht abzupudern. Eine hübsche Türkin, die normalerweise immer ein Lächeln für ihn übrig hatte. Doch jetzt bearbeitete sie den Tupfer mit steinerner Miene und schlug Toni brutal die Puderquaste ins Gesicht. Er konnte sie verstehen, zu Hause warteten zwei Kinder auf sie.

Tonis Blick wanderte zu Rocco, alias Kevin, dem Star von »Das Zuchthaus – Aufruhr im Männerknast«. Er spielte einen gewalttätigen und undurchsichtigen Bankräuber, der im Knast das Sagen hatte. Er hatte Unmengen von Fans, ohne die der enorme Erfolg der Serie nicht denkbar wäre. Und Kevin war mächtig stolz auf das, was er erreicht hatte: der bekannteste Häftling im deutschen Fernsehen zu sein.

Jeder andere Inhaftierte, der in seinem Zellentrakt untergebracht war, wurde deshalb misstrauisch von ihm beäugt. Wurde einer zur Konkurrenz, sorgte Kevin kurzerhand dafür, dass seine Rolle aus der Sendung rausgeschrieben wurde. Er hatte Macht, im Gefängnis wie im wirklichen Leben. Und er wusste sie einzusetzen.

Auch Toni, der in der Serie einen inhaftierten Betrüger spielte, bekam das zu spüren. Seine Fangemeinde wuchs, das war unverkennbar, und Kevin würde das nicht auf sich beruhen lassen. Es war sicher nur eine Frage der Zeit, bis er gegenüber den Produzenten der Serie das »Problem« Toni Müller auf den Tisch bringen würde.

»Bei der Flucht wird einer erschossen«, hatte ihm Matthias von Serthau letztens während einer Zigarettenpause anvertraut. Rocco plante einen Ausbruch aus dem Gefängnis, und Toni – oder vielmehr Willi, wie er in der Serie hieß – war einer seiner Gehilfen. »Das weiß ich von den Drehbuchautoren. Was *bin* ich froh, dass Rocco mich bei der Flucht nicht mitnimmt. Ich bleib hier im Knast, wenn die anderen türmen. Rocco traut mir nicht.«

»Und es wird ganz sicher einer erschossen?«

»Ja. Die große Frage ist nur, wer.« In diesem Moment war Matthias von Serthau offenbar klar geworden, dass auch Willi beim Ausbruch dabei sein würde. »Aber … na ja, keine Sorge. Die werden dich schon nicht erschießen, du bist viel zu beliebt. Da muss ein anderer dran glauben. Nicht Willi.«

Doch Toni war sich da gar nicht so sicher. Nicht, wenn er Kevins böses Lächeln sah, mit dem er ihn gerade vom Rande der Szene aus beobachtete. Ich mach dich platt, hieß dieses Lächeln. Warte es nur ab. Ich bin der größte Häftling im Land.

»Also, wenn Toni es sich zutraut, fünf Minuten konzentriert zu bleiben, könnten wir es noch mal versuchen«, ätzte der Regisseur mit herabhängenden Mundwinkeln.

Toni schwieg und blendete alles aus. Sogar Rocco. Noch einen Fehler durfte er sich nicht erlauben.

Matthias von Serthau brachte sich in Stellung. Die Szene wurde ein weiteres Mal gespielt. Und diesmal funktionierte es. Bald war alles im Kasten. Toni konnte aufatmen.

»Das war's«, rief der Regisseur. »Machen wir Schluss für heute.«

»Beim vorletzten Take war ich aber besser«, nölte Matthias von Serthau herum. »Echt blöd, das Ganze.«

Toni achtete nicht auf ihn. Er beobachtete, wie Kevin ein paar Schritte zurücktrat und im Schatten hinter der Kulisse verschwand. Dann war er fort, wie ein böser Geist.

Mit einem Fluch auf den Lippen steuerte Toni die Garderobe an. Der Regisseur, ein müde wirkender Mittvierziger mit großer Nerd-Brille, nahm ihn auf halber Strecke beiseite.

»Toni, hast du schon das neue Drehbuch gelesen?«, fragte er und machte ein betretenes Gesicht. »Mit dem Gefängnisausbruch?«

»Nein, das haben wir noch gar nicht.«

»Ach so?« Er strich sich verlegen eine Strähne aus der Stirn. »Na, wenn das so ist …« Erleichtert blickte er sich um. »Also, wir sehen uns am Montag. Mach's gut, Toni.«

Eilig wandte er sich ab und verschwand. Der Ausbruch. Willi war also derjenige, der erschossen werden würde. Jetzt war es klar. Toni trat in seine Garderobe und drückte die Tür mit einem schweren Seufzer ins Schloss.

»Nimm's dir nicht so zu Herzen. Jeder hat mal einen schlechten Tag. An ihrem Frisiertisch saß seine Kollegin Sophia. Auf einem hölzernen Hocker, einer Sonderanfertigung, weil die üblichen Frisiersessel für ihre unvorstellbar breiten Hüften zu schmal gewesen waren. Ohne ihr Spiegelbild aus den Augen zu lassen, schenkte sie ihm ein mitleidiges Lächeln.

Sophia spielte in der Serie eine brutale, korrupte und furchteinflößende Wärterin, mit der sich selbst hartgesottene Männer ungern anlegten. Im wahren Leben war sie zwar sanftmütig wie ein Lamm und trotz ihres Gewichts mit Gold nicht aufzuwiegen, dennoch spielte sie ihre Rolle perfekt. Ein Umstand, der viele Menschen irritierte, die Sophia einmal persönlich kennenlernten.

Toni deutete auf den Monitor, der auf dem Frisiertisch stand. Er zeigte das Set, an dem er gerade gespielt hatte: den Aufenthaltsraum für Häftlinge.

»Du hast alles gesehen, oder?«, fragte er. »Wie ich ständig den Einsatz verpasst habe?«

In jeder Garderobe standen diese Monitore herum, sogar beim Pförtner. So konnte man sich den ganzen Tag über live in den aktuellen Dreh reinschalten. Was bedeutete: Nicht nur die Kollegen am Set, sondern quasi jeder, der mit der Produktion zu tun hatte, konnte den Schauspielern dabei zusehen, wie sie, nun ja, ihren Text vergaßen, ins Stottern gerieten, auf dem Fußboden ausrutschten oder eine bestimmte Emotion nicht hinbekamen. Eine Tatsache, die nicht gerade dazu beitrug, dass sich Toni beim Dreh lockerer fühlte.

»Du musst dich einfach konzentrieren«, sagte Sophia. »Vergiss Rocco und die ganzen Idioten. Mach einfach dein Ding.«

»Ich wünschte, das könnte ich. Aber im Moment …«

»Ach, vergiss das alles!«, meinte sie. »Es gibt wirklich wichtigere Dinge im Leben. Apropos – musst du dich nicht beeilen? Dein Zug fährt doch bald.«

Das holte Toni zurück in die Realität. Er stöhnte auf.

»Freu dich einfach«, sagte sie. »Hochzeiten sind immer was Schönes. Und du kommst mal ein paar Tage hier raus.«

Die Hochzeit im Emsland. Irgendwie hatte er sie den ganzen Tag über verdrängt. Kein Wunder: Er musste in die Provinz. Das war ohnehin nichts, worauf er sich freute. Doch jetzt, wo er wahrscheinlich seinen Job verlieren würde, stand ihm noch weniger der Sinn danach.

Seine Cousine Silke heiratete, und ihre Mutter, seine Tante Ebba, hatte darauf bestanden, dass Toni ebenfalls zum Fest kam. Toni war fest entschlossen gewesen, die Einladung auszuschlagen. Doch Tante Ebba und ihre Schwestern, die sich gegenseitig den Hörer aus der Hand gerissen hatten, um ihm ins Gewissen zu reden, hatten natürlich keine seiner Entschuldigungen gelten lassen. Toni hätte gar nicht zu sagen vermocht, wie sie es letztlich geschafft hatten, ihn gefügig zu machen, denn er war fest entschlossen gewesen, sich nicht umstimmen zu lassen. Aber als er den Hörer aufgelegt und mit rauchendem Kopf auf das Telefon gestarrt hatte, da war es ihm klar: Er hatte gerade sein Versprechen gegeben zu kommen, ganz egal, was auch passierte.

»Ich kann da nicht hinfahren!«, jammerte er jetzt. »Du weißt nicht, wie das ist. Ich hasse das Emsland. Ich hab meine ganze Kindheit da verbracht. Und ich hab das alles längst hinter mir gelassen. Schließlich lebe ich jetzt in Berlin.«

»Ist da nicht diese Tante Claire, von der du immer erzählst? Dann siehst du die mal wieder! Ist doch schön.«

»Tante Claire wird nicht dabei sein. Die ist mit ihrem neuen Mann Rainer in der Südsee. Und die anderen Tanten sind alle total durchgedreht.«

»Ach komm, das stimmt doch gar nicht.«

»Und dann sind da meine ehemaligen Schulkameraden«, fuhr er fort. »Die, die mich früher in der großen Pause in die Mülltonne gesteckt haben. Und die Nachbarjungen, die nie mit mir spielen wollten.«

»Jetzt stellst du dich aber an.«

»Da ist noch was«, rückte Toni schließlich mit der Sprache raus.

»Raus damit, sag's schon.«

»Ich glaub, ich hab Scheiße gebaut«, sagte er voller Unbehagen. »Du kennst doch Martin Wels?«

»Den RTL-Reporter?«

»Richtig. Ich war gestern bei ihm im Studio. Er will vielleicht was über mich machen. Ein Porträt oder so. Für das Boulevardmagazin.«

»Ist doch toll. Und weiter?«

»Na, wir haben da so geplaudert. Und dann waren die Kameras aus, und … na ja, der ist eben total *nett,* der Martin. Da haben wir halt mal ganz privat miteinander gesprochen.«

»Du hast mit einem RTL-Reporter *mal ganz privat* gesprochen?«

»Du weißt nicht, wie das ist«, verteidigte er sich. »Der lullt einen so lange ein, bis man glaubt, er sei ein super Kumpel. Einer, dem man wirklich vertrauen kann.«

»Toni!« Sie verdrehte die Augen. »Und was hast du dabei ausgeplaudert?«

Er stieß einen Seufzer aus. »Also, der Bräutigam, Christian Everding … den kenn ich von früher. Während der Schulzeit war ich total verknallt in den.«

Keiner wusste das. Er hatte das immer für sich behalten.

Sie lachte. »Und weiter?«

Er sah sie überrascht an. »Wie, und weiter?«

»Ist das etwa alles?«, fragte sie. »Das ist doch nicht weiter schlimm, oder? Ist doch süß, dann warst du eben in ihn verknallt.«

»Du verstehst das nicht«, meinte er.

Es wäre ein Skandal, wenn das herauskäme. Und megapeinlich. Seine Cousine, die Tanten, das ganze Dorf. Und vor allem Christoph Everding. Diese Leute tickten nicht wie Sophia. Es wäre einfach ein Albtraum.

»Das ist ein winziges Kaff, wo diese Hochzeit stattfindet«, sagte er eindringlich. »Da kennt jeder jeden. Und meine Familie … Du kennst sie eben nicht.«

»Ach was, es wird schon nichts rauskommen«, sagte sie. »So spannend findet RTL das sicher gar nicht. Mach dir keine Sorgen.«

Doch das war leichter gesagt als getan.

»Ich wünschte, ich könnte hierbleiben. Ich möchte mich in mein Bett zurückziehen und meine Wunden lecken. Wie's aussieht, verlier ich meinen Job! Das Letzte, was ich da brauchen kann, ist ein Familienfest.«

Daraufhin sagte Sophia nichts. Er nahm Watte und Pflegemilch und begann, sich abzuschminken. Er musste sich beeilen, wollte er den Zug noch erwischen.

»Weißt du«, meinte Sophia irgendwann, »ich komme zwar aus Berlin, aber das macht es nicht besser. Du müsstest mal *meine* Familie kennenlernen. Das reinste Gruselkabinett, sage ich dir. Ich hatte regelrechten Horror davor, wenn Weihnachten war oder irgendwelche Geburtstage vor der Tür standen.«

Toni sah von der Pflegemilch auf. »Und dann?«

»Dann ist mir was aufgefallen. Ich habe mich nämlich vorher immer total verrückt gemacht. Und nachher habe ich mich tagelang geärgert.« Sie lächelte. »Irgendwann ist mir klar geworden: Während ich bei meiner Familie war, war es gar nicht so schlimm. Vorher war's schlimm und nachher auch. Aber währenddessen war's eigentlich okay. Verstehst du, was ich meine?«

Ja zu sagen wäre übertrieben gewesen.

»Denk gar nicht drüber nach«, meinte sie. »Mach kein großes Ding draus. Was ich sagen will, ist einfach: Lehnen Sie sich zurück, und genießen Sie den Flug. So mach ich's auch seitdem. Es funktioniert.«

Toni dachte darüber nach. Vielleicht hatte Sophia recht, und RTL fand die Geschichte mit Christoph Everding tatsächlich nicht so interessant. Und was die Hochzeit in der Provinz anging …

»Es gibt bestimmt tolles Essen«, sagte er. »Und viel Alkohol. Die machen da einen Schnaps, so eine Spezialität, der ist einfach großartig …«

»Siehst du!« Sie lächelte. »Das meine ich.«

Toni versuchte, sich dieses neue Gefühl anzueignen. So schlimm, wie er es sich ausmalte, würde es bestimmt gar nicht werden. Natürlich nicht. Er lächelte und stellte die Pflegemilch ab.

»Also gut«, meinte er. »Lehnen Sie sich zurück, und genießen Sie den Flug.«

2

Toni trat in die gläserne Halle des Berliner Hauptbahnhofs. Überall waren Menschen. Er zupfte an seinem T-Shirt herum, das etwas zu eng war und unter den Armen kniff. Es war Bestandteil seines Gefängniskostüms. Er hatte nämlich nicht mehr genügend Zeit gehabt, sich umzuziehen. Seit seinem Engagement bei »Aufruhr im Männerknast« hatte er bereits drei Kilo zugenommen. Das Catering war einfach zu gut. Zwischen den Szenen gab es viele Wartezeiten, und immer standen irgendwo Servierwagen voller Kekse und Törtchen herum, mit dem Ergebnis, dass er ständig etwas in sich hineinstopfte, um die Zeit zu überbrücken: Cremeschnitten, Minzplätzchen, Schokodonuts. Und ständig hatte er ein klebriges überzuckertes Gefühl bei der Arbeit.

Er fand ja, es wäre keine große Sache gewesen, seine Kostüme einfach in einer Nummer größer zu beschaffen. Aber sein Maskenbildner, ein kleiner grimmiger Mann mit falschem Lächeln, wusste das zu verhindern. Wahrscheinlich wollte er ihn dezent darauf hinweisen, dass er langsam zu fett wurde.

Mit der Tasche auf dem Rücken steuerte Toni die Rolltreppen an. Er hatte heute keine Sonnenbrille dabei, hinter der er sich verstecken konnte, wie er es sonst gerne tat, wenn er in der Öffentlichkeit war. Er hoffte einfach, in der Menge nicht erkannt zu werden. Schließlich herrschte überall Hektik, und die Leute waren mit anderen Dingen beschäftigt, als sich die Gesichter der Mitreisenden genauer anzusehen.

»Hey, Willi!«, dröhnte es durch die Halle. »Was machst du denn hier? Hast du Freigang?«

Ein Besoffener mit einer Bierflasche in der Hand. Die Leute wurden auf ihn aufmerksam.

»Haben die dich etwa aus dem Knast gelassen?«, rief er und lachte dreckig. »Wen willst du hier betrügen?«

Jetzt wurde getuschelt, man zeigte mit dem Finger auf Toni. Sie erkannten ihn, natürlich, die Serie hatte sagenhafte Einschaltquoten. Er versuchte, all das zu ignorieren.

Da trat ihm eine Frau in den Weg. Ende zwanzig und mit Hornbrille. Sie richtete ihr Handy wie eine Waffe auf ihn. Offenbar filmte sie ihn dabei, wie er sich nervös zwinkernd und mit hochgezogenen Schultern den Weg durch die Menge bahnte. Toni fühlte sich zunehmend wie ein Tier im Zoo.

»Das ist er wirklich!«, sagte sie aufgeregt ins Handy. »Ich schick dir gleich den Film!«

Er versuchte, zu seinem Gleis zu gelangen, doch die Frau ließ ihn nicht vorbei.

»Wenn ich es dir doch sage! Der steht direkt vor mir! Toni Müller! Du weißt schon, Willi! Ja, doch!«

Ehe sich Toni versah, hatte er das Handy am Ohr.

»Sagen Sie doch mal was!«, forderte die Frau ihn auf. »Das ist meine Freundin, die glaubt das nicht.«

»Ähm … hallo?«, stotterte er.

Erschrockene Stille am anderen Ende. Die Frau riss ihm das Handy wieder aus der Hand.

»Siehst du? Sag ich doch! Der ist das!«

Toni entdeckte einen Sonnenbrillenständer. Er floh in den Laden und kaufte ein Modell mit großen verspiegelten Gläsern. Erst danach traute er sich wieder in die Bahnhofshalle. Doch es funktionierte. Jetzt war er wieder unsichtbar.

Der Intercity stand bereits auf dem Gleis. Glücklicherweise war der Zug nur halb voll. Toni entschied sich für einen Zweisitzer, stellte seine Tasche demonstrativ auf den freien Platz neben sich und zog sein Handy hervor. Martin Wels hatte ihm seine Handynummer gegeben. Die Sache ließ Toni nicht los, und er wollte einfach sichergehen, dass dieses leidige Thema mit dem Bräutigam nicht gesendet wurde.

Doch es sprang nur die Mailbox an. Frisch und heiter erklang die Stimme von Martin Wels: »Schön, dass Sie sich bei mir melden! Auch wenn Sie mich nicht persönlich erreichen. Ich freue mich, Ihre Anfrage zu beantworten. Hinterlassen Sie einfach Name und Telefonnummer, dann rufe ich so schnell wie möglich zurück. Also, bye-bye. Ihr Martin Wels.«

Toni konnte förmlich sehen, wie er ihm zuzwinkerte und sein schleimiges Lächeln zeigte. Der perfekte Versicherungsvertreter. Er konnte nicht fassen, wie er sich ihm hatte anvertrauen können. Irgendwie war er nicht bei Verstand gewesen. Martin Wels war es gelungen, ihn völlig für sich einzunehmen, und Toni hatte alle Vorsicht vergessen. Ein Piepsen ertönte, und er beschloss, eine Nachricht zu hinterlassen.

»Ja … ähem … hallo, Martin? Hier ist Toni, Toni Müller. Du weißt schon, wegen dem Interview. Ich wollte einfach nur fragen, ob … na ja, ob …«

Fass dich kurz! Du machst dich sonst nur lächerlich. Doch wie sollte er das Thema ansprechen? Das musste auf sensible

Art und Weise passieren, am besten ohne dass Martin Wels etwas bemerkte, sonst leckte er am Ende noch Blut. Toni seufzte.

»Könntest du mich vielleicht noch mal zurückrufen? Das wäre super. Vielen Dank.«

Er trennte die Verbindung und steckte das Handy zurück in die Tasche. Es wird schon gut gehen, sagte er sich. Sophia hat recht, so interessant ist die Sache für RTL sicher nicht.

Er rutschte tief in den Sitz und sah aus dem Fenster. Mit der Zeit veränderte sich die Landschaft. Seine alte Heimat näherte sich. In Osnabrück stieg er in den Regionalzug, und kurz darauf war da die vertraute Emsländer Moorlandschaft. Weite Flächen, endlose Wiesen, ein tief hängender Himmel. In Papenburg nahm er seine Tasche, schwang sie über die Schulter und verließ das Abteil.

Drei weitere Fahrgäste stiegen hier aus. Sie trotteten in verschiedene Richtungen davon, während sich der Zug langsam wieder in Bewegung setzte. Was für ein Kontrast zu dem hektischen Treiben in Berlin! Unentschlossen blieb er auf dem Bahnsteig stehen. Er sah sich um.

Ein lautes Hupen ertönte. Auf dem Parkplatz entdeckte er einen riesigen Jeep, ein Gefährt wie fürs australische Outback gemacht. Der Wagen von Tante Ebba. Sie betrieb mit ihrem Mann einen Bauernhof mit hundertzwanzig Milchkühen und einer Biogasanlage. Da fiel eben alles ein bisschen größer aus.

Doch hinterm Steuer saß nicht Ebba, sondern Tante Kamilla, ihre jüngere Schwester. Füllig wie eine Emsländer Walküre strahlte sie ihm entgegen. Großzügig aufgetragenes Make-up, leuchtend blaue Augen, ein Lächeln wie aus der Zahnpastawerbung.

»Toooni!«, flötete sie und öffnete die Tür. »Hier bin ich! Auf dem Parkplatz!«

Er trat näher und umarmte sie. Im Anschluss stellte Tante Kamilla mit einem raschen Blick sicher, dass er keine Flecken auf ihrer Kleidung hinterlassen hatte. Er betrachtete sie eingehend. Hinter ihrer Fröhlichkeit lag immer ein leicht nervöser Zug, das kannte er bereits, aber heute schien eine besondere Anspannung unter der Oberfläche zu lauern.

»Ich dachte, Tante Ebba holt mich ab«, sagte er.

»Sie ist beschäftigt. Die Vorbereitungen für den Polterabend, du weißt schon. Übermorgen ist dann die Hochzeit. Da muss noch unendlich viel erledigt werden. Sie hat mich geschickt, um dich abzuholen.«

Toni warf die Reisetasche auf den Rücksitz und schwang sich in das riesige Auto. Tante Kamilla setzte sich hinters Steuer, zog Einweghandschuhe über und startete den Motor. Toni nahm sich vor, nichts zu sagen, doch Tante Kamilla hatte seinen Blick längst bemerkt.

»Es ist wegen dem Auto«, verteidigte sie sich. »Da fühl ich mich mit den Handschuhen einfach besser. Nichts gegen deine Tante Ebba, versteh mich nicht falsch. Aber auf dem Bauernhof … du weißt schon, der Kuhstall …«

Tante Kamilla mochte es gerne sauber. So war jedenfalls die Lesart in der Familie. Sie hatte eine Leidenschaft fürs Putzen. Da gab es Schlimmeres. Zwar trug sie ständig ein Desinfektionsset mit sich herum, doch wen störte das? Außerdem zählte sie gern. Einmachgläser, Geschirrtücher, Kühe, Geländerstreben, Wildgänse, eben alles, was sich zählen ließ. Mit dem Zählen brachte sie Ordnung in ihre Welt. Sie übersetzte alles in Zahlen, um damit Raster bilden zu können. Oder Quersummen. Gleichungen. Sie brauchte das, um sich wohlzufühlen. Keiner in der Familie wollte ihr da einen Vorwurf machen.

»Im Kuhstall gibt es so viel …« Sie zupfte geziert an den Einweghandschuhen. Ihr Blick wirkte hilflos.

»Ich verstehe schon«, sagte Toni. »Tante Ebba und Onkel Ewald sind da eben viel abgehärteter als normale Menschen.«

Sie warf ihm ein dankbares Lächeln zu. »Ja, so ist es.«

Vorsichtig steuerte sie den schweren Wagen vom Parkplatz.

»Du bist also alleine gekommen?«, fragte sie.

Toni war nicht als Einziger aus Berlin zur Hochzeit eingeladen worden. Seine Freunde hatten ebenfalls kommen sollen. Tante Ebba und ihre Schwestern waren im vergangenen Sommer in Berlin gewesen, im Rahmen eines Ausflugs der Papenburger Landfrauen. Dabei hatten sie seinen Mitbewohner Lutz und seine Nachbarin Kayla kennengelernt – und gleich ins Herz geschlossen. Als Folge war auch an sie eine Einladung gegangen. Den Brief für Lutz hatte Toni einfach aus der Post geklaut, der hatte nie etwas von der Hochzeit erfahren. Bei Kayla war das schon komplizierter gewesen. Aber auch sie hatte am Ende versprochen, die Einladung nicht anzunehmen.

So weit kommt es noch!, dachte er und erinnerte sich daran, wie sie sich immer über ihn lustig machten, weil er auf einem Bauernhof aufgewachsen war. Als wäre die Provinz ein Hort von hirnlosen Barbaren. Das wollte Toni seinen Tanten nicht zumuten. Sie mochten seine Freunde in Berlin, natürlich. Aber er wusste genau, wie verletzt sie wären, wenn Kayla und Lutz in ihrer Gegenwart ihre Witze über die Provinz machten.

Er wollte während seines Besuchs nicht nur damit beschäftigt sein, darauf zu achten, dass die beiden keinen Schaden anrichteten. Zwei Großstadtpflanzen bei einer Hochzeit auf dem platten Land. Es wäre zwangsläufig zur Katastrophe gekommen.

»Leider haben Kayla und Lutz in Berlin zu tun«, sagte er.

»Wie schade. Die beiden waren so reizend. Es hätte ihnen bestimmt bei uns gefallen.«

»Ja, ich find's auch schade, aber so ist es nun mal.«

»Es liegt doch nicht etwa an uns?«, hakte Tante Kamilla besorgt nach. »Wollen sie mit uns alten Frauen nichts zu tun haben?«

»Nein, Unsinn. Sie müssen einfach arbeiten, beide.« Dabei wollte er es belassen. »Heute Abend wird also gepoltert«, wechselte er das Thema.

»Ja, es geht gleich los. Die ersten Gäste dürften bald eintreffen. Im Moment herrscht noch ein bisschen Unruhe auf dem Hof. Die Vorbereitungen ... du weißt schon. Alle sind angespannt. Aber das legt sich bestimmt wieder.«

Toni runzelte die Stirn. Es hörte sich beinahe an, als wolle Tante Kamilla ihn vorwarnen.

»Aber alle freuen sich, dass du kommst!«, schob sie mit einem strahlenden Lächeln hinterher.

»Tante Ebba organisiert doch alles, oder?«

Tante Ebba war in der Familie der Fels in der Brandung. Zäh und energisch und durchsetzungsstark. Ein Feldwebel mit Kittelschürze und Putzlappen. Wenn sie die Vorbereitungen in die Hand genommen hatte, würde die ganze Hochzeit so perfekt laufen wie ein Schweizer Uhrwerk, das war sicher.

»Doch, das schon«, sagte Kamilla. »Sie ist nur ...«

Toni lauschte gespannt. Wollte sie etwa andeuten, Tante Ebba könnte überfordert sein?

»Sie ist … Sie …«

Tante Kamillas Aufmerksamkeit driftete davon. Neben der Fahrbahn befand sich eine Kuhweide. An einer Reihe von Holzpflöcken war der Elektrozaun montiert, und Toni begriff, dass sie begonnen hatte, im Vorbeifahren die Pflöcke zu zählen. Aus Erfahrung wusste er, es wäre besser, sie nicht dabei zu stören. Er würde sich gleich selbst ein Bild von der Lage auf dem Hof machen können.

Jenseits der Windschutzscheibe lag die vertraute Landschaft seiner Kindheit. Die endlosen Wiesen, die Entwässerungsgräben, die einsamen Bauernhöfe. Hier war er aufgewachsen. Nachdem seine Mutter bereits in jungen Jahren gestorben war, hatte Toni den größten Teil seiner Kindheit bei seinen Tanten verbracht. Insbesondere Ebba hatte sich um den Jungen gekümmert. Der Bauernhof war ihm so etwas wie eine zweite Heimat geworden. Irgendwie war ihm immer klar gewesen, dass Ebba unter ihrer ruppigen Schale ein Herz aus Gold besaß. Trotzdem hatte er bisweilen ein bisschen Angst vor ihr gehabt.

Vor ihnen tauchte der Bauernhof auf. Das Wohnhaus, die Scheune, die Stallungen. Und überall Menschen, die emsig bei der Arbeit waren: Die Scheunentore wurden abgewaschen, Kabel am Boden verlegt, Birkenzweige aufgehängt. Ein Junge war damit beschäftigt, den Hof zu fegen. Toni betrachtete die Leute. In einigen erkannte er ehemalige Nachbarn, andere hatte er noch nie gesehen. Tante Kamilla steuerte den Jeep direkt vor die Haustür.

Da entdeckte er Tante Ebba. Sie stand mit ein paar Männern neben einem Traktor, der einen Toilettenwagen im

Schlepptau hatte. Mit erhobenem Zeigefinger redete sie auf sie ein und erteilte Befehle. Das machte sie offenbar in ihrer ganz eigenen Art, denn die Männer – obwohl allesamt erwachsen und einen Kopf größer als sie – standen da wie kleine Schuljungen, denen eine Standpauke gehalten wird. Sobald Tante Ebba den Jeep sah, ging sie eilig auf Toni zu, der gerade seine Reisetasche von der Rückbank nahm.

»Gut, dass du da bist, Junge!«, sagte sie und packte ihn am Arm. »Die ersten Gäste treffen gleich ein.«

Ihr Griff war stählern. Sie zog Toni zum Wohnhaus.

»Alle fragen nach dir. Ich hätte nie gedacht, dass die diesen Unsinn auf RTL gucken, wo du mitspielst. Anscheinend bist du berühmt! Wenn man den Leuten zuhört, mag man gar nicht glauben, dass hier eigentlich eine Hochzeit gefeiert wird. Aber egal, es kommt mir gut zupass. Wir sind mit den Vorbereitungen in Verzug, musst du wissen. Du kannst uns also ein bisschen Zeit verschaffen. Keiner wird sich fragen, wo die Häppchen bleiben, wenn sie einen Schauspieler aus dieser blöden RTL-Serie leibhaftig zu Gesicht bekommen.«

Was sollte Toni darauf erwidern? Ich freue mich auch, dich wiederzusehen, Tante Ebba? Seine Tante war nie verschwenderisch mit Gefühlsbekundungen gewesen, das wusste er ja. Trotzdem hatte er sich etwas anderes erhofft. Schließlich hatten sie sich seit fast einem Jahr nicht mehr gesehen.

Als hätte sie seine Gedanken gehört, blieb sie stehen und fixierte ihn. »Du bist nicht mehr mit Micha zusammen, wie mir zu Ohren gekommen ist.« Tante Ebba hatte ihn während ihres Besuchs in Berlin kennengelernt. »Das war doch ein netter Bursche! Was hast du denn schon wieder getan, dass dieser Micha einfach auf und davon ist?«

Natürlich gab sie erst einmal ihm die Schuld. Das war schon früher so gewesen, wenn Tante Ebba ihn von der Schule abgeholt und ein Lehrer Kritik an ihm geübt hatte. Da war nie lange gefragt worden, ob die überhaupt berechtigt war. Tante Ebba hatte nur mit aufeinandergepressten Lippen dagestanden und geflüstert: Warte nur, bis wir zu Hause sind.

»Er ist *fremdgegangen!*«, verteidigte er sich. »Mit einem Arbeitskollegen von mir. Während ich auf dem Dreh war.«

Sie kniff die Augen zusammen und betrachtete ihn skeptisch, als müsse sie den Wahrheitsgehalt seiner Aussage prüfen.

»So war es, Tante Ebba! Er hat mich betrogen!«

Es folgte ein missmutiges Brummen, dann wandte sie sich ab. Sie schien ihm zu glauben, denn sonst hätte sie die Sache nicht auf sich beruhen lassen.

Auf dem Weg nach drinnen kamen sie an einem Mann vorbei, der unterhalb der Fenster ein Stromkabel befestigte.

»Passt auf, dass ihr mir die Wand nicht kaputtmacht!«, fuhr Tante Ebba ihn an. »Muss das denn sein, dass das Kabel hier entlanggeht?«

Ohne eine Antwort abzuwarten, ging sie weiter. Dann überlegte sie es sich anders und drehte sich noch mal zu dem Mann um.

»Geh lieber zum Hof, und hilf den anderen, den Toilettenwagen aufzubauen!« An Toni gewandt meinte sie: »Herrgott, wenn man nicht alles selber macht!«

An der Haustür ging es zu wie in einem Bienenstock. Helfer schwirrten ein und aus. Die Landfrauen aus der Umgebung trugen Kuchenbleche, Kochgeschirr, Windkerzen, Papierdecken und andere zweifellos wichtige Utensilien rein und raus.

»Ebba, wir können die Blumendeko auf den Tischen erst aufbauen, wenn die Musikanlage aufgestellt ist.« Helene Bruns war neben ihnen aufgetaucht, die Chefin der örtlichen Landfrauengruppe. »Wir wissen ja noch gar nicht, ob die Tische überhaupt so stehen bleiben können!«

»Manfreds Ältester macht die Musik. Und Manfred ist am Toilettenwagen. Sag ihm, er soll seinen Sohnemann gefälligst herzitieren!«

Da erkannte Helene Bruns, wer da mit seiner Reisetasche neben Ebba stand, und ein Lächeln breitete sich auf ihrem Gesicht aus. »Hallo, Toni! Schön, dich zu sehen. Wie geht's in Berlin? Mein Bernhard und ich, wir sehen dich ja jeden Mittwochabend im Fernsehen …«

Doch Tante Ebba hatte ihn bereits weitergezogen.

»Mit Helene Bruns kannst du dich später unterhalten«, sagte sie. »Ich bring dich schnell zu deinen restlichen Tanten, damit du Guten Tag sagen kannst. Und danach sage ich dir, wo die Gäste ankommen, damit du sie ablenken kannst, bis wir so weit sind.«

In der großen Bauernhausdiele trafen sie auf Silke, die gerade den Fußboden wischte. Keiner wäre wohl auf die Idee gekommen, bei diesem Aschenputtel könnte es sich um die Braut handeln. Die Haare hingen ihr strähnig ins Gesicht, das Sweatshirt war fleckig, die Mundwinkel nach unten gezogen.

»Hey, Toni. Willkommen im Irrenhaus.«

Sie sagte das ohne ein Lächeln und ohne Ironie. Dann wandte sie sich ab und wischte den Boden weiter. Toni wusste nicht, was er darauf sagen sollte. Silke und er waren früher fast so etwas wie Geschwister gewesen. Auch heute gab es noch eine gewisse Vertrautheit zwischen ihnen, sonst hätte Silke ihn niemals so unhöflich begrüßt, sondern sich zusammengerissen. Trotzdem war es nicht das, was er sich erhofft hatte. Schließlich war es eine Ewigkeit her, seit sie sich das letzte Mal gesehen hatten.

»Beeil dich jetzt, Silke, du musst dich umziehen!«, blaffte Tante Ebba. »Die Gäste kommen.«

Silke funkelte ihre Mutter auf eine Weise an, die Mordgelüste vermuten ließ. Dann pfefferte sie den Wischmopp in die Ecke. »Ich hab gleich gesagt, das ist viel zu viel Aufwand für so einen blöden Polterabend!«

»Ich glaube nicht, dass du dich jetzt mit mir streiten möchtest«, sagte Tante Ebba scharf. »Den Boden kann jemand anderes wischen. Geh nach oben, und zieh dich um.«

In Silke brodelte es, das war nicht zu übersehen. Doch sie erwiderte nichts, schluckte scheinbar ihre Wut herunter und stapfte davon. Tonis Anwesenheit hatte sie nicht weiter kommentiert.

»Silke, warte!« Ebba lief ihr hinterher. »Wir müssen noch über die Musik sprechen …«

Und dann war Toni plötzlich allein in der Bauernhausdiele. Er atmete durch. Es war wirklich ein Irrenhaus. Drei Tage. Er fragte sich, wie er das Ganze überstehen sollte.

Gut, dass Kayla und Lutz nicht da sind, dachte er. Die hätten sich am Ende nur in ihren Vorurteilen bestätigt gesehen. Dabei konnte es hier auch ganz anders sein. Gastfreundlicher. Tante Ebba war manchmal etwas schwierig. Man musste Verständnis haben. So eine Hochzeit war eben eine gewisse Herausforderung.

Draußen tuckerte ein Traktor vorbei. Auf dem Frontlader

waren Birkenzweige befestigt, mit denen sicherlich die Scheune geschmückt werden sollte. Toni wollte sich bereits abwenden, da sah er, wer da auf dem Traktor saß: Christian Everding, der Bräutigam.

Der Anblick nahm ihm den Atem. Christian Everding hatte sich kaum verändert. Er war damals der attraktivste Junge der ganzen Schule gewesen, und er sah immer noch umwerfend aus. Toni trat näher, doch da machte sich sein Handy mit einem Piepen bemerkbar.

Er zog es hervor. Eine Nachricht war auf der Mailbox eingegangen. Der Traktor verschwand aus seinem Sichtfeld. Also nahm er das Handy und hörte die Nachricht ab. Es war Martin Wels.

»Hallo, Toni. Ich sollte dich noch mal anrufen wegen der Sendung, richtig? Mach dir keine Sorgen, die wird toll. Wir haben alles im Kasten. Das wird schon morgen gesendet, wie's aussieht. Also, schalte den Fernseher ein. Ach ja, und da gibt's noch eine Überraschung. Wir bauen das mit der Hochzeit ein. Super, oder? Nur am Rande, aber ich dachte, das ist eine gute Idee. Also, mach's gut. Bis bald.«

Toni ließ das Handy sinken. Die Hochzeit. Sie brachten es also doch. Sophia hatte leider nicht recht behalten. Er trat zur Haustür und blickte nach draußen. Der Traktor stand neben der Garage, und Christian Everding lud die Birkenzweige ab. Er entdeckte Toni in der Haustür und winkte ihm kurz zu.

Toni winkte zögernd zurück. Er fragte sich voller Unbehagen, was RTL aus der Geschichte machen würde. In diesem Boulevardmagazin wurden einfache Fakten ordentlich ausgeschmückt, damit sie auch spektakulär genug erschienen. Er wollte lieber nicht darüber nachdenken, was da alles möglich war.

Vielleicht wäre es besser, Christian die Geschichte zu beichten, sagte er sich. Und Silke und Tante Ebba auch. Damit könnte er womöglich das Schlimmste verhindern.

Er beobachtete, wie der Bräutigam mit den anderen Männern die Birkenzweige an der Scheunenwand befestigte. Jemand brachte eine Kette mit bunten Glühbirnen und hängte sie dazu. Keiner achtete auf Toni.

Er brachte es nicht über sich. Die ganze Sache war ihm einfach zu peinlich. Es wird schon gut gehen, sagte er sich. Vielleicht sieht sich ja auch keiner die Sendung an. Hier hat doch sowieso keiner Zeit, den Fernseher einzuschalten. Also wandte er sich ab, um seine restlichen Tanten in der Küche zu begrüßen. Über Martin Wels und das RTL-Magazin wollte er lieber nicht mehr nachdenken.

3

Ebba hatte sich verschätzt. Die ersten Gäste würden gleich eintreffen, und draußen war der Aufbau noch in vollem Gange. Auch die Häppchen waren noch nicht fertig, obwohl sie alles genau geplant hatte. Das wäre ihr früher nicht passiert. Sie wurde langsam alt, ihre Kräfte ließen nach. Das spürte sie deutlich.

Doch es war noch nicht so weit gekommen, dass sie sich das Heft aus der Hand hätte nehmen lassen. Die nächsten drei Tage würde sie stark sein müssen, und danach wäre immer noch Zeit genug, sich auszuruhen.

Ihre Tochter heiratete. Das kam schließlich nur einmal im Leben vor, zumindest ging Ebba davon aus. Und weil es so einzigartig war, musste dafür alles perfekt sein. Wenn aber *sie* nicht dafür sorgte, dass diese Heirat ein unvergesslicher Tag für das Brautpaar würde, dann würde das keiner tun. Ebba hatte ein Bild vor Augen: eine traditionelle Bauernhochzeit, mit allem Drum und Dran.

Silke war gerade unter der Dusche. Eine halbe Stunde blieb ihr noch, bevor es losging, das musste reichen. Unten stand Toni in der offenen Haustür und sah hinaus. Ebba polterte die Treppen hinunter.

»Was stehst du da und starrst Löcher in die Luft?«, rief sie. »Ich dachte, du hättest dich schon in der Küche vorgestellt!«

Da Toni nicht reagierte, packte sie ihn am Arm und zog ihn mit sich. In der Küche herrschte reges Treiben. Ebbas Schwestern bereiteten das Essen für den Polterabend vor. Neben der üblichen Käsesuppe und der Gulaschsuppe, die zu solchen Anlässen serviert wurden, hatte Ebba ein umfangreiches Büfett vorbereitet. Die Leute würden noch lange darüber reden, was bei dieser Hochzeit allein am Polterabend alles aufgetischt worden war. Natürlich fehlten Käseplatte und Mettigel nicht, die Klassiker bei solchen Festen, aber darüber hinaus hatte Ebba bergeweise raffinierte Häppchen zubereiten lassen, die sie auf einem großen Tisch arrangieren wollte, damit das Ganze wie ein einziger üppiger kulinarischer Traum aussehen würde. Wie beim Frühstücksbüfett in diesem ägyptischen Viersternehotel, wo sie und Ewald im letzten Winter zwei Nächte verbracht hatten. Sie hatte morgens mit ihrem Teller davorgestanden und gar nicht genug Augen gehabt, um die ganze Pracht bestaunen zu können.

Das Problem war nur: Die Zeit reichte nicht. Die Lachstaschen waren immer noch in der Vorbereitungsphase, die Hackbällchen gerade erst im Ofen, und bei den Tomate-Mozzarella-Platten fehlte noch die Garnitur. Kamilla war seit Ewigkeiten damit beschäftigt, kleine Rosen aus Radieschen zu schnitzen, und sie vergaß sich immer wieder in Details und kam nur quälend langsam voran. Und auch ihre anderen beiden Schwestern, Helga und Immi, arbeiten weniger koordiniert, als Ebba es von ihnen gewohnt war. Küchentisch und sämtliche Anrichten waren über und über mit Rührschüsseln, Ofenblechen und Lebensmitteln zugestellt, und die Frauen bewegten sich dazwischen wie Krankenschwestern auf einem Feld nach der Schlacht.

Als Toni eintrat, sahen sie von ihrer Arbeit auf. Plötzlich schien alle Eile vergessen. Toni wurde sofort von seinen Tanten umringt.

»Herrgott, Antonius, mein Lieber!«, rief Immi und presste den armen Jungen an ihren riesigen Busen.

»Wir haben dich ja ewig nicht gesehen!«, kam es von Helga. »Gut siehst du aus. Nicht mehr so dürr.«

»Nicht wahr?«, meinte Kamilla. »Das hab ich auch schon gesagt.«

»Wir sehen uns jede Folge von ›Aufruhr im Männerknast‹ mindestens hundertmal an, dein Onkel Werner und ich«, sagte Immi, ohne ihn loszulassen. »Wir nehmen das jede Woche auf, damit wir das auf Video haben, und dann kann ich dich so oft sehen, wie ich will, ist das nicht herrlich? Und wenn du mit diesem Rocco zusammenspielst, das ist ja ein übler Bursche, nicht wahr, dann kann ich gar nicht genug davon kriegen. Ich kann diese Szenen regelrecht auswendig, wirklich, und manchmal, beim Bügeln, dann sprech ich laut mit, was du sagst. Eben gestern noch sage ich zu Helene Bruns, wenn Toni einmal …«

Ebba verlor die Geduld. »Immi! Die Häppchen!«

»Ja, gleich! Lass uns doch Toni erst einmal begrüßen.«

Sie umarmte ihn ein weiteres Mal stürmisch, und Ebba fürchtete bereits, der Junge würde von ihrer übergewichtigen Schwester noch erstickt werden.

»Ach, wie mag das sein, wenn man berühmt ist?«, flötete Immi. »Du wirst doch bestimmt auf der Straße überall erkannt, oder? Ich wette, du kannst dich vor Verehrerinnen nicht retten!« Mit einem Zwinkern fügte sie hinzu: »Und vor Verehrern, nicht wahr? Ach, ich kann mir schon vorstellen, dass du …«

»Immi!« Ebba schlug mit der Hand auf den Tisch. »Dein Eischnee fällt zusammen! Jetzt aber!«

»Jetzt lass mich den Jungen doch in Ruhe begrüßen.«

»Dazu ist keine Zeit! Die Gäste kommen gleich! Und falls es dir noch nicht aufgefallen ist: Wir werden nicht fertig.«

Immi wirkte beleidigt. Sie ließ Toni stehen und machte sich an den Eischnee. Helga trat als Nächste heran, hielt Toni auf Armlänge und betrachtete ihn zufrieden. Gerade als sie etwas sagen wollte, fiel Ebba ihr ins Wort.

»Toni, sieh doch bitte nach, ob die ersten Gäste schon da sind. Vielleicht kannst du dich nützlich machen. Und was macht eigentlich die Gulaschsuppe, Helga? Kann die nach nebenan?«

»Aber ich hab doch noch nicht mal …«, begann Helga.

»Dazu ist auch keine Zeit! Wir müssen uns hier beeilen! Ihr«, sagte sie und deutete auf ihre drei Schwestern, »ihr geht jetzt wieder an die Arbeit. Und Toni, du läufst in die Scheune zu den anderen.«

Er zögerte. »Aber ich könnte vielleicht …«

»Nein, nichts kannst du! Raus hier!«

»Und wenn ich …«

»Nix, raus! Raus, raus, raus!«

Ebba schnappte sich ein feuchtes Geschirrtuch und jagte ihn damit aus der Küche. Dann schloss sie die Tür und überblickte das Chaos auf den Arbeitsflächen. Plötzlich fühlte sie sich völlig überfordert. Sie hatte sich und ihren Schwestern zu viel aufgebürdet, das wurde ihr jetzt klar.

»Der arme Junge, er sieht ganz blass aus«, sagte Immi.

»Wenigstens ist er nicht mehr so dürr«, meinte Helga. »Anscheinend isst er genug.«

»Aber trotzdem, hast du nicht gesehen, wie blass er ist?

Und so still. Wie lange ist das jetzt her, diese Sache mit Micha?«

»Ein paar Monate«, sagte Kamilla. »Schrecklich, nicht wahr? Das muss ihm das Herz gebrochen haben.«

»Das meine ich auch. Hat er denn wirklich Toni betrogen? Das hätte ich ihm gar nicht zugetraut.«

»Der arme Kerl. Da muss man doch was unternehmen.«

»Meinst du, wir sollten uns da was einfallen lassen?«

Ebba folgte mit wachsender Fassungslosigkeit dem Gespräch der Schwestern.

»Helga!«, rief sie. »Deine Gulaschsuppe brennt an! Und die nächste Fuhre Fleischbällchen muss in den Ofen! Und was ist mit der Mascarponefüllung? Soll die so bleiben?« Sie stemmte die Hände in die Hüfte. »Ja, steht ihr drei denn zum ersten Mal in der Küche?«

Die Schwestern blickten sie schweigend an. Dann machten sie sich wieder an die Arbeit. Ohne zu murren, wie Ebba mit Genugtuung zur Kenntnis nahm. Die Uhr tickte, für Streit war keine Zeit.

Helene Bruns steckte den Kopf durch die Tür.

»Die Scheune ist fertig«, sagte sie. »Die Wände sind geschmückt, die Tische fertig, der Tresen steht, und die Musikanlage ist angeschlossen. Die ersten Gäste sind auch gerade eingetroffen.«

»Na, ein Glück!«, sagte Ebba. »Wenigstens was.«

»Braucht ihr hier noch Hilfe?«

»Nein, wir kommen zurecht. Sieh mal bitte nach, ob Silke schon draußen ist. Sonst ruf sie, damit sie runterkommt.«

Helene Bruns nickte und verschwand wieder.

»Blumenschmuck auf den Tischen«, meinte Helga. »War das denn nötig? Und dann das Büfett. Was für ein Aufwand.«

»Bei Piepenbrink gab es nur eine Suppe«, meinte Kamilla. »Da saßen wir auf nackten Bierbänken. Ich will ja nicht sagen, dass wir es genauso hätten machen sollen, aber …« Sie ließ das Ende des Satzes in der Luft schweben.

»Bei Piepenbrink stand das Festzelt für die Hochzeit schon am Polterabend«, sagte Immi. »Das störte keinen, dass es ein bisschen im Weg war. Nicht wie bei uns. Wir müssen das Zelt noch morgen aufbauen. Das wird ein ziemlicher Stress werden.«

»Ich mein ja auch, man hätte wenigstens das Zelt schon aufbauen können.«

»Und eine Suppe mit Baguette und Mettigel hätte es doch auch getan.«

Ebba schlug wieder mit der Hand auf den Tisch. Ihre Schwestern schwiegen schuldbewusst.

»Schluss jetzt!«, rief sie. »An die Arbeit!«

Es wurde ruhig in der Küche. Nur noch Tellerklirren und das Schlagen von Rührbesen waren zu hören. Ebba presste die Lippen aufeinander. Sie wusste ja, ihre Schwestern hatten recht. Es war übertrieben, was sie da machte. Aber sie konnte nicht anders. Silke würde sie verlassen. Ihr kleines Mädchen war jetzt erwachsen geworden. Es war das letzte Mal, dass Ebba sich für sie ins Zeug legen konnte. Diese Hochzeit sollte einmalig werden. Das war Ebba ihr einfach schuldig.

»Diese Hochzeit wird perfekt werden!«, sagte sie zu ihren Schwestern. Es klang wie eine Drohung. »Es wird der schönste Tag in Silkes Leben werden. Ganz egal, was passiert. Ist das klar?«

Sie blickte in die Runde. Ihre Schwestern senkten den Blick. Da lag etwas in der Luft, was ganz deutlich zu riechen war. Ebba begriff: Es war Mitleid.

Schließlich war es Immi, die den Kopf hob und ein trauriges Lächeln zeigte. »Hör zu, Ebba …«

Doch die schnitt ihr das Wort ab. »Es ist nicht so, wie ihr denkt! Es geht hier nur um Silke! Für sie soll alles perfekt werden. Ich bin ihre Mutter. Und ihr werdet mir dabei helfen! Habt ihr mich verstanden?« Keine antwortete. So weit kam es noch, dass diese alten Geschichten ausgegraben wurden! Ebba verschränkte die Arme. Jetzt wurde sie laut: »Ob ihr mich verstanden habt!«

4

Auf dem Hof zersprangen Porzellanteller. Es wurde applaudiert. Dann folgten Kaffeetassen und eine große Schüssel aus Steingut. Wieder waren neue Gäste eingetroffen. Der Bräutigam schnappte sich einen Besen und begann die Scherben wegzufegen, was ja schließlich der Sinn der ganzen Veranstaltung war.

Toni betrachtete das Treiben von der Scheune aus, die zu einem Partyraum umgebaut war. Überall leuchteten bunte Lichter, die Wände waren mit Tarnnetzen abgehängt, und die Birkenzweige verströmten einen würzigen Geruch. Am Eingang stand ein großer Tresen, hinter dem ein paar Mitglieder der örtlichen Landjugendgruppe standen, um Bier zu zapfen. Natürlich tranken sie nebenbei auch selbst ordentlich mit. Eine Runde giftgrün aussehender Schnäpse ging gerade über den Tresen. Es folgte fröhliches Gejohle, ein Trinkspruch wurde erhoben, und zahllose Köpfe flogen in den Nacken.

»Hey, Toni!« Jemand schlug ihm freundschaftlich auf die Schulter. »Das gibt's doch nicht! Bist du es persönlich?«

Dirk Sternski, ein ehemaliger Schulkamerad, war neben ihm aufgetaucht. Toni erinnerte sich: ein netter Kerl, bei dem sich damals alles um Fußball gedreht hatte und der auch heute Abend mit einem Trikot vom SC Blau-Weiß 94 Papenburg aufgetaucht war. Im Grunde war Dirk ein gutmütiger

Mensch, trotzdem wusste Toni noch genau, wie energisch und kompromisslos er bei Klassenfahrten hatte werden können, wenn ein Lehrer ihm versagen wollte, in seiner geliebten Werder-Bremen-Bettwäsche zu schlafen. Da hatte sich dann jedes Mal gezeigt, dass tief in Dirk drin ein wildes Tier schlummerte, das nur darauf wartete, von der Kette gelassen zu werden. Toni konnte sich jedenfalls nicht erinnern, dass Dirk irgendwann einmal *nicht* in seiner Werder-Bremen-Bettwäsche geschlafen hatte.

»Wir sehen dich ja ständig im Fernsehen«, meinte Dirk. »Echt cool, das muss ich sagen. Du bist jetzt wohl berühmt.«

»Ich hätte nicht gedacht, dass ›Aufruhr im Männerknast‹ deine Sendung ist«, meinte Toni augenzwinkernd. »Oder läuft die Wiederholung vor der Sportschau?«

»Meine Frau guckt die Serie immer. Die ist ganz süchtig danach. Nichts für ungut, Toni, aber wenn ich kann, verzieh ich mich meistens. Trotzdem ist es cool, dich im Fernsehen zu sehen. Aus dir ist echt was geworden!«

Ja, so schnell kann's gehen, dachte Toni. Vor ein paar Monaten hatte er noch gedacht, aus ihm würde niemals etwas werden. Da hatte er selbst bei Tagesrollen in Telenovelas nur Absagen bekommen. Nichts wollte gelingen, und er musste kellnern, um seinen Lebensunterhalt zu bestreiten. Dann dieses eine gute Casting, eine Rollenzusage, und sein ganzes Leben hatte über Nacht eine neue Wendung bekommen.

Und wenn Rocco dich erst rausgemobbt hat, flüsterte ihm eine Stimme, bist du wieder ein Nichts. Dann ist es vorbei mit dem Ruhm, und du kannst deine Kellnerschürze wieder anlegen. Er verscheuchte den Gedanken und sah sich in der Scheune um.

»Ich kenne nicht einmal die Hälfte hier«, sagte er zu Dirk. »Unfassbar. So lange bin ich doch noch gar nicht weg.«

»Das liegt daran, dass du früher kein Fußball gespielt hast. Und nicht im Schützenverein warst, so wie Christian. Woher willst du die Leute dann auch kennen?«

»Christian ist im Schützenverein? Das ist mir neu. Und wer sind diese bulligen Jungs, die aussehen, als würden sie Ärger suchen?«

»Das sind Handwerker aus dem Sanitärladen. Christian hat doch in Papenburg in einem Sanitärfachgeschäft gelernt. Vor zwei Jahren hat er das Geschäft übernommen, und einige dieser Typen arbeiten für ihn.«

»Und jetzt hat er die hierher eingeladen?«

Irgendwie waren die Typen ihm nicht geheuer. Einer von ihnen begutachtete gerade genüsslich den Hintern einer Frau aus der Nachbarschaft. Wenn ihr Mann das sehen würde, gäbe es sicher Ärger.

»Na klar«, sagte Dirk. »Ist doch seine Hochzeit.«

Der Typ stieß seinen Kumpel an und zeigte mit dem Finger auf die Frau. Sie bemerkte die beiden, ihr schien unbehaglich zumute zu sein, und sie versteckte sich hinter ein paar Freundinnen.

»Meinst du, das geht gut?«, fragte Toni. »Die sehen aus, als suchten sie Ärger.«

»Ach, Unsinn, wir sind hier auf dem Dorf, vergiss das nicht.«

Draußen zersprang wieder lautstark Porzellan. Neue Gäste tauchten auf. Langsam füllte sich die Scheune.

»Heute reißen sich alle zusammen«, fuhr Dirk fort. »Hier geht es schließlich um das Brautpaar. Außerdem wissen die

Handwerker von Christian, wie man sich als Gast zu verhalten hat.«

»Wenn du meinst …«

Toni ließ seinen Blick erneut durch die Scheune schweifen – und erstarrte. Er glaubte eine Erscheinung zu haben. Das war doch unmöglich. Lutz. Sein Mitbewohner. An einem der hübsch dekorierten Tische.

Er entschuldigte sich bei Dirk und stolperte zu dem Tisch hinüber. Lutz hockte dort mit Helene Bruns, sie unterhielten sich angeregt – offenbar über die Blumenarrangements.

»Da sind kleine Wasserschwämmchen drin«, hörte er Helene gerade sagen. »Die sieht man nicht, wegen der Dekoblätter hier an den Seiten, sehen Sie? Das mache ich immer so.«

»Ach, das ist ja interessant«, sagte Lutz. »Raffiniert.«

Toni konnte es nicht glauben. Er war es tatsächlich. Lutz, sein schlampiger Mitbewohner, der sonst nie die Wohnung verließ, war hier im Emsland auf dem Hof seiner Tante. Ihm blieb der Mund offen stehen.

»Ach, Toni, da bist du ja«, sagte Helene, als sie ihn bemerkte. »Einen reizenden Mitbewohner hast du, das muss ich wirklich sagen.«

Lutz hatte wenigstens den Anstand, rot anzulaufen. Schuldbewusst starrte er auf seine Schuhspitzen. Toni kochte vor Wut.

»Nun ja«, sagte Helene, die zu bemerken schien, dass etwas nicht stimmte. »Ich werde mal sehen, ob ich Ebba zur Hand gehen kann. Wir sehen uns später.«

Kaum war sie fort, setzte sich Toni zu seinem Mitbewohner.

»Was machst du hier?«, zischte er.

»Ich hab nur mit dieser Frau über die Blumen …«

»Die Blumen, natürlich. Wenn du dich für hübsche Arrangements interessierst, könntest du ja mal unsere Wohnung putzen. Oder einkaufen gehen. Das würde bestimmt was hermachen.« Toni packte ihn am Arm. »Jetzt sag mir, wieso du hier im Emsland bist!«

»Aua. Lass das. Tante Ebba hat mich eingeladen.«

Tante Ebba. Jetzt nannte er sie schon Tante. Dabei hatten sich die beiden am Anfang gar nicht ausstehen können. Es hatte eine ganze Weile gedauert, bis sie miteinander warm geworden waren.

»Sie meinte, ich soll dir nichts davon sagen«, entschuldigte er sich. »Es sollte eine Überraschung sein.«

»Na klar, eine Überraschung.«

Tante Ebba wusste genau, dass Toni allein kommen wollte. Lutz sollte in Berlin bleiben. Deshalb hatte sie das hinter seinem Rücken getan. Wenn sich Tante Ebba da mal keinen Bärendienst erwiesen hatte. Aber das war typisch sie: Wenn sie erst einmal jemanden in ihr Herz geschlossen hatte, dann warf sie danach für gewöhnlich den Schlüssel weg. Dann war sie blind für alles, was diese Person in ein anderes Licht rückte. Als wenn Lutz hierherpassen würde.

»Aber was *willst* du hier?«, fragte Toni. »Das verstehe ich nicht!«

Er hätte nicht sagen können, wann Lutz zuletzt die Berliner Stadtgrenzen verlassen hatte. Er verbrachte für gewöhnlich die Nächte in den Berliner Clubs, und tagsüber lag er bis zum späten Nachmittag im Bett, hockte vorm Computer oder saß rauchend in der Küche rum. Außer gelegentlichen Jobs als Barkeeper machte er nichts – solange man es nicht als Berufstätigkeit bezeichnete, das Erbe der Großtante auf den Kopf zu hauen.

»Das ist eine Bauernhochzeit!«, insistierte Toni. »Etwas Uncooleres gibt es nicht. Warum bist du überhaupt hier?«

»Ich wollte halt deine Tanten wiedersehen. Außerdem ist das doch lustig, so eine Hochzeit! Wie oft kommt das schon vor? Das ist eine einmalige Gelegenheit.«

Lustig. Toni wusste schon, was er damit meinte. Er fand die Leute auf dem Land witzig und hielt sie für etwas zurückgeblieben. Toni konnte sich gut erinnern, wie Lutz mal gesagt hatte: »Im Emsland will ich nicht tot über dem Zaun hängen. Die laufen da sicher noch mit Keulen rum!«

Toni rückte näher. »Wenn du es wagst, meine Familie zu beleidigen, dann bringe ich dich um! Haben wir uns verstanden?«

Lutz sah ihn mit großen Augen an.

Toni packte ihn am Kragen. »Ob wir uns verstanden haben?«, zischte er.

»Ja klar. Komm mal runter.«

Toni sah, wie Tante Ebba mit zwei Häppchenplatten am Büfetttisch auftauchte. Sie stellte die Sachen ab und prüfte die Dekorationen. Er sprang auf und ging zu ihr.

»Hast du etwa Lutz eingeladen?«, fragte er.

Sie sah nicht einmal auf. »Einmal per Brief und dann noch mal telefonisch«, sagte sie kühl. »Glaubst du, ich kenne dich nicht, Antonius Müller? Wir sind dir peinlich. Du schämst dich für uns. Deshalb sollen deine Freunde nichts davon wissen, dass sie eingeladen sind.«

»Ich schäme mich nicht. Das ist es doch gar nicht.«

»Und warum darf dein Mitbewohner dann nicht zu uns kommen? Wo wir uns in Berlin so gut verstanden haben?«

Was sollte er denn sagen? Lutz denkt, wir sind schwer von Begriff, weil uns beim Wassertrinken regelmäßig der Klodeckel auf den Kopf fällt?

»Er passt einfach nicht hierher, Tante Ebba! Er wird Probleme machen, ganz sicher.«

»So ein Unsinn, Toni. Da musst du dir schon etwas Besseres einfallen lassen. Ich lasse mich nicht für dumm verkaufen.«

Tante Ebba kannte Lutz eben nicht. Toni wusste: Das konnte nicht gut gehen. Er würde irgendwas anstellen, davon war er überzeugt.

»Er wusste nicht einmal, dass er eingeladen ist«, sagte Tante Ebba vorwurfsvoll. »Da muss wohl die Post verloren gegangen sein.«

»Und deshalb macht ihr das hinter meinem Rücken aus?«

Sie presste die Lippen aufeinander, rückte die Häppchenteller zurecht und sah sich um.

»Wo ist eigentlich Silke? Ist die noch im Haus?«

Damit wandte sie sich ab und ging zurück ins Wohnhaus.

»Das ist hier ein echter Bauernhof, oder?«, fragte Lutz, der neben ihm auftauchte. »So mit Tieren und allem, was dazugehört? Wo sind die Ställe denn? Kann ich mich mal umsehen?«

Toni fixierte ihn. »Wie bist du eigentlich hierhergekommen?«, fragte er. »Mit dem Zug bist du nicht gefahren, oder?«

»Nein, mit Kayla. Sie ist mit dem Auto da.«

»Kayla ist auch hier?« Tonis Herz setzte einen Schlag aus. »Du machst Witze.«

Er sah sich hektisch um, konnte seine Nachbarin jedoch

nirgends entdecken, bis Lutz ihn in die Seite stieß und zum Tresen deutete: »Da drüben! Da ist sie doch!«

Und jetzt sah er sie. Kayla war umringt von Tante Helgas Kegelschwestern. Allesamt Landfrauen aus der Umgebung, zwischen denen sie hervorstach wie ein leuchtender Kanarienvogel. Sie war die Tochter einer Neuköllner Trinkhallenbedienung und eines amerikanischen GIs, und sie hatte von beiden eine Menge auffälliger Gene mitbekommen. Kakaobraune Haut, breite Schultern, blaue Augen, ein durchdringendes Lachen und eine tiefe rauchige Stimme. Dazu überragte sie die anderen Frauen um beinahe einen Kopf. Genauso gut hätte hier ein Ufo mit einer Außerirdischen landen können.

Kayla hatte zudem die Gabe, stets im Mittelpunkt zu stehen. Sie besaß die Aura eines Rockstars, alle wollten ein Stück von ihr bekommen, und sie genoss es, von Menschen umringt zu sein. Das war auch im Emsland nicht anders. Sie sagte etwas zu den Kegelschwestern, die zuerst begierig an ihren Lippen hingen und dann in schallendes Gelächter ausbrachen. Kayla lächelte zufrieden und sonnte sich in ihrem Ruhm.

Als hätte sie einen sechsten Sinn, sah sie auf und bemerkte Tonis Blick. In ihren Augen blitzte es. Sie amüsierte sich. Toni spürte, wie sich seine Züge verhärteten. Aber Kayla schien das nichts auszumachen, im Gegenteil. Sie schenkte ihm ein spöttisches Lächeln.

Plötzlich verstand Toni. Sie machte sich einen Spaß aus der Sache. Natürlich wusste sie, dass Toni weder sie noch Lutz auf dieser Hochzeit dabeihaben wollte. Und genau das war der Grund, weshalb sie hier war.

Toni ging entschlossen auf sie zu. Ihm war der Spaß vergangen.

»Hey, das ist doch Willi!«, hörte er eine Stimme raunen. »Was macht der denn hier?«

Toni achtete nicht darauf. Er packte Kayla am Arm. »Komm mit!«, sagte er ihr ins Ohr.

»Wie du siehst, bin ich hier beschäftigt«, flüsterte sie zurück.

Er quetschte ihren Arm. Mit einer überraschend flinken Bewegung entzog sie sich ihm. Würdevoll zupfte sie ihr Jackett zurecht. Dann wandte sie sich den Kegelschwestern zu.

»Meine Damen«, sagte sie. »Ich muss mich leider entschuldigen.« Und verbeugte sich, ganz Gentleman alter Schule.

Sie folgte Toni zu dem Tisch, an dem er Lutz zurückgelassen hatte.

»Was soll das?«, herrschte er die beiden an. »Wollt ihr mich verarschen?«

»Ach, komm«, sagte Kayla. »Ist doch lustig. Jetzt stell dich nicht so an.«

»Ihr hättet mich wenigstens vorwarnen können. Dann hätte ich mich darauf eingestellt.«

»Deine Tanten haben uns eingeladen, und da sind wir. Mach kein Drama draus. Das sind nette Leute hier, wir werden viel Spaß haben. Wo ist dein Problem?«

Toni seufzte. Eben genau das war sein Problem: Sie wollten Spaß haben, und zwar auf Kosten dieser »netten Leute« hier. Und dabei würden sie nicht einmal merken, wie verletzend und herablassend sie waren. Er erinnerte sich, wie Kayla mal zu einer Freundin gesagt hatte: »Vielleicht wunderst du dich, dass Toni so lange Arme hat. Das liegt in seinen Bauerngenen. Weißt du, damit sie den Kühen beim Küssen ans Euter fassen können.« Wenn Tante Ebba so etwas hören würde, wäre sie sicher sehr enttäuscht von ihren neuen Freunden aus Berlin.

»Also gut«, begann er. »Ein paar Spielregeln. Ihr könnt machen, was ihr wollt, aber die beachtet ihr! Ihr werdet nichts Abfälliges über Leute sagen, die auf dem Land wohnen. Auch nicht im Spaß. Das ist mein Ernst. Und Kayla: Lass die Frauen in Ruhe. Du wirst hier Ärger mit den Männern kriegen. Die lassen sich das nicht gefallen, verstehst du? Die sind nicht blöd, die sehen ganz genau, was du da machst. Versuch dich einfach ein bisschen im Hintergrund zu halten, nur für die drei Tage. Und Lutz: Erzähl am besten keinem, was du in Berlin so alles treibst. Das Nachtleben, die Clubs ... ach ja, und die Tatsache, dass du keinen Job hast ...«

Lutz wollte protestieren, natürlich. Er stellte seine gelegentlichen Thekenjobs gern als seriöse Beschäftigung dar. Toni ließ ihn nicht zu Wort kommen.

»Die Leute hier sind eher konservativ, Lutz. Religiös und so, du verstehst schon. Versuch bitte, sie nicht zu schockieren. Und es wird auch kein Marihuana geraucht! Kiffen kannst du, wenn du wieder in Berlin bist. Benehmt euch einfach. Bitte! Das fällt alles auf mich zurück.«

Doch die beiden hörten nur mit einem Ohr zu. Sie sahen sich in der Partyscheune um, als warteten sie auf den Startschuss, um sich wieder unters Volk mischen zu können.

Toni kannte den Ausdruck in ihren Gesichtern: Sie sahen aus wie Touristen, die auf Safari gingen. Die beiden hatten gar nicht vor, sich zurückzuhalten. Ganz im Gegenteil.

Er seufzte. Tante Ebba hatte sich und ihrer Hochzeit einen Bärendienst geleistet, die beiden einzuladen. Sie kannte Kayla und Lutz eben nicht. Ein paar Tage in Berlin reichten nicht, um so etwas einschätzen zu können. Doch jetzt war es zu spät. Sie waren hier, und Toni konnte nichts dagegen unternehmen. Doch er würde nicht zulassen, dass sie sich über seine Familie lustig machten. Das schwor er sich. Er würde sie im Auge behalten müssen.

5

»Ja, schnitzt du immer noch an den Dekorosen herum?«

Kamilla fuhr zusammen. Ein Radieschen fiel ihr aus der Hand und kullerte vom Tisch. Die liebevoll geformten Dekorosen, die sie bereits gefertigt hatte, lagen sorgfältig aufgereiht auf einem Teller. Ebba erkannte: Ihre Schwester hatte sie nicht einfach hingelegt. Sie hatte sie genauestens nach einem mathematischen Muster ausgerichtet.

»Wir haben keine Zeit für so was!«, fuhr Ebba sie an. »Die Gäste warten, verflucht!«

Sofort bereute sie ihren Tonfall. Kamilla war nicht empfänglich für solche Ansprachen. Ganz im Gegenteil. Wenn Ebba nicht aufpasste und sie zu sehr unter Druck setzte, dann konnte es passieren, dass sie sich völlig in ihren seltsamen Zwängen verlor.

»Hilf Immi lieber bei den Lachsröllchen«, sagte sie in ruhigerem Ton. »Du kannst ja schon mal den Teig dafür vorbereiten.«

Kamilla sah erschrocken auf den Teller mit den Dekorosen. Sie sagte kein Wort.

»Lass die einfach liegen«, meinte Ebba. »Das reicht schon. Noch mehr brauchen wir nicht.«

Doch Kamilla bewegte sich nicht vom Fleck. Das Schnitzmesser, das sie mit ihren Einweghandschuhen hielt, zeigte starr in die Luft. Ebba hätte ihr am liebsten einen Stoß in die

Seite gegeben, doch sie hielt sich zurück. Ihr war klar: Kamilla hatte Angst davor aufzuhören, weshalb auch immer.

»Was ist denn das Problem?«, fragte Immi sanft.

Kamilla schüttelte den Kopf. »Nichts.«

»Du kannst es uns ruhig sagen.«

Kamilla sah scheu zu ihren Schwestern. Es war ihr peinlich. Sie gab sich einen Ruck.

»Ach was, es ist alles in Ordnung. Ich mache jetzt den Teig. Wo ist denn die Rührschüssel?«

Entschlossen stand sie auf. Doch ihr Blick blieb auf die Dekorosen geheftet. Schließlich gab sie es auf.

»Wenn ich das so lasse, ist es nicht fertig«, sagte sie gepresst. »Die da auf dem Teller ergeben als Quersumme vier. Versteht ihr?«

Immi und Helga wechselten ratlose Blicke. Ebba holte bereits Luft, doch Immi brachte sie mit einer Handbewegung zum Schweigen.

»Dann mach das erst mal fertig«, sagte sie freundlich. »Der Teig kann warten.«

Ebba schnaubte. Sie nahm den Blätterteig, rollte ihn mit wütenden Bewegungen aus und ließ Kamilla weiterschnitzen.

»Sind die Eltern des Bräutigams eigentlich schon da?«, fragte Helga, um die Lage zu entspannen.

»Da wette ich drauf«, meinte Ebba. »So pünktlich, wie die sind. Es stand acht Uhr auf der Einladung, also werden die um acht Uhr hier gewesen sein. Du kennst doch Silkes zukünftigen Schwiegervater.«

»Ludger ist schon allein deshalb pünktlich, damit er allen anderen ihre Unpünktlichkeit vorhalten kann«, meinte Immi.

»Er hätte gar kein Gesprächsthema, wenn es keinen gibt, der ermahnt werden muss.«

Die Frauen kicherten. Ludger Everding, der Vater des Bräutigams, war der Dorfsheriff. Obwohl kurz vor dem Ruhestand, war sein Beruf immer noch das Wichtigste in seinem Leben. Er war Tag und Nacht im Einsatz, ohne Pausen, ohne Freizeit. Statt am Wochenende angeln zu gehen, stellte er mobile Blitzgeräte auf. In der Adventszeit verbrachte er eisige Nächte am Stadtforst, um Wilderer mit illegal gefällten Weihnachtsbäumchen zu stellen. Und selbst auf der Beerdigung seiner Mutter hatte er alle Autos abschleppen lassen, die hinter der Kirche im Halteverbot standen. Mit Ludger Everding legte man sich besser nicht an, er war die ausgewiesene Hand des Gesetzes.

»Kaum zu glauben, dass dieser Mann übermorgen Teil unserer Familie wird«, meinte Helga.

»Denkt ihr, es gibt Probleme wegen Toni?«, fragte Immi.

Ebba runzelte die Stirn. »Du meinst wegen seiner Rolle? Weil er einen Häftling spielt?«

»Ihr kennt doch Ludger Everding.«

»Toni ist Schauspieler! Das ist nur eine Rolle in einer Fernsehserie, er ist kein echter Straffälliger. Ludger wird das auseinanderhalten können.«

»Allein die Tatsache, dass Toni diese Rolle *spielt*«, meinte Immi. »Das könnte schon reichen, um Ludger zu verstimmen. Das ist für ihn eine Frage des Prinzips. Schließlich hätte Toni ablehnen können, als man ihm die Rolle angeboten hat.«

»So ein Unsinn. Meinst du wirklich?«

»Er hat seine Frau auf die Wache bringen lassen, weil sie bei Rot über eine Fußgängerampel gegangen ist!«

Ebba dachte darüber nach. »Dann ist der Herr Polizist eben verstimmt. Toni gehört zur Familie. Ich kann es nicht ändern.«

Es wurde ruhig in der Küche. Ebba rollte Hackfleisch in den Blätterteig ein. Sie hätte darauf gewettet, dass in diesem Moment alle den gleichen Gedanken hatten. Helga war es dann, die ihn laut aussprach.

»Ludger weiß nicht, was damals in Frankreich war, oder?«, meinte sie. »Die Sache mit …«

»Nein, keiner weiß das«, ging Ebba schroff dazwischen. »Nicht mal der Bräutigam. Und dabei bleibt es auch.«

»Ebba, aber wenn er das rauskriegt … Das ist ein Spiel mit dem Feuer.«

»Ruhe jetzt!«, bellte Ebba. »Das war gar nichts, damals in Frankreich. Am besten denken wir nicht mehr daran.« Sie nahm die Teigrolle und donnerte sie aufs Backblech. »Diese Hochzeit wird perfekt! Über solche Dinge möchte ich nicht reden! Und jetzt macht euch an die Häppchen! Wie lange soll das denn noch dauern?«

Die Küchentür öffnete sich, und der Bräutigam streckte den Kopf durch die Tür.

»Habt ihr Silke gesehen?«, fragte er. »Ich fege die ganze Zeit alleine die Scherben weg.«

»Silke ist immer noch nicht fertig?« Ebba stemmte sich am Küchentisch hoch. »Na warte, der werde ich was flüstern.«

Sie schob Christian beiseite und trat in die Bauernhausdiele. Ihre Stimme donnerte durchs Haus.

»Silke! Wo bleibst du?«

Sie kam die Treppe herunter.

»Bleib mal locker. Hier bin ich doch schon.«

Ebba traute ihren Augen nicht. Sie trug Jeans und eine Joggingjacke. Die Haare hatte sie zu einem Pferdeschwanz zurückgebunden.

»So wirst du nicht nach draußen gehen! Doch nicht in Jeans.«

»Wieso denn nicht? Es ist doch nur der Polterabend.«

»Ich werd dir helfen! Du ziehst dich sofort um.«

»Was soll ich denn anziehen? Mein Hochzeitskleid?«

»Jetzt werd nicht frech! Wir haben da draußen einen Fotografen. Soll der dich so beim Fegen ablichten? Das kommt nicht infrage. Also beeil dich.«

»Natürlich geht das«, maulte Silke.

»Frolleinchen! Du ziehst dich sofort um!«

Silke fixierte ihre Mutter. Ihre Augen funkelten. Ebba fragte sich, ob es ihre Tochter ausgerechnet jetzt auf eine Machtfrage ankommen lassen würde. Sie wandte sich eilig an den Bräutigam.

»Christian! Sag doch auch mal was! Soll Silke etwa so auf den Polterabend gehen? In Jeans?«

Der Bräutigam sah erschrocken zu Ebba. Er öffnete und schloss den Mund wie ein Fisch auf dem Trockenen.

»Also … ähm, ich meine …«

Silke erkannte, dass ihre Mutter ihn gegen sie ausspielen wollte. Sie warf ihr giftige Blicke zu – und machte einen Rückzieher.

»Schon gut, ich ziehe mich um. In zwei Minuten bin ich unten.«

Und damit verschwand sie wieder. Ebba nickte. Sie ließ Christian in der Diele stehen und ging zufrieden in die Küche zurück.

Der Raum war ein einziges Schlachtfeld. Auf dem Arbeitsflächen türmten sich die Überreste der Kochorgie. Den Großteil hatten sie fertig, doch längst nicht alles.

»Immi! Hol die Hackbällchen aus dem Ofen! Und Helga, du kannst schon mal die Rührschüsseln spülen. Was ist mit dem Teig für die Lachsrollen?«

»Ich bin dabei«, rief Kamilla, die an der Spüle stand und ihr den Rücken zugewandt hielt.

»Was machst du denn da?«, fragte Ebba und kam neugierig näher.

Kamilla hielt in der Linken eine Spülbürste, in der Rechten ein Ei, hielt es unter das laufende Wasser und bürstete es vorsichtig sauber. Ebba platzte der Kragen.

»Kamilla, wenn du nicht sofort dieses Ei in die Schüssel schlägst und den Teig anrührst, dann vergess ich mich!«

»Aber ich …«

»Sofort! Und dann bringen wir die nächste Fuhre zum Büfetttisch. Solange alle noch draußen beim Brautpaar stehen und zusehen, wie die beiden das zerbrochene Porzellan zusammenfegen, merken sie vielleicht nicht, was hier los ist. Also: Avanti!«

Ebba kehrte zu ihrer Blätterteigrolle zurück. Sie dachte an Silke. In Jeans zum Polterabend! Kaum zu glauben. Die hatte offenbar noch nicht verstanden, worum es hier ging. Den schönsten Tag im Leben ihrer Tochter würde sich Ebba von keinem versauen lassen.

Und schon gar nicht von Silke.

6

Wieder drang lautes Klirren vom Hof. Teller zersprangen in tausend Splitter. Christian lachte geduldig, nahm seinen Besen und begann abermals zu fegen. Seit Stunden ging das schon so. Inzwischen war auch Silke aufgetaucht. Sie stützte sich am Besenstiel ab und plauderte unbekümmert mit den Gästen. Ein junger Mann von der Landjugend brachte ein Tablett mit den giftgrünen Schnäpsen nach draußen. Alle wurden genötigt mitzutrinken: Braut und Bräutigam, die neuen Gäste und jeder, der auf dem Hof herumstand und nicht schnell genug das Weite suchte.

»Du bist Toni Müller, richtig?«, sprach ihn eine füllige junge Frau mit Hornbrille an. Sie musste zum Schützenverein gehören, denn Toni hatte sie noch nie gesehen. »Ist das okay, wenn ich dich hier einfach anspreche? Ich guck ja regelmäßig ›Aufruhr im Männerknast‹. Echt, das ist einfach große Klasse.« Sie kicherte. »Ich bin ja total aufgeregt, dass du hier bist. Kaum zu glauben.«

Er lächelte. Obwohl er so was häufig hörte, schmeichelte es ihm. Auch wenn Fans hin und wieder nervten – manchmal tat es eben gut, mit einem zu sprechen.

»Ich beneide dich so!«, sagte sie. »Wie muss das sein: Jeden Tag den echten Rocco zu sehen. Ganz real, in 3D sozusagen! Ich schwöre, ich würde tot umfallen, wenn ich mit dem in einem Raum wäre. Oh, wie ich dich beneide!«

Er runzelte die Stirn. »Wie bitte?«

»Ja, du spielst doch mit dem zusammen, oder? Ich kann's gar nicht glauben! Der Typ ist *so sexy*, ich dreh durch! Und supersüß! Ich finde ja, der kommt total sympathisch rüber. Ganz natürlich. Was würde ich darum geben, wenn ich mit dem ... Ach, du bist echt ein Glückspilz!«

Toni wusste nicht, was er darauf erwidern sollte.

»Jetzt sag doch mal, wie ist der so? Ich meine, privat? Sicher total nett, oder? Kann ich mir gar nicht anders vorstellen.«

Was sollte er schon sagen? Die Wahrheit wollte sie ohnehin nicht hören.

»Der ist supernett, na klar. Einer meiner besten Freunde. Ich geh mit dem ständig ein Bier trinken.«

Sie schmolz regelrecht dahin. Aus ihrem tiefsten Innern drang ein Seufzen.

»Du bist echt mit dem befreundet?« Sie fächelte sich affektiert Luft zu. »Ich kenn einen, der mit Rocco befreundet ist. Das ist zu viel für meine Nerven.«

»Toooni!«, erklang es vom Büfetttisch. Tante Immi hatte gerade ein paar Teller abgestellt und winkte ihren Neffen zu sich herüber. »Komm doch mal bitte!«

Toni lächelte der jungen Frau bedauernd zu. »Sorry, vielleicht reden wir später weiter.«

»Ja, unbedingt! Du musst mir einfach *alles* über Rocco erzählen!«

Toni floh eilig zum Büfett. Tante Immi und Tante Helga stellten dort Häppchenteller zurecht und zupften an den Dekorationen herum. Toni fragte sich langsam, wie viel Essen seine Tanten eigentlich noch auffahren wollten. Der Tisch war kurz davor, unter der Last zusammenzubrechen.

»Das sieht toll aus«, sagte er. »Echt große Klasse.«

»Und wir sind noch lange nicht fertig«, meinte Tante Helga und verdrehte die Augen. »Das Beste kommt noch. Deine Tante Ebba will, dass sich die Gäste noch jahrelang an den Büfetttisch erinnern.«

Was auch der Fall sein würde, wenn das so weiterging, dachte er.

»Es sieht alles total lecker aus! Ist richtig toll geworden. Überhaupt alles hier.« Er deutete auf die Partyscheune, die Dekorationen, den Hof. »Da habt ihr euch echt ins Zeug gelegt.«

»Du weißt doch«, meinte Tante Helga. »Silke ist eben Ebbas einzige Tochter.«

»Außerdem gefällt es deiner Tante Ebba, ihre Schwestern zu quälen«, sagte Tante Immi und zwinkerte. »Seit Wochen haben wir alle nur noch einen Lebensinhalt. Hochzeit, Hochzeit, Hochzeit. Ich weiß gar nicht mehr, wie mein Werner aussieht. Oder wie's bei mir zu Hause eigentlich zugeht. Ich verbringe ja jede freie Sekunde hier auf dem Hof. Ich schwöre, wenn die Hochzeit vorbei ist, muss mir einer den Weg nach Hause zeigen, allein finde ich den dann gar nicht mehr.«

»Aber ihr macht das doch gerne«, sagte Toni.

Tante Immi strich ihm durchs Gesicht. »Natürlich machen wir das gerne. Wozu hat man denn Familie?«

Toni hatte plötzlich das Gefühl, dass das nicht die ganze Geschichte war. Es gab einen bestimmten Grund, weshalb sich seine Tanten so ins Zeug legten, und der hatte nicht nur damit zu tun, dass Silke Ebbas einzige Tochter war. Da war noch etwas anderes. Er betrachtete prüfend seine Tanten, wagte aber nicht zu fragen.

Die Musik verstummte plötzlich. Ein Quietschen in den Boxen, dann drang eine Stimme durch die Scheune.

»Hier ist euer DJ Timo! Ich darf alle auf die Tanzfläche bitten! Jetzt kommt das Brautpaar! Wo seid ihr, Silke und Christian? Ein Applaus für das Brautpaar!«

Jubel brach aus, die Leute blickten sich um, und dann tauchten die beiden am Tresen auf, lächelnd und mit verlegenen Gesichtern. Es wurde applaudiert, Christian wurde auf die Schulter geklopft, schließlich traten die beiden auf die Tanzfläche.

»Ein paar Vögel haben mir gezwitschert, was euer Lieblingslied ist«, fuhr DJ Timo fort, als würde er »Der Preis ist heiß« moderieren. »Wir eröffnen den Abend mit dem Song, bei dem Christian dir den Heiratsantrag gemacht hat, Silke. Und alle anderen dürfen natürlich mittanzen. Es geht also los mit dem Hit ›Schatzi, schenk mir ein Foto‹!«

Christian und Silke schien das ein bisschen peinlich zu sein, was Toni gut verstehen konnte. Trotzdem blieben sie stehen und begannen zu tanzen. Nach und nach füllte sich die Tanzfläche, und kurz darauf waren sie in der Menge abgetaucht.

Toni wollte sich wieder seinen Tanten zuwenden, da entdeckte er Lutz. Sein Mitbewohner schlenderte – tief im Gespräch versunken – mit einem stämmigen Typen in Richtung Ausgang. Toni traute seinen Augen nicht. Das war Ben Deters, ehemaliger Torwart beim örtlichen Fußballklub und Chef vom Papenburger Kickboxverein. Jener Ben Deters, der Toni früher in den Schulpausen in den Mülleimer gestopft und während des Sportunterrichts seine Unterwäsche in den Bäumen des Pausenhofs verteilt hatte. Ein brutaler, ungehobelter Typ, der sicher wenig mit Leuten wie Lutz am Hut hatte. Trotzdem wirkten die beiden wie alte Freunde. Ungläubig beobachtete Toni, wie Ben Deters seinem Mitbewohner den Arm kumpelhaft um die Schultern legte.

Er spürte sein Herz schneller schlagen. Das konnte nicht gut gehen. Ben Deters wusste ganz offensichtlich nicht, mit wem er sich da eingelassen hatte. Lutz war sicher kaum zu Wort gekommen, schließlich redete Ben Deters gern und viel. Sobald er begriff, mit wem er sich da zusammengetan hatte, würde die Stimmung bestimmt schnell kippen. Was für Lutz nichts Gutes bedeutete. Toni musste also hinterher und Lutz so schnell wie möglich von Ben Deters weglotsen. Bevor ein Unglück passierte.

»Toni, weshalb wir dich eigentlich sprechen wollten …«, begann Tante Immi.

»Ja, genau«, sprang ihr Tante Helga bei. »Wir wollen nämlich …«

»Können wir das später regeln?«, fragte Toni. »Ich muss mal kurz weg. Ich komme gleich …«

»Nein, warte. Das geht ganz schnell.«

»Zwei Minuten«, sagte Tante Helga. »Wir müssen ja zurück in die Küche. Ebba fragt sich bestimmt schon, wo wir bleiben.«

Immi legte ihren wuchtigen Arm um seine Schultern und führte ihn sanft, aber bestimmt von Lutz und Ben Deters weg.

»Sieh mal, Junge, wir wollen nur, dass du kurz jemandem Guten Tag sagst. Das dauert nicht lange.«

Toni blickte sich hektisch über die Schulter. »Nein, ich kann jetzt nicht. Ich muss da hinten …«

Immis Griff wurde stählern, es gab kein Entkommen.

»Eine Minute hast du wohl für uns Zeit«, sagte sie süßlich.

»Das geht jetzt nicht!«

»Doch, doch, mein Lieber. Das geht jetzt.«

Tante Immis Arme hielten ihn wie Schlingpflanzen umklammert. Er verrenkte sich den Hals. Lutz und Ben Deters waren nirgends mehr zu sehen. Er konnte nur das Beste hoffen. Tante Immi schob ihn entschlossen weiter. Er stolperte über ein leeres Bierglas am Boden. Vergeblich versuchte er sich von ihren Armen zu befreien.

»Was wollt ihr denn eigentlich?«, brachte er hervor. »Lasst mich los!«

Doch Tante Immi achtete nicht auf ihn.

»Siegbert!«, flötete sie, und Tante Helga winkte affektiert mit den Armen. »Siiiegbert!«

»Schau doch mal, wen wir hier haben!«

»Das ist Toni! Du kennst doch unseren Toni noch, oder?«

Dann schob Tante Immi Toni unsanft nach vorne. Dort saß an einem Tisch Siegbert Fehnheide, ein Bauer aus der Nachbarschaft. Er war in Tonis Alter, doch man hätte ihn auch für einen grimmigen Mittvierziger halten können, wie er mit seinem schlecht sitzenden Anzug einsam dahockte und in sein Bier starrte. Die Schultern von der vielen Arbeit gebeugt, das Gesicht blass und teigig, die Hände voller Schwielen.

»Toni, sag Siegbert Guten Tag!«, trällerte Tante Immi und zischte ihm dann zu: »Jetzt mach schon!«

Toni trat auf ihn zu. »Hallo, Siegbert. Wie geht's?«

Er nickte förmlich. »Gut, danke. Wie geht's dir, Toni?«

Siegbert schien sich in seiner Haut nicht wohlzufühlen. Er war in dieselbe Schulklasse wie Toni gegangen, doch sie hatten schon damals nichts miteinander anfangen können:

Siegbert hatte immer nur über Treckerfahren, Silieren oder Pflügen geredet, etwas anderes interessierte ihn nicht. Er war eben der geborene Bauer.

Toni konnte sich noch daran erinnern, wie er seinen ersten Freund gehabt hatte, ein Geheimnis, das sich innerhalb einer halben Stunde in der ganzen Schule rumgesprochen hatte. Da hatte es plötzlich geheißen, er und Siegbert hätten ein Verhältnis. Was ihn fassungslos gemacht hatte. Ausgerechnet Siegbert Fehnheide, als hätte er keinen Geschmack. Doch Jahre später hatte sich Siegbert ebenfalls als schwul geoutet, und Toni war klar geworden, dass die anderen Kinder in der Schule offenbar instinktiv gemerkt hatten, dass ihn und Siegbert Fehnheide etwas verband, auch wenn er selbst blind dafür gewesen war.

»Lang nicht mehr gesehen, Toni!«, sagte Siegbert angespannt. Die Situation schien ihm äußerst unangenehm zu sein.

Toni sah fragend zu seinen Tanten. Was führten die hier im Schilde?

»Ein Bier für dich, Toni?«, fragte Immi gut gelaunt. »Und für dich, Siegbert, bestimmt auch, nicht wahr?« Sie lachte affektiert. »Ich bringe euch zwei Gläser, für irgendwas muss ich ja auch gut sein.«

Dann eilte sie zur Theke, um das Bier zu holen. Tante Helga bemerkte seinen Blick und nickte ihm aufmunternd zu.

Siegbert Fehnheide räusperte sich. Er saß da, als hätte er einen Stock verschluckt.

»Und?«, meinte er. »Wie läuft's in Berlin?«

»Entschuldige«, sagte Toni. »Warte kurz, Siegbert.«

Tante Immi kehrte gerade mit den beiden Gläsern zurück.

Er packte sie am Arm und nahm sie gemeinsam mit Tante Helga beiseite.

»Was soll das hier?«, zischte er.

Die beiden machten große Augen.

»Ich weiß nicht, was du meinst«, gab sich Helga ahnungslos.

Toni starrte sie düster an und wartete auf eine Antwort.

Schließlich war es Immi, die sich geschlagen gab. »Wir haben uns gedacht, du und Siegbert … Jetzt, wo du Single bist. Das wäre doch wunderbar.«

»Siegbert? Ihr wollt mich mit Siegbert verkuppeln? Getreu dem Motto: Blind und blind versteht sich gut?«

»Ach, Toni, jetzt sei doch nicht so. Siegbert ist ganz hinreißend. Er ist der Kassenwart in unserem Schützenverein. Das ist eine wichtige Arbeit, und man findet immer so schwer einen, der bereit ist, die zu machen.«

»Er ist ein totaler *Langweiler!* Ich bitte euch!«

»Toni, du kennst ihn doch gar nicht.«

»Daran wird sich auch nichts ändern. Das könnt ihr vergessen.«

Die beiden wechselten betretene Blicke.

»Wir haben ihm gesagt, du freust dich schon seit Wochen, ihn wiederzusehen«, räumte Tante Helga kleinlaut ein. »Und du würdest dich gerne mal mit ihm in Ruhe unterhalten. Wo ihr doch beide …« Das Ende des Satzes ließ sie offen im Raum schweben.

Toni seufzte. Er blickte zum Tisch. Siegbert saß kerzengerade da und winkte ihm zu. Toni rang sich ein Lächeln ab und winkte zurück.

»Nun fass dir ein Herz«, sagte Tante Immi. »So schlimm ist es nicht. Du wirst sehen, er ist ganz reizend.«

»Und wir müssen jetzt dringend zurück in die Küche«, fügte Helga hinzu. »Sonst kommt Ebba gleich und will noch wissen, was es hier zu tuscheln gibt.«

Toni fügte sich also in sein Schicksal. Er kehrte zum Tisch zurück und zwang sich zu einem Lächeln. Und hoffte kurz darauf, dass dieses Lächeln nicht halb so gezwungen wirkte wie das von Siegbert.

Sie hoben die Biergläser, stießen auf das Brautpaar an, tranken und fielen danach wieder in Schweigen. Rundherum amüsierten sich die Leute, von der Tanzfläche drangen lautes Lachen und die Klänge eines schwungvollen Discofox. Nur Toni und Siegbert saßen wortlos und angespannt beieinander.

Schließlich fragte Toni: »Lebst du immer noch auf dem Hof?«

Siegbert nickte. »Ich habe ihn inzwischen von meinem Vater übernommen. Meine Eltern leben im Haus. Ich habe mir den Dachboden ausgebaut, weißt du. Es gibt einen eigenen Eingang.«

Toni gab sich interessiert. »Aha«, sagte er.

»Wir haben aber keine Milchkühe mehr, so wie früher. Ich habe mich auf Rinderzucht spezialisiert. Aber das spielt keine Rolle. Mit den Tieren verdiene ich kaum noch Geld. Hauptsächlich lebe ich als Lohnunternehmer, ich verleihe Landmaschinen und helfe bei der Ernte.«

Toni dachte an das Bauernhaus der Familie Fehnheide. Es war ihm damals immer riesengroß vorgekommen.

»Und du wohnst ganz allein in dem großen Dachstuhl?«, fragte er.

»Ja.« Siegberts Gesicht wurde steinern. »Manchmal kann es sehr einsam sein.«

Toni räusperte sich verlegen. Er ließ seinen Blick durch die Scheune schweifen. Wieder fielen ihm die Typen auf, die aussahen, als würden sie Ärger wollen. Einer der Männer vom Sanitärgeschäft pöbelte einen der Männer vom Schützenverein an, weil der offenbar gerade seine Freundin angemacht hatte. Was sich Toni kaum vorstellen konnte, so besoffen, wie der war. Ein anderer kippte einen Schnaps runter und stolperte – offensichtlich auch nicht mehr ganz nüchtern – ein paar Meter nach hinten. Dabei rempelte er gegen einen anderen Mann aus dem Schützenverein. Und dann ging es ganz schnell. Beide Männer standen sich plötzlich mit geschwellter Brust gegenüber, starrten sich mit bösen Blicken an und ballten die Fäuste. Wäre da nicht eine junge Frau gewesen, die aufgeregt versuchte, das Missverständnis zu klären, wäre es wohl zur Eskalation gekommen. Nur widerwillig trennten sich die Männer wieder.

»Wenn das mal gut geht«, meinte Toni.

»Was meinst du?«, fragte Siegbert.

»Merkst du nicht, was hier für eine Atmosphäre herrscht? Die gehen sich gleich alle an die Gurgel.«

»Du meinst wegen dieser Alphatierchen vom Schützenverein und den Brechern vom Sanitärgeschäft?« Er lachte. »Ach was, das sieht nur so aus. Die sind doch eigentlich ganz nett.«

Toni war sich da nicht so sicher, doch er beschloss, es dabei bewenden zu lassen.

»Und du bist jetzt in Berlin«, sagte Siegbert verlegen.

»Ja«, sagte Toni. »Wer hätte das gedacht?«

»Und dann noch beim Fernsehen. Ist ja schon beeindruckend. Wie ist das denn so?«

Toni erzählte ein bisschen über die Drehtage am Set, über

Auftritte in Talkshows und die Filmpremieren, zu denen er eingeladen wurde. Er hatte jedoch bald das Gefühl, dass Siegbert ihm nicht folgen konnte. Er schien gar nicht zu wissen, wovon Toni da redete. Wahrscheinlich hätte er genauso gut von einer Marsexpedition erzählen können.

»Du hast ja ganz schön was erreicht«, sagte Siegbert vage. Er schien sich plötzlich unterlegen zu fühlen. »Und jetzt kommst du wieder zurück aufs Land. Da müssen wir dir sehr provinziell vorkommen. Ich bin halt nicht viel rausgekommen. Keine Ahnung, weshalb.«

Mit einem Mal fühlte sich alles ganz schwer an. Was sollte Toni daraufhin sagen? Wichtig war doch nur, dass man mit seinem Leben zufrieden war. Egal ob in Berlin oder in Papenburg. Wer wusste schon, ob Siegbert mit seiner Arbeit als Lohnunternehmer nicht glücklicher war als Toni? Bei Siegbert auf dem Hof gab es jedenfalls keinen Rocco, der ihm das Leben zur Hölle machte.

Sie fielen wieder in Schweigen. Siegbert stürzte sein Bier herunter. Es wirkte wie eine Verzweiflungstat. Das leere Glas haute er auf den Tisch.

»Ich hol mir was zu trinken«, sagte er. »Was ist mit dir? Auch noch ein Bier?«

Toni hatte an seinem Getränk nur genippt, trotzdem sagte er: »Ähm ... ja, klar. Natürlich. Gern.«

Siegbert erhob sich schwerfällig und ging zum Tresen. Toni holte Luft. Er würde später noch ein Wörtchen mit seinen Tanten reden, so viel war sicher. In der Scheune war es inzwischen heiß wie in einem Backofen. Er hielt nach Kayla und Lutz Ausschau.

Seine Nachbarin hatte er schnell entdeckt. Sie war mal wieder umringt von einer Gruppe Frauen. Hausfrauen mit

Kurzhaarfrisuren und modischen Brillen, die allesamt lauthals grölten und lachten und völlig enthemmt wirkten. Kayla veranstaltete offenbar ein Trinkspiel mit ihnen. Reihum musste jede etwas Bestimmtes sagen, was offenbar ein wenig Konzentration erforderte, denn sie gerieten dabei sichtbar ins Nachdenken, und wer einen Fehler machte, der musste unter allgemeinem Geschrei einen Schnaps trinken. Kayla diente als Showmaster, Rockstar, Linienrichterin und Animateurin. Und wie immer nahm sie sich dieser Rolle mit Inbrunst an. Die Frauen liebten sie.

Er fragte sich, was Kayla denen wohl erzählte. Wenn sie einen Witz zu viel machte, konnte die Stimmung sofort kippen. Doch was sollte er tun? Er konnte nur hoffen, dass es gut gehen würde.

Nicht weit entfernt entdeckte er ein paar Männer, die sich das Treiben mürrisch ansahen. Die schienen Kayla nicht sonderlich zu lieben. Ein weiteres Problem, das sich auftat.

Toni machte sich auf die Suche nach Lutz. Erst als er an das Tarnnetz trat, das die Scheune vom Hof trennte, entdeckte er draußen eine Gruppe Jugendlicher, sie sich hinter dem Toilettenwagen niedergelassen hatten. Ein Joint machte die Runde, und mittendrin saß Lutz.

Toni spürte sofort Beklemmung. Er kannte die meisten der Jugendlichen. Sie waren aus dem Fußballverein oder gehörten zu Ben Deters' Kickboxgruppe. Allesamt homophobe Teenager, denen Toni lieber nicht nachts und im Dunkeln begegnen wollte. Lutz saß jedoch wie selbstverständlich in deren Mitte. Er war nicht einfach nur geduldet, weil er Marihuana besaß. Im Gegenteil. Die Jungs schienen sich prächtig mit ihm zu amüsieren.

Toni war fassungslos. Worüber *redeten* die nur? War Lutz

vielleicht in Gefahr? Sollte er ihn besser von dort wegbringen? Ben Deters lachte auf, nahm den Joint und schlug Lutz freundschaftlich auf die Schulter. Toni schüttelte den Kopf und setzte sich wieder. Er begriff einfach nicht, was passierte. Das war alles zu hoch für ihn.

In der Scheune war die Party im vollen Gange, doch unter der Oberfläche vermeinte Toni Aggressionen zu vernehmen. Was so ein paar betrunkene Alphamännchen ausmachen konnten. Er hatte das Gefühl, jeden Moment könnte alles umschlagen. Ein Funke genügte, um das Fass zum Explodieren zu bringen.

Toni stand auf, doch in dem Moment kehrte Siegbert zurück. »Wo willst du denn hin?«, fragte er. Enttäuschung schwang in seiner Stimme mit. »Ich habe Bier geholt.«

Toni sah sich hilflos um. Sein Blick traf auf den von Tante Helga. Sie sah, was er vorhatte. Bleib ja sitzen!, schien sie ihm bedeuten zu wollen.

Es hatte keinen Sinn. Er nahm wieder Platz. Auf dem Tisch stand immer noch das Bierglas, das er kaum angerührt hatte. Er dachte daran, was Sophia in der Garderobe zu ihm gesagt hatte: Lehnen Sie sich zurück, und genießen Sie den Flug! Ein gewisser Gleichmut erfasste ihn. Er stieß einen Seufzer aus, dann nahm er das Bierglas und leerte es in einem Zug.

7

Helene Bruns stürmte in die Küche.

»Ebba, dein Büfett ist ein Gedicht!«, platzte sie heraus. »Wie du das nur immer *machst!* Es ist nicht zu glauben. Du solltest die Leute sehen, die sind alle ganz aus dem Häuschen! Egal wohin ich gehe, überall höre ich: Habt ihr das Büfett gesehen? Ihr *müsst* euch das Büfett ansehen! Und dabei ist heute erst der Polterabend! Woanders hat man so etwas nicht einmal zum Hochzeitstag gesehen. Ich sage dir, Ebba, damit hast du alles Gewesene in den Schatten gestellt. Das werden die Leute nicht so schnell vergessen.«

Ebba stand mit der Kochschürze am Ofen. Die ganze Hektik war vergessen, für den Moment ruhte sie in sich. Und kostete jedes Wort aus.

»Diese Blätterteigröllchen, Ebba! Die sind ja so raffiniert, sage ich dir. Und dann diese kleinen Häppchen mit der Käse-Salbei-Füllung. Die zergehen einem regelrecht auf der Zunge. Da wird man ja blass vor Neid, Ebba. Ich meine, versteh mich nicht falsch, ich werde ja oft für meine Kochkünste gelobt, aber so etwas? Wie hast du die nur so hingekriegt?« Helene hielt sich benommen an ihrer Halskette fest. »Aber das Beste sind diese Hühnchen-Curry-Teigtaschen. Mir kommen die Tränen. Siehst du das, Ebba? Mir kommen die Tränen! So etwas habe ich in meinem ganzen Leben noch nicht gegessen. Ich sage dir, ich gehe hier nicht eher weg, ehe du mir nicht das Rezept gegeben hast. Das ist mir ganz egal, und wenn ich hier übernachten muss. Für dieses Rezept würde ich töten! Ich würde …«

»Helene!«, schallte es von draußen. »Wo bist du denn?«

»Das sind meine Kegelschwestern«, entschuldigte sie sich. »Ich soll gleich mit dem Bräutigam tanzen. Der arme Christian, der kann sich bestimmt was Schöneres vorstellen, als seine Zeit mit uns alten Hennen zu verbringen. Aber es ist ein Spiel und …«

»Helene!«, dröhnte es.

Sie trat eilig auf Ebba zu, strich ihr anerkennend über den Arm, lächelte mit weichem Blick und feuchten Augen, dann wirbelte sie herum und lief aus der Küche.

Ebba blieb allein am Ofen zurück. Sie stand aufrecht da, mit durchgestrecktem Rücken und erhobenem Haupt. Ihre Schwestern lächelten.

»Dann war der ganze Aufwand ja doch für was gut«, sagte Helga.

Ebba nickte. Man wird noch lange darüber reden, hatte Helene gesagt. Die Hochzeit ihrer Tochter würde nicht so schnell in Vergessenheit geraten. Es würde ein Fest werden, an das sich die Menschen noch in vielen Jahren gern erinnerten.

Alles lief hervorragend. Für den Moment jedenfalls. Doch darauf durfte sie sich nicht ausruhen. Der Abend war noch nicht zu Ende.

»Wie weit sind wir jetzt?«, fragte sie. »Was machen die Lachsröllchen?«

»Die sind quasi fertig«, sagte Kamilla. »Sie müssen nur noch hergerichtet werden.«

Kamilla schenkte ihre ganze Konzentration dem Teller,

auf dem sie die Röllchen millimetergenau platzierte. Wusste der Himmel, was ihr dabei durch den Kopf ging. Ebba wollte lieber nicht fragen. Sie wandte sich den anderen zu.

»Und das war es dann, oder?«, vergewisserte sie sich.

Immi nickte. »Wir können die Baguettekörbe noch einmal nachfüllen. Aber mit dem Büfett sind wir durch.«

Ebba stieß einen schweren Seufzer aus. »Dann bringen wir mal die Lachsröllchen raus. Und danach räumen wir hier auf. Kamilla? Können wir?«

»Einen Moment noch«, murmelte diese, ohne aufzusehen.

Mit dem behandschuhten Handrücken strich sie sich eine Strähne aus dem Gesicht, dann machte sie konzentriert weiter. Sie legte ein Lachsröllchen an den Tellerrand, betrachtete es eine Weile, schob es einen Millimeter zur Seite und betrachtete es wieder.

Ebba kribbelte es in den Fingern. Am liebsten hätte sie ihre Schwester beiseitegeschoben und die Röllchen einfach auf den Teller geschüttet. Nichts gegen Ordnung, aber man konnte es auch übertreiben. Ebba wusste aber aus Erfahrung, damit würde sie alles nur schlimmer machen. Kamilla würde sicher einen Streit deswegen vom Zaun brechen.

Die Küchentür öffnete sich. Ein behäbiger, untersetzter Mann mit einem hässlichen Krötengesicht trat herein. Es war Ludger Everding, der Vater des Bräutigams.

»Ludger!«, begrüßte Ebba ihn. »Führt dich dein Wachdienst zu uns in die Küche?«

Sollte er den Scherz bemerkt haben, ließ er es sich nicht anmerken. »Ich muss mit dir reden, Ebba«, sagte er und nahm schwerfällig am Küchentisch Platz.

Obwohl in Zivil – er trug ein farbloses Poloshirt, graue

Bundfaltenhosen und eine beigefarbene Windjacke –, war er dennoch auf den ersten Blick als Polizist zu erkennen. Jedem Gast auf dem Polterabend, ob er Ludger nun kannte oder nicht, musste sofort klar sein: Hier ist einer, der aufpasst, dass ich nicht betrunken ins Auto steige.

Ebba klopfte sich das Mehl von den Händen und nahm ihre Kochschürze ab.

»Was gibt es denn, Ludger?«, fragte sie.

»Wir sollten ein paar der Gäste nach Hause schicken.«

»Wieso? Amüsieren die sich etwa?«

»Lass die Späße! Da ist Unruhe in der Scheune. Ich spüre das.«

»Ich weiß zwar nicht, was jetzt gerade in der Scheune los ist. Aber ich kann dir sagen, wenn einer anfängt, Leute abzuführen, die das Fest verlassen sollen, dann wird ganz sicher Unruhe aufkommen.«

Er schüttelte den Kopf. »Versteh mich nicht falsch, Ebba. Die meisten feiern einfach. Doch da sind ein paar Männer, die ihre Grenzen nicht kennen. Je mehr Alkohol fließt, desto größer sind meine Sorgen.«

»Dann sollten wir vielleicht keinen Alkohol mehr ausschenken«, meinte Ebba und verschränkte die Arme. »Damit retten wir das Fest bestimmt.«

»Es ist mein Ernst, Ebba.«

Mit seinem Krötengesicht konnte er einem den Spaß verderben. So war es schon immer gewesen. Aber Ludger gehörte nun mal zur Familie, ob es ihr gefiel oder nicht.

»Also gut«, sagte sie. »Wir bringen jetzt die Lachsröllchen raus. Ich werde mich dabei ein bisschen in der Scheune umsehen. Danach reden wir weiter. Wartest du so lange hier?«

Er nickte. »Das tue ich.«

Ebba wandte sich an ihre Schwester. »Kamilla?«

»Ja, einen Moment noch!« Kamilla wirkte getrieben.

»Jetzt komm schon, wir haben keine Zeit für solchen Unsinn!« Ebba ging hinüber und nahm ihr den Teller mit den Lachsröllchen aus der Hand.

»Ebba, warte doch!«, presste Kamilla hervor.

Sie schob immer noch an den Röllchen herum, als der Teller bereits an ihrem Gesicht vorbeischwebte.

»Nimm bitte den Korb mit dem Baguette, Kamilla«, sagte Ebba. »Und dann los!«

Ohne weiter auf sie zu achten, steuerte Ebba die Tür an. Die Sommernacht war lau. Bunte Lichterketten erhellten den Hof. Überall wurde geplaudert, gesungen, gelacht. Am Toilettenwagen standen zwei Teenager, die herumknutschten. Auf einem Treckerreifen kicherten zwei ältere Frauen miteinander. Alle waren gekommen: Nachbarn, Freunde und Verwandte. So hatte sich das Ebba immer gewünscht. Ein perfektes Fest für ihre Tochter.

Sollte Ludger ruhig daherreden. Alles, was sie sah, waren gut gelaunte Menschen, die ein Fest feierten. Ludger Everding musste paranoid sein. Sein Problem war vermutlich, dass seine Existenz nur dann berechtigt erschien, wenn irgendwo die Polizei gebraucht wurde.

Im Innern der Scheune zeigte sich das gleiche Bild. Überall fröhliche Menschen. Ebba trug die Lachsröllchen wie eine Monstranz vor sich her. Vor dem Büfett blieb sie stehen. Der Anblick raubte ihr den Atem. Es war tatsächlich genauso schön wie damals, in dem Hotel in Ägypten.

Ach was, es war noch schöner!

Magda Vesting, die Vorsitzende des überregionalen Landfrauenverbands, kam mit leuchtenden Augen auf sie zu.

»Ebba!«, sagte sie. »Was für ein Büfett! Wir sind ganz beeindruckt. Und alles ist so lecker! Beim nächsten Landfrauentreffen musst du deine Rezepte auf den Tisch legen. Die Frauen gieren regelrecht danach.«

Kamilla stellte den Brotkorb ab, zog sich eilig die Einweghandschuhe über und fuchtelte wieder an dem Teller mit den Lachsröllchen herum, den Ebba in der Hand hielt. Ebba bemerkte es, zog ihn weg und verscheuchte ihre Schwester wie eine lästige Fliege.

Dann tauchte Maria Grothe neben Magda auf, eine Bauersfrau aus der Nachbarschaft. Auch sie konnte die Augen kaum vom Büfett abwenden.

»Hat man so etwas schon mal gesehen?«, meinte sie. »Man kann dir nur gratulieren, Ebba. Ich habe schon Fotos von dem Büfett gemacht, fürs Album.«

Kamilla tauchte nun auf der anderen Seite auf und streckte dort ihre Finger nach den Lachsröllchen aus. Ebba entzog ihr abermals den Teller.

»Ihr seid zu freundlich«, sagte sie zu den Frauen. »Das war gar keine große Sache. Es hat mir einfach Spaß gemacht, versteht ihr? Ich hab das alles für Silke getan.«

»Da darf man wohl gespannt sein, was die Hochzeit sonst noch für Überraschungen parat hat«, meinte Maria Grothe.

»Oh ja, das dürft ihr«, sagte Ebba, lächelte bescheiden und wandte sich mit den Lachsröllchen von den Frauen ab.

Beinahe wäre sie in Kamilla hineingerannt, die gerade versuchte, von hinten an den Teller zu gelangen.

»Kamilla, jetzt ist aber gut! Nimm deine Pfoten weg.«

»Ich will nur kurz etwas richten.«

»Geh bitte, hab ich gesagt!«

Ebba suchte eine freie Stelle auf dem Tisch, wo sie den

Teller abstellen konnte. Doch Kamilla rückte ihr schon wieder auf den Pelz.

»Es geht auch ganz schnell«, meinte Kamilla. »Es ist nur dieses eine, das muss …«

Ebba drückte sie mithilfe ihres Ellbogens von sich weg. Kamilla wehrte sich, ein Handgemenge entstand, sie stolperte einen Schritt zurück – und fiel einem jungen Mann direkt in die Arme. Ein stämmiger Typ mit rotem Kopf und Schweinsgesicht. Einer von Christians Sanitärhandwerkern, das sah man sofort.

»Ey, Alte!«, fuhr er Kamilla an. »Pass doch auf, wo du hintrittst!«

Ebba glaubte sich verhört zu haben. Sie umklammerte den Teller und trat auf den Jungen zu.

»Hören Sie mal, junger Mann. Ich weiß nicht, wer Sie sind, aber Sie werden sich augenblicklich bei meiner Schwester für diesen Tonfall entschuldigen!«

»Was willst du?«, fuhr er sie an.

Ebba fixierte ihn. Sie war fest entschlossen, ihn mit Blicken niederzuringen. Eine Weile war da noch Angriffslust in seinen Augen, doch dann senkte er seinen Blick und drehte sich weg. Sie hatte gewonnen. Auch wenn sie wohl vergeblich auf eine Entschuldigung warten würde.

Vielleicht ist da ja doch einer, den Ludger hinausbefördern kann, ging es ihr durch den Kopf. Dieses Gesicht würde sie sich merken.

Als sie sich umdrehte, fingerte Kamilla schon wieder an dem Teller herum. Ebba scheuchte sie weg.

»Nur dieses eine«, bettelte sie. »Dann ist es perfekt. Das eine Lachsröllchen da, das liegt quer.«

Ebba wurde es endgültig zu viel. Sie riss Kamilla ruckartig

den Teller weg, holte dabei aber offenbar zu viel Schwung, kämpfte erschrocken um ihr Gleichgewicht, geriet ins Stolpern und schleuderte in ihrer Not den Teller in die Luft.

Plötzlich war der Himmel voller Lachshäppchen. Wie in Zeitlupe wirbelten sie hoch, drehten sich um ihre eigene Achse, flogen kreuz und quer durch den Raum – und regneten dann auf die Leute nieder.

Ebba und Kamilla sahen den fliegenden Häppchen erschrocken hinterher. Keine der beiden wagte zu atmen. Hilflos beobachteten sie, wie plötzlich überall die Köpfe eingezogen wurden. Eine Frau schrie hysterisch auf, die Männer einer Skatrunde stürzten auseinander, Biergläser zersprangen auf dem Steinboden.

Einem bulligen Mann fiel ein Lachshäppchen direkt in den Nacken. Er hatte natürlich keine Ahnung, was da auf einmal in sein T-Shirt rutschte, irgendwas Nasses, Schweres und Klebriges eben, also packte er es angewidert und schleuderte es von sich – einem anderen Mann direkt ins Gesicht.

Der Werfer war ein Brecher aus dem Schützenverein, der Getroffene einer von Christians Handwerkern. Die beiden gingen augenblicklich aufeinander los. Sie rangen wild miteinander und stolperten zur Seite, wobei ein Ellbogen im Gesicht einer jungen Frau landete. Sie heulte auf, Blut quoll aus ihrer Nase, und ihr Freund schlug sofort zurück. Ein anderer mischte sich ein, ein Gerangel entstand, die Menge schob sich hin und her, und überall begannen Fäuste zu fliegen.

Dann war die Musik aus. Frauen schrien. Von allen Seiten flohen Menschen hinaus auf den Hof. Ebba war wie erstarrt. Magda Vesting, die immer noch neben ihr stand, warf einen letzten sorgenvollen Blick aufs Büfett, dann nahm sie ihre

Handtasche, raffte das Kleid und stöckelte eilig nach draußen. Ein Bierglas flog durch die Luft, ein Tisch krachte unter einem Mann zusammen.

Endlich löste sich Ebba aus ihrer Starre.

»Aufhören!«, schrie sie. »Sofort aufhören!«

Sie war außer sich. Was taten diese Leute? Was nahmen die sich heraus? Dies war ihr Fest! Ihr Werk! Sie allein hatte alles auf die Beine gestellt. Das wollte sie sich keinesfalls von ein paar Raufbolden kaputt machen lassen.

Sie packte den erstbesten Mann am Kragen.

»Ich dulde nicht, dass ihr euch hier prügelt! Ich werdet sofort ...«

Er schob sie zur Seite und achtete nicht weiter auf sie. Ebba landete auf ihrem Hintern. Nun wurde sie wütend.

Sie rappelte sich auf und baute sich vor den Männern auf. Entschlossen stemmte sie die Hände in die Hüfte.

»Ebba! Nicht!«, hörte sie Kamilla wispern.

»Aufhören! Ich habe gesagt, ihr sollt sofort ...«

Dann ging alles ganz schnell. Ebba sah eine Faust auf sich zurasen. Sie hatte keine Zeit zu reagieren. Ein dumpfer Schlag, der sie nach hinten riss. Und augenblicklich wurde alles um sie herum dunkel.

8

Toni erwachte frühmorgens in seinem alten Jugendzimmer. Dort hatte sich kaum etwas verändert. Da waren der wuchtige Wäscheschrank unterhalb der Dachschräge, das alte Bauernbett mit den quietschenden Federn und der morsche Eichenbalken, der quer durch den Raum führte. Fehlten nur noch seine alten Poster von Robbie Williams und Britney Spears, und es wäre wie früher.

Im Haus war es noch totenstill. Er schlug die Bettdecke zur Seite und trat an das kleine Sprossenfenster, das zur Kuhweide hinausging. Unter ihm lag die weite Ebene des Emslands. Die Morgensonne ging gerade blutrot am Horizont auf. Nebliger Dunst lag über den Wiesen, und eine Handvoll Kühe graste am Rande eines Wäldchens. Überall herrschten Ruhe und Frieden. Toni bemerkte, dass es tief in seinem Herzen ein Fleckchen gab, das dies alles furchtbar vermisst hatte.

Er warf sich den Morgenmantel über, schlüpfte in die Hausschuhe, die Tante Ebba bereitgelegt hatte, und schlich die Treppe hinunter.

In der Küche hörte er leises Geklapper. Vorsichtig schob er die Tür auf und spähte hinein. Tante Ebba stand im Morgenmantel am Herd und kochte Kaffee. Ihre grauen Haare standen in allen Richtungen vom Kopf ab, der Gürtel des Morgenmantels war fest unter ihrer Brust verknotet, und ihre rosafarbenen Puschen leuchteten auf dem dunklen Küchenboden. Toni musste darüber lächeln, sie in diesem Aufzug zu sehen. Auch den hatte er lange mehr nicht zu Gesicht bekommen.

»Guten Morgen, Tante Ebba«, sagte er.

Sie drehte sich um. Da war ein dickes Veilchen, das sich an ihrem linken Auge gebildet hatte. Ein blaues Auge – zum Glück war nicht mehr passiert, als Ebba die Schlägerei hatte beenden wollen. Das Ganze hätte auch übler für sie ausgehen können. Mit ihrem Veilchen und in dem Morgenmantel sah sie ein bisschen wie ein Boxer aus, der aus dem Ring gestiegen ist.

»Toni, du bist das.« Sie schenkte ihm ebenfalls ein Lächeln. »Guten Morgen. Möchtest du Kaffee?«

»Gerne«, sagte er und setzte sich an den Küchentisch.

Tante Ebba wandte sich wieder dem Herd zu und goss kochendes Wasser in den Filter. Draußen gewann die Sonne zunehmend an Kraft. Sie sah nun aus wie eine blutige Orange. Toni und Ebba schwiegen. Das fühlte sich gut an, beinahe wie früher.

Schließlich stellte Tante Ebba zwei Kaffeetassen auf den Tisch und setzte sich zu ihm. Sie wirkte angeschlagen, und das lag nicht nur an dem Veilchen. Ein gezielter Schlag mit der Faust. Als Tante Ebba ein paar Minuten später wieder zu sich gekommen war, hatte Ludger Everding bereits seine Kollegen verständigt. Die Polizei hatte die Feier in Windeseile aufgelöst. Das Ganze hatte ihr natürlich ziemlich zugesetzt.

»Es war doch trotzdem ein schöner Abend«, versuchte Toni zu trösten. »Bis zu der Schlägerei jedenfalls war's großartig. Alle haben sich blendend amüsiert.«

Tante Ebba durchschaute natürlich den Versuch, sie mit irgendwas zu aufzuheitern. Sie lächelte.

»Es war eine verdammte Katastrophe«, sagte sie.

Toni lächelte ebenfalls. »Ja, du hast recht. Aber deine Häppchen sind trotzdem weggegangen. Am Ende haben sich die Leute noch schnell was in Servietten gepackt. Da war jede Handtasche doppelt so schwer wie zu Beginn der Feier.«

»Nun ja. Das wollte sich dann doch keiner entgehen lassen. Und das bisschen, was danach noch übrig war, hat Immi in Tupperdosen gepackt und den Polizisten mitgegeben. Als Entschädigung, weil die doch mitten in der Nacht zu uns zum Einsatz mussten. Wenigstens für die hat sich das Ganze also gelohnt.«

Obwohl das gar nicht besonders witzig war, mussten die beiden lachen. Und es tat gut, nach so einer Nacht zusammen zu lachen.

»Ist eigentlich jemand ernsthaft verletzt worden?«, fragte Toni schließlich.

»Drei Männer sind im Krankenhaus. Nichts Ernstes, heißt es, aber offenbar ernst genug, um über Nacht dazubleiben. Die anderen haben eher leichte Verletzungen. Der Trauzeuge ist auch im Krankenhaus, er ist mit dem Kopf gegen die Scheunenwand geknallt. Gehirnerschütterung, heißt es. Wir wissen noch gar nicht, ob der morgen zur Trauung überhaupt wieder einsatzfähig ist.«

»Hat das Ganze denn irgendwelche Konsequenzen?«

Tante Ebba machte eine wegwerfende Handbewegung.

»Ach, ich bin ja selber schuld«, sagte sie. »Schließlich waren das meine Häppchen, die alles ausgelöst haben.«

»Da lag was in der Luft, schon vorher«, sagte Toni. »Das konnte man förmlich spüren. Es fehlte nur ein Funke, um alles zum Explodieren zu bringen. Ich hatte nur gedacht … Ach, das spielt keine Rolle.«

Ebba betrachtete ihn. »Was hast du gedacht?«

»Ich hatte befürchtet, Kayla oder Lutz würden diesen Funken liefern, der alles in Brand setzt. Dass der von ganz woanders kam, damit hatte ich nicht gerechnet.«

»Deine Freunde? Nein, Toni, das ist ungerecht. Die sind doch nett, die beiden. Ich denke immer gerne an unseren Besuch in Berlin zurück.«

Ja, sie sind nett, dachte er. Solange sie sich in ihrem natürlichen Lebensraum befinden. Was passieren würde, wenn man sie hier auf die Provinz losließ, darüber machte er sich im Gegensatz zu Tante Ebba durchaus seine Gedanken. Ob da *nett* das richtige Wort wäre, das würde sich noch zeigen, schließlich stand ihnen die eigentliche Hochzeit noch bevor. Was Tante Ebba wohl für ein Gesicht machen würde, wenn Kayla einen Witz darüber machte, dass die Leute hier auf dem Land die Pille mit Smarties verwechselten und deshalb bunte Kinder bekämen. Dann würde sie das Ganze bestimmt auch nicht mehr nett finden.

»Wo sind die beiden überhaupt?«, fragte er. »Ich hab die gestern kaum gesprochen.«

»Bei Tante Immi. Das Haus ist ja groß genug, seit die Kinder ausgezogen sind.«

»Und kommen die heute hierher zum Helfen? Bestimmt gibt's eine Menge zu tun.«

»Um Himmels willen, die beiden sind unsere Gäste! Ich hab ihnen gesagt, sie sollen sich die Meyer-Werft ansehen oder das Moormuseum. Vielleicht kommen sie zum Essen. Du wirst sie schon zu Gesicht bekommen.«

»Aber mich hast du zum Helfen eingeplant, ja?«

»Natürlich. Seit wann bist du hier ein Gast?«

Toni leerte seine Kaffeetasse. »Was passiert denn als Nächstes?«, fragte er.

Tante Ebba sah auf die Uhr.

»Die Leute vom Zeltverleih müssten gleich hier sein«, sagte sie. »Die bauen das Festzelt auf. Dann kommen die Nachbarn zum Kränzen. Deine Tanten werden die Scheune aufräumen und danach beim Schmücken helfen. Und ich muss noch in die Kirche, wegen der Blumendekorationen. Außerdem sollten wir ...« Sie brach ab und stieß einen Seufzer aus. »Tausend Sachen eben. Es wird Zeit, dass ich die anderen aus den Betten werfe.«

Sie blickte durch das Küchenfenster zur Scheune hinaus. Zum Schauplatz der Schlägerei. Plötzlich wirkte sie ganz verloren. Die ungekämmten Haare, das grünblaue Veilchen. Sie sah aus, als wäre sie über Nacht um Jahre gealtert.

»Wie konnte das nur passieren?«, fragte sie. »Ich habe mir doch solche Mühe gegeben.«

»Ach, Tante Ebba ...«

Sie schüttelte den Kopf. »Weißt du, Toni, ich habe mir immer geschworen, wenn Silke einmal heiratet, dann wird alles perfekt sein. Und jetzt sieh dich um. Sieh dir das ganze Chaos an. Wie soll mir das jetzt noch gelingen? Wie soll ich dieses Versprechen noch einlösen?«

Toni hätte so gern etwas Tröstendes gesagt. Doch ihm fehlten die Worte.

Tante Ebbas Gesicht wurde hart. Sie umschloss den Henkel der Kaffeetasse mit ihrer Faust. Plötzlich sah sie gar nicht mehr gealtert aus.

»Ich muss einfach Härte zeigen«, sagte sie. »Ich darf mich nicht kleinkriegen lassen.«

Toni bezweifelte, dass dies die richtige Strategie war. Doch Tante Ebba achtete ohnehin nicht mehr auf ihn. Sie schien mit den Gedanken weit entfernt zu sein.

Auf einmal wandte sie sich Toni zu. Es war, als würde ihr seine Anwesenheit wieder bewusst werden.

»Los, hoch mit dir!«, fuhr sie ihn an. »Die anderen müssen geweckt werden! Es wird höchste Zeit. Es gibt viel zu tun! Fangen wir damit an!«

Als Toni wieder in seinem Zimmer war, fuhr er sein Laptop hoch. Er rief seine E-Mails ab, um zu sehen, ob es irgendwelche Neuigkeiten aus dem Männerknast gab. Und tatsächlich war da eine Mail von seiner Kollegin Sophia. Er öffnete sie – und fand lediglich einen Link darin vor. Darunter eine Zugangs-ID und ein Kennwort. Ohne Grüße oder Kommentare. Es hätte natürlich ein Virus sein könnten, doch dieses Risiko ging er ein. Seine Neugier war zu groß, also klickte er den Link an.

Ein Fenster sprang auf, ein Programm wurde heruntergeladen und öffnete sich auf seinem Bildschirm. Es war ein Fernwartungsprogramm. Jetzt verstand er gar nichts mehr. Er tippte ID und Kennwort ein und drückte auf Enter. Sein Computer-Desktop verschwand, stattdessen war ein vertrautes Set aus der Serie auf dem Bildschirm zu sehen. Der Gefangenentrakt. Ein paar Schauspieler standen herum und unterhielten sich. Die Kamera wurde aufgebaut.

Toni begriff: Es war die Live-Schaltung vom Set, die überall im Haus auf den Monitoren lief. Dieses Programm hackte sich offensichtlich irgendwie da hinein. Es musste ein schlechter Scherz seiner Kollegin Sophia sein.

Er nahm sein Telefon und wählte ihre Handynummer. Sie war sofort am Apparat.

»Hast du mir etwa einen Zugang zur Live-Schaltung gemailt?«, begrüßte er sie.

Ein Lachen am anderen Ende. »Ein Supergag, oder? Ich kenn keinen, den diese Live-Schaltung so nervt wie dich. Deshalb konnte ich mir nicht verkneifen, dir den Link zu schicken. Ich wollte dich nur ein bisschen ärgern.«

»Aber wie funktioniert das?«

»Ganz einfach: Die Übertragung läuft hier in der Maske doch auf einem Computer. Ich hab dich über eine Fernwartung hier reingehackt. Was du bei dir siehst, ist quasi mein Computer. Ist doch lustig, oder?«

Plötzlich wurde ihm klar, dass er im Grunde ganz froh war, den Dreharbeiten für ein paar Tage entkommen zu sein.

»Wirklich ein toller Gag«, sagte er. »Bist du gleich beim Dreh dabei?«

»Ja, im Gefangenentrakt. Ich bring Rocco in seine Zelle zurück und werde einen Streit mit ihm haben.«

Rocco. Der würde also auch gleich auftauchen. Besser, Toni stellte dieses blöde Video ab. Auf Rocco hatte er überhaupt keine Lust.

»Wie läuft's denn so bei dir?«, fragte Sophia.

Er versicherte sich mit einem Schulterblick, dass die Tür geschlossen war.

»Ich hab noch mal bei Martin Wels angerufen, wegen dieser Sache, du weißt schon«, flüsterte er. »Er hat gesagt, sie bringen in ihrem Beitrag auch das mit der Hochzeit. Es wird eine *Überraschung*, meinte er. Und jetzt sag mir noch einmal, RTL interessiert sich nicht für so was.«

»Mist! Hat er gesagt, wann die das senden?«

»Heute Abend! Und morgen ist die Hochzeit.«

»Ach herrje. Vielleicht wäre es dann besser, wenn du das deinen Leuten beichtest. Dann wird das nicht so peinlich.«

»Ganz egal, was ich tue. Morgen bei der Hochzeit werden alle Gäste wissen, dass ich früher mal in den Bräutigam verknallt war. Wie soll das bitte nicht peinlich werden?«

Darauf wusste auch Sophia keine Antwort.

Draußen war plötzlich ein lautes Rattern zu hören. Toni sah aus dem Fenster. Ein Lastwagen fuhr auf den Hof, gefolgt von zwei Lieferwagen und einem riesigen Kran. Das waren die Leute vom Zeltverleih. Es ging also los.

Gleichzeitig begannen auf dem Monitor die Dreharbeiten. Rocco stand im Gefangenentrakt und führte konspirative Gespräche. Es gab keinen Ton, doch Toni ging davon aus, dass es in dem Dialog um den Fluchttunnel ging, der gebaut wurde.

»Wie läuft's denn bei euch?«, fragte er seine Kollegin. »Ich seh gerade Rocco auf dem Bildschirm.«

»Oje. Das tut mir leid.« Sie lachte. »Ausgerechnet den willst du bestimmt nicht sehen. Hier sind gerade alle total aus dem Häuschen. Es hat sich rumgesprochen, dass beim Ausbruch tatsächlich einer erschossen wird. Und jetzt haben alle Schiss, den Job zu verlieren.«

»Dabei ist doch längst klar, wer sterben muss«, sagte er matt. »Das bin ich.«

»Ach, Quatsch. Ich glaube nicht, dass du das sein wirst. Bernd oder Sebastian. Aber nicht du. Deine Popularitätswerte sind zu hoch. Da würden die sich ins eigene Knie schießen.«

»Wollen wir's hoffen«, sagte er ohne Überzeugung.

»Jetzt erzähl mal. Wie läuft es denn mit deiner Familie?

Treiben dich alle in den Wahnsinn? Gibt es wenigstens gutes Essen?«

»Gutes Essen gibt es, das schon. Ich versuche mich an deinen Rat zu halten: Lehnen Sie sich zurück, und genießen Sie den Flug. Stell dir vor, gestern gab es eine Schlägerei.«

»Nein! Das denkst du dir aus!«

»Wenn ich es doch sage. Am Polterabend.«

Sie kicherte. »Erzähl! Aber in allen Einzelheiten.«

Toni wollte gerade anfangen, da wurde er von dem Geschehen auf dem Monitor abgelenkt. Die Szene wurde unterbrochen, es gab Unruhe am Set. Alle liefen durcheinander. Toni sah genauer hin. Ohne Ton blieb alles rätselhaft.

»Was ist denn bei euch los?«, fragte er. »Ich sehe gerade, wie …«

Am anderen Ende wurde aufgeregt geredet. Dann war Sophia wieder am Apparat.

»Toni? Oh Gott, wir wissen jetzt, wer auf der Flucht erschossen wird. Die Drehbücher sind da. Toni … es tut mir so leid! Du bist es!«

Alles fühlte sich taub an. Das war es also, sein vorzeitiges Ende. Seine Zeit in der Serie war zu kurz gewesen. Es gab keine anderen Rollenangebote. Er musste wieder ganz von vorne anfangen.

Im Gefangenentrakt stand Rocco und betrachtete das Geschehen. Er sprach mit einem Kollegen, dann wandte er sich ab und ging davon. Er konnte nicht wissen, dass Toni ihn beobachtete. Sonst hätte er vielleicht in die Kamera gegrinst.

»Ach, Toni! Du bist es wirklich«, jammerte Sophia. »Und ich blöde Kuh schick dir auch noch den Link! Das kann doch nicht sein! Sind die jetzt völlig durchgedreht? Du hast doch total viele Fans. Das können die nicht machen.«

Oh doch, sie können, dachte Toni. Denn Rocco hatte noch mehr Fans als er. Viel mehr. Und daran würde sich niemals etwas ändern.

»Toni!«, drang es von unten. Das war eine seiner Tanten. »Toooni! Komm doch mal!«

»Ich muss jetzt Schluss machen«, sagte er zu Sophia. »Ich melde mich später noch mal.«

Er legte das Telefon weg. Auf dem Monitor war immer noch Roccos Gesicht zu sehen. Am besten hätte er den Computer einfach abgeschaltet. Aber er konnte nicht. Es war wie ein Zwang. Er musste einfach hinschauen.

»Toooni!«, schallte es von unten. »Wo bleibst du denn?«

Er verließ das Zimmer und ging hinunter in die Küche. Er zwang sich zu einem Lächeln, obwohl ihm zum Heulen zumute war. Inzwischen waren alle aufgestanden. Tante Ebba und ihr Ehemann, Onkel Ewald, Silke und Christian, auch Tante Immi und Tante Helga waren anwesend. Sie saßen gemeinsam am Küchentisch. Toni trat zögerlich näher. Das Ganze sah sehr nach einem Tribunal aus.

Was käme als Nächstes? Ob sie von dieser RTL-Sache wussten? Wenn nicht, musste er es ihnen jetzt erzählen. Bevor sie es aus dem Fernsehen erfahren würden. Das nahm er sich fest vor. Am besten brachte er es gleich hinter sich.

»Ihr wolltet mich sprechen?«, sagte er.

Tante Immi lächelte. »Jawohl, mein Lieber. Es gibt nämlich eine Neuigkeit. Leider keine gute. Obwohl, wenn man es genauer betrachtet …«

»Was Immi sagen will, ist, dass der Trauzeuge immer noch im Krankenhaus liegt«, ging Ebba dazwischen. »Das mit der Gehirnerschütterung ist wohl doch ernster.«

»Er wird morgen nicht dabei sein können«, sagte Silke.

»Und da haben wir uns überlegt ...« Immi strahlte in die Runde und schenkte Toni ein warmes Lächeln. »Wir haben uns überlegt, dass du das machen könntest. Wo man schon einen berühmten Schauspieler in der Familie hat!«

Toni starrte sie ungläubig an. Er dachte an Martin Wels und dessen Sendung auf RTL.

Christian lächelte ebenfalls. »Wie sieht's aus, Kumpel?«, meinte er und schlug Toni auf den Rücken. »Würdest du den Trauzeugen geben?«

9

»SILKE!«

Tante Ebbas Stimme schallte über den Hof.

»Silke, verflucht! Wo bist du?«

Silke drückte Toni gegen die Wand des alten Hühnerstalls, damit Ebba ihn nicht sehen konnte. Sie hielt den Finger an die Lippen.

»Lass sie ruhig schreien«, sagte sie trocken. »Wenn wir Glück haben, erstickt sie dran.«

Sie spähte hinterm Hühnerstall hervor, bis Ebba außer Sichtweite war.

»Sie ist weg«, sagte sie und blies die Backen auf.

Dann kramte sie eine verbeulte Zigarettenschachtel hervor, pulte ihre letzte Zigarette hervor und zündete sie an. Sie inhalierte tief, blies den Rauch in die Luft und reichte Toni die Zigarette.

»Sie raubt mir im Moment den letzten Nerv«, sagte sie.

»Sie will doch nur, dass die Hochzeit toll wird«, sagte Toni und zog an der Zigarette.

»Ja, na klar«, sagte sie matt. »Trotzdem. Für die nächsten fünf Minuten bin ich einfach unsichtbar. Fertig.«

Auf dem Hof ratterte und knatterte es, der Arm des Baukrans flog über das Scheunendach hinweg, Stahlträger schlugen klirrend gegeneinander. Der Aufbau des Festzelts war im vollen Gange.

»Wir haben dich ganz schön überrumpelt, oder?«, meinte Silke und fischte die Zigarette wieder aus seinen Fingern. »Das war Mutters Idee, das mit dem Trauzeugen. Aber irgendwie find ich's ganz cool. Vor allem ist es eine sehr elegante Lösung, weil Christian jetzt nicht unter seinen Kumpels wählen muss. Da gab es schon Ärger deswegen. Ich sag dir, die reinsten Mädchen sind das.«

»Ist doch kein Problem«, sagte Toni. »Das mach ich gerne.«

Die alte Vertrautheit war zwischen ihnen zu spüren. Es war nicht die erste Zigarette, die sie sich heimlich hinterm Hühnerstall teilten. Silke war damals fast so etwas wie eine Schwester für ihn gewesen. Er erinnerte sich, wie sie im Sommer stundenlang im Garten unter der Markise gesessen und eimerweise Erbsen gepult hatten. Wie sie nach der Ernte Strohballen unterm Scheunendach gestapelt hatten, bis ihre Arme völlig zerkratzt gewesen waren, und wie sie morgens regelmäßig in aller Herrgottsfrühe zum Kühemelken aufgestanden waren. In ihrer Zweisamkeit war die viele Arbeit erträglich gewesen. Wenn Toni alleine arbeiten musste, hatte sich das immer anders angefühlt.

Sag es ihr!, riet ihm eine Stimme. Jetzt und hier. Bevor sie es heute Abend von RTL erfährt.

»Es ist schön, dass du da bist, Toni«, sagte sie und blies Rauch in die Luft. »Ganz ehrlich.«

»Danke. Das find ich auch.«

Sie stieß ihn in die Seite. »Und es ist total cool, was du da machst! Berlin, dein Job, diese Serie … Jeder spricht mich darauf an. Du bist echt so was wie eine Berühmtheit.«

»Komm mich doch mal besuchen! Dann führe ich dich am Set rum. Das macht Spaß, glaub mir.«

Den Vorschlag hatte er völlig unbedacht geäußert. Erst danach fiel ihm wieder ein, dass es dieses Set für ihn bald ja gar nicht mehr gab.

»Ja, das mach ich mal«, sagte Silke. »Dann besuche ich auch deine Freundin Kayla. Die ist total nett.«

Toni verdrehte die Augen. »Sie gräbt alle Frauen an. Merkst du das nicht?«

»Und wenn schon. Ist doch witzig. Außerdem hat Kayla mehr Charme und Esprit als die meisten Typen, die hier so rumhängen.«

»Eben. Und die Typen sind nicht blöd. Das merken die doch, was da abgeht, oder?«

Silke lachte. »Da wäre ich mir nicht so sicher.«

Sie reichte ihm die fast heruntergebrannte Zigarette.

»Tut mir jedenfalls leid, das mit gestern Abend«, meinte Toni. »Nicht zu glauben. Eine Schlägerei!«

»Ach, irgendwie fand ich's witzig.«

»Bist du verrückt? Es ist doch deine Hochzeit und …«

»Ganz ehrlich, Toni. Manchmal wünschte ich mir, diese beschissene Hochzeit wäre schon vorbei.«

»Aber … das ist nicht dein Ernst.«

»Seit Wochen macht Mama mich schon verrückt. Ich war ein paarmal kurz davor, ihr an die Gurgel zu gehen. Man könnte denken, sie heiratet und nicht ich.«

»Ich weiß ja, sie kann manchmal ein bisschen anstrengend sein. Aber …«

»Nein. Diesmal ist es anders. Glaub mir. Sie macht mich rasend. Ihr bescheuerter Häppchentisch gestern Abend ist ein gutes Beispiel. Es war doch nur der Polterabend! Da hätte es völlig gereicht, wenn sie eine Suppe macht. Und meinetwegen noch ihren blöden Mettigel. Aber nein. Alles muss perfekt sein. Nur das Beste vom Besten kommt infrage. Kannst du dir vorstellen, wie es war, mit ihr das Hochzeitskleid zu kaufen? Von den anderen Vorbereitungen ganz zu schweigen. Meine Meinung zählt dabei gar nichts. Wirklich, Toni, wenn diese Hochzeit vorbei ist, mache ich drei Kreuze im Kalender.«

»Aber es ist doch *dein* Fest! Schließlich bist du es, die heiratet.«

»Glaub mir, darüber sind wir längst hinweg. Es ist nicht mein Fest. Es ist ihres. Für mich geht es nur noch darum, das Ganze zu überleben. Scheiß auf den schönsten Tag meines Lebens.«

Mit spitzen Fingern und zusammengekniffenen Augen nahm sie den letzten Zug der runtergebrannten Zigarette, dann warf sie die Kippe weg und trat sie aus.

Toni wusste nicht, was er dazu sagen sollte.

»Und was meint Onkel Ewald dazu?«, fragte er. »Ich hab von dem noch gar nichts mitbekommen. Aber der bremst sie doch sonst, wenn's zu viel wird.«

»Er tut nur, was Mama sagt. Was diese Hochzeit angeht, lässt er sie machen. Ich bin zu ihm gegangen und habe gesagt, wie sehr ich das alles hasse. Aber er hat mich nur traurig angesehen und nichts gesagt. Papa ist ziemlich still in letzter Zeit. Wenn er kann, ist er in seiner Werkstatt. Ansonsten tut er das, was Mama ihm aufträgt. Von dem ist keine Schützenhilfe zu erwarten.«

Auf dem Hof schlug Metall mit lautem Scheppern auf den Asphalt. Die Männer riefen sich etwas zu, dann bewegte sich der Arm des Krans wieder.

Toni und Silke standen eine Weile schweigend da. Schließlich stahl sich ein Lächeln in Silkes Gesicht.

»Hast du gesehen, was sie für ein Veilchen hat?«, fragte sie. »Sie hat was aufs Maul bekommen, aber derbe.«

Silke begann zu kichern. Sie hielt sich die Hand vor den Mund, doch es war nicht mehr zu bremsen. Sie lachte immer lauter, lachte, bis ihr die Tränen kamen. Und Toni, der sich eigentlich zusammenreißen wollte, konnte nicht anders, als mitzulachen. Eine Weile lagen sie sich laut lachend in den Armen, nur langsam beruhigten sie sich wieder.

Du musst es Silke sagen, ermahnte ihn die Stimme. Jetzt ist ein guter Zeitpunkt.

»Du, Silke, wegen der Sache mit dem Trauzeugen noch mal …«

Da tauchte Tante Ebba am anderen Ende des Hofs in der Haustür auf. Sie nahm die Hände zu Hilfe und schrie: »SILKE!«

»Es ist so weit.« Silke rollte mit den Augen. »Ich glaube, meine fünf Minuten Auszeit sind vorbei.«

»Silke!«, hörten sie Ebbas Stimme. »Wo hast du dich versteckt, zum Teufel?«

Silke wandte sich an Toni. »Wolltest du noch was sagen?« Da der nicht sofort antwortete, deutete sie das offenbar als ein Nein. »Dann geh ich mal zu Mama. Es gibt noch eine Menge zu tun. Ich darf gar nicht daran denken. Wollen wir hoffen, dass wir das Ganze irgendwie überleben.«

Mit diesen Worten trat sie aus dem Schatten des Hühnerstalls hervor und winkte ihrer Mutter zu.

»Ich bin hier!«, rief sie. »Ich komme schon.«

10

»Was machst du denn da?«, rief Ebba ihrer Tochter entgegen. »Ich suche dich überall!«

Silke antwortete nicht, sondern legte einfach ihr genervtes Gesicht auf, ganz so, als wäre ihre Mutter eine einzige Zumutung. Das konnte Ebba rasend machen. Sie umklammerte das Tablett mit den Schnapsgläsern, das sie gerade aus der Küche geholt hatte, und wartete darauf, dass Silke sich bequemte, zu ihr aufzuholen. Ebba war auf den Weg zum Festzelt, wo sie die Arbeiter mit einem Schnaps bei Laune halten wollte. Das hatte sie eigentlich ihrer Tochter auftragen wollen.

»Vielleicht weißt du es ja gar nicht«, rief sie Silke entgegen. »Aber heute wird deine Hochzeit vorbereitet. Alle arbeiten wie die Bienen daran, dass du morgen deinen großen Tag hast. Was hast du denn da hinterm Hühnerstall gemacht? Hast du unterm Apfelbaum gesessen und deine Gedanken treiben lassen?«

»Ich bin doch jetzt da!«, blaffte Silke. »Was gibt es denn so Dringendes?«

»Was es Dringendes gibt? Moment, lass mich kurz überlegen. Die Blumengestecke für die Tische müssen abgeholt werden, außerdem müssen die Altarblumen zur Kirche, am besten zusammen mit den Moosherzen, mit denen die Kirchbänke geschmückt werden. Die sind nämlich noch nicht fertig. Dann muss die Theke aufgebaut werden, möglichst schnell, damit die Helfer zwischendrin ihr kühles Bier bekommen. Damit können wir anfangen, sobald das Zelt steht. Du solltest außerdem deinen Tanten den Rücken freihalten, die sind nämlich in der Küche mit dem Backen der Hochzeitstorte beschäftigt. Am besten sorgst du dafür, dass keiner der anderen Helfer in die Küche geht. Dann kommen die Nachbarn gleich zum Kränzen. Da sollte vorher noch die Diele gewischt werden. Und die Türen könnten bei der Gelegenheit abgewaschen werden, ich hab grad gesehen, da sind schon wieder überall Handabdrücke drauf.« Sie holte Luft. »Das wären zum Beispiel alles Dinge, die dringend zu erledigen sind. Und ich könnte endlos fortfahren. Zuallererst muss jetzt aber einer den Männern vom Zeltaufbau einen Schnaps bringen. Damit geht es los.«

»Schon gut, schon gut.« Silke funkelte sie böse an. »Ich hab's verstanden.«

Ebba schluckte jeden Kommentar herunter. Silke konnte ihr manchmal das Gefühl vermitteln, als würde Ebba diese Hochzeit lediglich ausrichten würde, um sie zu ärgern!

»Dann gib schon her«, sagte Silke und griff nach dem Tablett.

Ebba entzog es ihr. »Das mache ich jetzt selber«, sagte sie. »Du könntest versuchen herauszufinden, wo das Grün bleibt. Siegbert ist vor einer Stunde losgefahren, um Birkenzweige und Tannenholz zu holen. Er müsste längst zurück sein, und wir brauchen das Zeug, damit wir mit dem Schmücken anfangen können.«

»Mit welchem Trecker ist er denn unterwegs?«, fragte Silke.

»Mit unserem alten. Du weißt schon, dem ausrangierten, der hinterm Holzschuppen steht.«

»Ist ihm vielleicht unterwegs der Sprit ausgegangen?«

»Jetzt werd nicht frech! Für wie dumm hältst du mich? Als wenn ich nicht an so was gedacht hätte! Der Trecker ist getankt und durchgecheckt. Dein Vater hat sogar noch das Öl gewechselt.«

Silke blieb unbewegt stehen, die Hände in den Hosentaschen. Natürlich brauchte sie wieder eine Extraeinladung.

»Ja, jetzt mach schon!«, meinte Ebba mit erhobener Stimme. »Siegbert hat doch bestimmt ein Handy. Ruf ihn an!«

Silke warf ihr einen Blick zu, als würde sie Ebba am liebsten erwürgen. Dann schnappte sie sich einen Schnaps vom Tablett, kippte ihn runter und stellte das leere Glas zurück. Ohne ein weiteres Wort drehte sie sich um und verschwand im Haus – um zu telefonieren, wie Ebba hoffte.

»Frolleinchen«, murmelte sie und ging weiter.

Auf dem Hof ging der Aufbau zügig voran. Es war bereits zu erahnen, wie das Festzelt am Ende einmal aussehen würde. Ein einziger Traum, fand Ebba. Einfach verschwenderisch viel Platz, dann glänzende Dielenböden, hölzerne Vertäfelungen und transparente Außenwände. Dazu ein schneeweißes Stoffdach, das mit seinen runden Turmspitzen aussah wie ein Festzelt bei einem mittelalterlichen Turnier. Und im Innern würde unterm Dach alles mit gerafften Stoffen ausgehängt werden, dazwischen würden Lichtkugeln und große lachsfarbene Schleifen leuchten. Es würde aussehen, als schwebten sie in einem Luftschloss. Und der Clou: Die offenen Bereiche am Eingang und rund um die Theke würden von üppigen Palmen gesäumt sein. Echte Palmen aus der Gärtnerei, in schneeweißen Kübeln und mit dezenten Lichterketten umwickelt. Ebba hatte keine Kosten gescheut. Dieses Zelt würde alles übertreffen, was die Gäste je zuvor gesehen hatten. So sollte es sein. Es war gerade angemessen für die Hochzeit ihrer Tochter.

Ebba steuerte mit ihrem Tablett den Zelteingang an, da bemerkte sie ein Auto, das auf den Hof fuhr. Es war Kamilla. Sie stieg aus, ging zur Rückbank, streckte den Hintern in die Luft und zog ein kleines Köfferchen hervor: ihr Desinfektionsset. Kamilla ging eben ungern anderswo auf die Toilette. Es war beinahe unmöglich, sie dazu zu bewegen, ein öffentliches WC zu besuchen, und selbst bei Freunden und Verwandten ging es niemals ohne das Köfferchen.

Ebba kannte natürlich ihre Schwester. Trotzdem fiel es ihr schwer, das nicht persönlich zu nehmen. Als wenn bei ihr im Badezimmer keine Reinlichkeit herrschen würde. Das wussten doch alle, die sie kannten: *Ihre* Toiletten konnten jederzeit inspiziert werden. Da würde Ebba niemals in Bedrängnis kommen.

Kamilla warf die Autotür zu. Sie überblickte das Muster der Pflastersteine am Boden, schien etwas zu überdenken, dann machte sie zwei große, gezielte Schritte und brachte damit das Pflaster hinter sich. Sie entdeckte Ebba und trat auf sie zu.

»Guten Morgen, Ebba!« Ein Schatten fiel über ihr Gesicht. »Dein Auge! Du lieber Himmel. Tut es noch weh?«

»Es geht schon. Ich habe gar keine Zeit, darüber nachzudenken.« Sie deutete zum Haus. »Helga und Immi sind schon in der Küche. Ihr könnt also direkt loslegen.«

»Eine Hochzeitstorte«, schwärmte Kamilla. »Das wird wunderbar werden. Du wirst sehen. Nun ja, dann beeile ich mich mal lieber.« Sie klemmte sich ihr Desinfektionsset unter den Arm und flötete: »Legen wir los! Ich bin zu jeder Schandtat bereit.«

»Und bitte, Kamilla! Versuch dich heute etwas zusammenzureißen. Wir haben ziemlichen Zeitdruck.«

Ihr Lächeln erstarb. Nun hatte Ebba sie beleidigt. »Ich weiß nicht, was du meinst«, sagte Kamilla trotzig.

»Ich sag ja nur, wir müssen uns heute beeilen. Wir haben keine Zeit für Kinkerlitzchen.«

Kamilla klammerte sich an ihr Köfferchen. »Ich weiß zwar nicht, was du damit andeuten willst, Ebba, aber wenn dir meine Hilfe nicht passt, dann kann ich auch wieder nach Hause gehen.«

»Jetzt stell dich nicht so an! Und du weißt genau, wovon ich rede. So, und jetzt geh schon in die Küche. Du meine Güte!«

Ohne eine Reaktion abzuwarten, drehte Ebba sich um und steuerte das Festzelt an. Der Eingang war bereits fertiggestellt, alles hell und transparent. Im Innern befestigten die Arbeiter gerade die Dachstreben, an denen später der Stoff gerafft werden würde.

»Aufgepasst, meine Herren!«, rief Ebba und trug das Tablett vor sich her. »Ich denke, Sie haben sich einen kleinen Schnaps verdient!«

Und endlich sah Ebba mal freundliche Gesichter! Die Männer fielen über das Tablett her, sie lachten und machten Späße. Ganz anders als der Rest der Familie.

Ebba wechselte noch ein paar Worte mit ihnen, klärte einige Einzelheiten zur Ausrichtung der Eingänge und trug schließlich das Tablett mit den leeren und halb vollen Gläsern wieder nach draußen.

In der Tür wartete Silke auf sie. Mit verschränkten Armen und düsterem Gesicht.

»Was ist denn los?«, fragte Ebba.

»Der Grünholztrecker ist beschlagnahmt worden!«

Ebba fehlten die Worte.

»Siegbert steht auf halber Strecke auf einem Feldweg. Er darf den Trecker keinen Meter mehr bewegen. Der wird jetzt abgeschleppt.«

»Aber was ist denn passiert? Hat Siegbert etwa …?«

»Siegbert hat gar nichts. Der Trecker hat kein gültiges Nummernschild, heißt es. Mama, stimmt das? Ist der Trecker gar nicht angemeldet?«

»Natürlich nicht. Den fährt doch keiner mehr.« Ebba wurde blass. Du lieber Himmel, wer rechnete denn mit so was? »Was sollte ich denn machen? Dein Vater braucht den anderen Trecker. Wenn die Nachbarn gleich zum Schmücken kommen, muss er mit dem Frontlader …«

Sie unterbrach sich selbst. Der Trecker war beschlagnahmt. Das hieß: Irgendwo in der Pampa stand jetzt ein Anhänger voller Birkenzweige, die sie hier dringend benötigten. Ihr Zeitplan geriet in Gefahr. Sie hörte eine innere Uhr ticken, die mahnte: Du schaffst es nicht! Das wird nicht funktionieren!

»Wie kann Siegbert sich denn bei so was erwischen lassen!«, polterte sie. »Man sollte doch denken, er würde nicht zum ersten Mal auf einem Trecker sitzen.«

»Das war mein geliebter Schwiegervater«, gab Silke trocken von sich. »Der hat Siegbert aus dem Verkehr gezogen.«

»Ludger?« Dieser Platzwart von einem Polizeibeamten. »Das ist nicht möglich! Er sabotiert die Hochzeit seines eigenen Sohns? Wieso macht er das?«

»Er setzt nur die Straßenverkehrsordnung durch. Das hält er für seinen Job. Wobei natürlich die Frage ist, warum der Trecker nicht angemeldet war.«

Ebba ging nicht weiter darauf ein. Sie stellte das Tablett auf einer Kiste ab. »Ruf Ludger an! Sofort!«

Silke zog das Handy aus ihrer Tasche. Ebba beobachtete, wie sie es umständlich einschaltete. Das dauerte ihr alles viel zu lange. Ungeduldig nahm sie ihrer Tochter das Gerät aus der Hand. »Zeig mal her!«

Misstrauisch betrachtete sie das Display. Diese modernen Smartphones! Sie wusste nie, wo sie drücken musste.

»Ja, wie geht das denn hier?«, fuhr sie ihre Tochter an.

Silke nahm das Gerät wieder an sich, wischte über den kleinen Bildschirm und reichte es ihrer Mutter. Offenbar hatte sie auf diese Weise Ludgers Nummer gewählt. Ebba hielt sich das Telefon ans Ohr, und im nächsten Moment war der Polizist am Apparat.

»Ludger! Was soll das, verdammt noch mal!«

»Rufst du wegen des Treckers an, Ebba?«

»Nein, wegen meiner Hühneraugen.«

»Ebba, das Fahrzeug war nicht gemeldet.«

»Bist du etwa sauer wegen der Schlägerei? Die Leute vom Schützenverein waren maßgeblich beteiligt. Du kannst nicht nur den Jungs vom Sanitärladen die Schuld geben.«

»Mit der Schlägerei hat das hier nichts zu tun. Trotzdem möchte ich noch mal erwähnen, dass es nie so weit gekommen wäre, wenn du mich meine Arbeit hättest machen lassen.«

»Deine Arbeit! Dass ich nicht lache! Ludger, jetzt lass den Trecker fahren. Wir haben auch so genug Probleme hier.«

»Er ist nicht angemeldet.«

»Ludger! Das ist die Hochzeit deines Sohnes! Das kann doch nicht dein Ernst sein! Oder willst du Christian für irgendwas bestrafen? Versuchst du deshalb, hier alles zu ruinieren?«

Er antwortete nicht. Ebba fiel wieder ein, dass er einmal seine eigene Ehefrau auf die Wache hatte bringen lassen, weil sie bei Rot über die Fußgängerampel gegangen war. Mit guten Worten käme sie bestimmt nicht weit.

»Ludger, hör jetzt gut zu!«, sagte sie. »Entweder du gibst jetzt den Trecker frei, und wir können hier mit den Vorbereitungen weitermachen. Oder … Oder du bist hier bei uns auf dem Hof als Gast nicht mehr willkommen.«

»Tut mir leid, Ebba.« Wilde Entschlossenheit trat in Ludgers Stimme. »Du wirst mich nicht dazu bringen, das Gesetz zu brechen.«

»Es ist Christians und Silkes Hochzeit, verflucht!«

»Ich habe einen Eid geschworen, Ebba.«

Da war nichts zu machen. Es hatte keinen Zweck.

»Dann mach, dass du wegkommst, du Verräter!«

Sie nahm das Smartphone und wischte wie verrückt über das Display, so wie sie es kurz zuvor bei Silke gesehen hatte. Dann gab sie das Gerät zurück.

Silke starrte sie fassungslos an.

»Hast du gerade meinen Schwiegervater ausgeladen?«, fragte sie. »Er darf also morgen nicht kommen? Christians Vater darf auf unserer Hochzeit nicht dabei sein?«

Ebba spürte ihre Verlegenheit. Das würde tatsächlich nicht gut aussehen. Eine Hochzeit ohne den Vater des Bräutigams. Aber was konnte sie dafür, dass Ludger so ein verfluchter Sturkopf war?

»Wir brauchen einen neuen Trecker, und zwar schnell.« Sie blickte auf die Uhr. »Ruf Siegbert an, und frag ihn, wo genau er mit dem Anhänger steht. Dann holen wir ihn ab.«

Silke sah ihre Mutter ungläubig an.

»Und danach rufe ich deinen Schwiegervater an und sage, dass er *natürlich* bei der Hochzeit willkommen ist. Zufrieden?«

Silke blies die Backen auf. Dann wandte sie sich zum Tablett, griff nach einem der noch halb vollen Gläser und kippte den Schnaps hinunter. Sie zögerte, nahm dann ein weiteres Glas und trank es ebenfalls aus. Erst danach drehte sie sich weg, um mit Siegbert zu telefonieren.

Ein Klingeln war zu hören. Ebba sah zur Auffahrt hinauf. Eine Handvoll Fahrräder fuhr auf das Bauernhaus zu. Gefolgt von einem Lieferwagen und zwei Jeeps. Die Nachbarn. Sie brachten den Kranz für die Haustür und wahrscheinlich auch bergeweise Papierrosen, mit denen die Birkenzweige geschmückt werden sollten.

Einer musste sich um die Nachbarn kümmern. Sie sah sich um. Silke telefonierte noch und hatte ihr den Rücken zugewandt. Plötzlich flog die Tür auf, und Helga trat auf den Hof. Sie blickte sich hektisch um, entdeckte Ebba am Festzelt und eilte auf sie zu.

»Wir haben ein Problem«, stieß sie hervor.

Ebba nahm Haltung an. Sie machte sich auf den nächsten Schlag gefasst. »Sag schon: Was ist es?«

»Wusstest du, dass der Bassist von der Hochzeitskapelle gestern auf dem Polterabend war?«

»Die ganze Kapelle war gestern da. Christian hat die eingeladen. Sie nennen sich aber *Band,* das ist denen wichtig. Wo ist das Problem?«

»Der Bassist hat sich die Finger verstaucht und kann nicht spielen.«

»Dann sollen die sich um einen neuen Bassisten kümmern.«

»Ich fürchte, du verstehst nicht ganz, Ebba. Sie wollen gar nicht mehr auftreten. Wegen der Schlägerei. Das sind Künstler, weißt du? Die sind sensibel. Er hat gesagt: Wir haben die Schnauze voll von euch.«

»Sie haben die Schnauze voll? Wir haben einen Vertrag gemacht!«

»Der Bassist scheidet aus, weil er krank ist. Das ist der Bandleader. Da gibt es so eine Klausel im Vertrag …«

Das Fahrradklingeln näherte sich. Die Frauen aus der Nachbarschaft rollten heran, winkten fröhlich und lachten.

»Helga, du kümmerst dich um die Nachbarn«, beschloss Ebba. »Und ich kläre das mit der Band, verstanden?«

Helga nickte. Dann holte sie Luft, setzte ein Lächeln auf und ging den Nachbarn entgegen.

Ebbas Gedanken rasten. Dieser Bassist war doch ein netter Junge gewesen. Das konnte er ihr nicht antun. Ihr musste eine Lösung einfallen, und zwar schnell.

Ewald, ihr Mann, kam aus dem Stall und baute sich mit Overall und Gummistiefeln vor ihr auf, in der Hand einen Futtereimer. Groß und schweigsam, mit nachdenklichem Blick. So war er schon immer gewesen. In diese Schweigsamkeit hatte sich Ebba vor vielen Jahren verliebt.

»Ist was passiert?«, fragte er.

»Die Kapelle ist gerade abgesprungen«, sagte sie. »Und Ludger hat den Trecker mit dem Grünholz beschlagnahmt. Er war nicht angemeldet.«

Ewald sah sie mit traurigem Blick an, als wollte er sagen: Lass doch, Ebba. Aber er schwieg.

»Es wird trotzdem noch ein gutes Fest, oder?«, meinte Ebba. »Es wird der schönste Tag in Silkes Leben werden, dafür sorge ich.«

Er lächelte. Doch das war alles.

Ebba wandte sich dem Geschehen auf dem Hof zu. Das Festzelt nahm zunehmend Gestalt an. Es war traumhaft schön. Und jetzt waren die Nachbarn da, um Haus und Hof zu schmücken. Mit der Kapelle würde ihr etwas einfallen. Und dann würde doch noch alles perfekt werden.

Das Spiel war längst nicht verloren.

11

Toni streckte seinen Kopf durch die Küchentür. Die Tanten machten sich gerade daran, die Hochzeitstorte zu backen. Die gesamte Bauernhausküche wurde dafür in Beschlag genommen.

»Habt ihr Christian gesehen?«, fragte er. »Ich kann ihn nirgends finden.«

Tante Immi sah auf. Die Störung kam ungelegen, das spürte er sofort.

»Der besorgt eine Kabeltrommel für den Toilettenwagen«, sagte sie. »Müsste gleich wieder hier sein.«

Dann tauchte sie wieder in das Strategiegespräch ab, das sie mit Kamilla führte. Toni wurde nicht weiter beachtet.

»Mach die Tür hinter dir zu!«, rief ihm Tante Immi nach.

Er zog die Küchentür ins Schloss. Das Gespräch mit Christian würde also noch warten müssen. Es war bestimmt am besten, mit ihm persönlich über den RTL-Bericht zu sprechen. Sicher ein bisschen peinlich, aber danach würde er Christian die ganze Sache mit dem Trauzeugen am ehesten ausreden können.

In der großen Diele marschierte ihm Tante Ebba wie ein Feldwebel entgegen. In ihrem Gefolge waren Silke und Helga, die missmutige Gesichter zur Schau trugen.

»Helga muss wieder zurück zur Torte!«, bestimmte Ebba. »Silke, du kümmerst dich ab jetzt um die Nachbarn!«

Sie ließ ihren Blick durch den Raum wandern.

»Ist denn schon gewischt worden, Silke?«, fragte sie.

»Wann hätte ich das denn machen sollen?«, kam es pampig zurück.

Ebba schien das nicht zu gefallen. »Dann muss es eben so gehen«, sagte sie missmutig. »Wir wischen, wenn die Nachbarn wieder weg sind.«

Sie entdeckte Toni vor der Küchentür.

»Gut, dass ich dich sehe«, sagte sie, packte seinen Arm und zog ihn zu sich heran. »Die Türen müssen abgeputzt werden, das könntest du schnell machen. Aber beeil dich, das müssen die Nachbarn ja nicht sehen, dass das noch nicht gemacht ist. Und vergiss nicht, mit dem Lappen oben über den Türrahmen zu gehen. Nur weil da oben keiner was sehen kann, heißt das nicht, dass da kein Dreck sitzt.«

»Das Haus ist doch gerade von oben bis unten geputzt worden«, gab Silke genervt von sich. »Wir haben in der letzten Woche nichts anderes getan als putzen, putzen, putzen.«

»Toni, hör gar nicht auf sie«, sagte Tante Ebba. »Putz einfach, tu mir den Gefallen, ja?«

Silke stöhnte auf, doch Ebba achtete nicht auf sie.

Tante Helga mischte sich ein. »Ich bring schnell ein Tablett mit Aufgesetztem nach draußen zu den Nachbarsfrauen«, sagte sie. »Und danach helfe ich den anderen beim Tortebacken. In Ordnung?«

Hinter ihr fiel die Tür wieder ins Schloss.

»Wir müssen auch kurz in die Küche, Silke«, stellte Ebba fest. »Aber störe deine Tanten nicht. Ich sage dir, die Torte, das wird das Größte, was du dir vorstellen kannst. Die wird mannshoch und … ach, du wirst schon sehen.«

»Aber was wollen wir denn in der Küche? Wir müssen doch zu den Nachbarn nach draußen.«

Ebba sah sie verständnislos an. »Wir müssen das Essen vorbereiten. Es gibt Reitersuppe und eine Käseplatte. Für die Nachbarn.«

»Seit wann gibt's beim Schmücken groß was zu essen? Was willst du denn noch auffahren?«

»Jetzt stell dich nicht so an. Es ist doch schon alles vorbereitet. Wir müssen nur die Käseplatte dekorieren. Jetzt komm schon, ich zeig dir alles.«

»Aber wieso hast du …?«

»Silke! Nicht fragen – machen. Komm jetzt!«

Die Küchentür flog auf, und Tante Helga steuerte mit einem Tablett die offene Haustür an. Draußen hörte Toni bereits die Nachbarsfrauen plaudern und kichern.

»Ich kooomme!«, flötete Helga ihnen entgegen. »Es gibt Aufgesetzten!«

Tante Ebba wandte sich an Silke. »Worauf wartest du?«

Silke warf Toni einen genervten Blick zu, dann fischte sie im Vorbeigehen ein Gläschen Aufgesetzten von Helgas Tablett und kippte ihn runter. Auf diese Weise gestärkt fühlte sie sich offenbar imstande, ihrer Mutter in die Küche zu folgen.

Toni versuchte sie zaghaft anzulächeln, doch sie lächelte nicht zurück.

»Die macht mich noch ganz irre«, flüsterte sie stattdessen und tauchte in der Küche ab.

Offenbar war es für Silke doch nicht ganz so einfach, wie sie hinterm Hühnerstall behauptet hatte. Natürlich war es ihre Hochzeit und nicht die ihrer Mutter, trotz allem. Silke hoffte offenbar immer noch auf ein Fest, an das sie sich später gern erinnern würde.

Tante Ebba, die schon in der Küche verschwunden war, steckte noch mal ihren Kopf heraus.

»Ach, Toni«, sagte sie. »Und wenn du mit den Türen fertig bist, kannst du dann die Stallfenster putzen? Schließlich ist Hochzeit auf dem Hof, da können die das durchaus mal vertragen. Und dann, wenn die Leute vom Zeltverleih weg sind, muss der Holzboden im Zelt gewischt werden. Du weißt ja, wo du das Putzzeug findest. Ich verlass mich auf dich.«

Und damit war sie wieder verschwunden. Die Tür wurde zugeworfen, und Toni blieb allein in der Diele zurück. Bevor er sich ans Putzen machte, ging er hinaus, um den Nachbarinnen kurz Guten Tag zu sagen. Die meisten von ihnen kannte er noch von früher.

»Da ist ja Willi!«, ertönte es, als er in der Tür auftauchte. »Wie er leibt und lebt!«

»Bist du denn gar nicht in deiner Zelle?«

»Der hat bestimmt für die Hochzeit Freigang bekommen.«

Allgemeines Gekicher. Die Schnäpse, die hier am späten Vormittag in der Sonne getrunken wurden, taten bereits ihre Wirkung.

»Schön, dich mal wieder zu Gesicht zu bekommen, Toni.«

»Ja, unser berühmter Schauspieler!«

Zwischen den Nachbarsfrauen standen mindestens zwölf große Umzugskartons, alle randvoll mit Papierrosen. Was für eine Arbeit das gewesen sein wusste! Es war üblich, dass die Nachbarsfrauen sich Tage vor der Hochzeit trafen und diese Papierrosen banden, um sie am Vortag der Hochzeit zum Brautpaar zu bringen, wo sie gemeinsam mit ihren Männern den Hof und das Festzelt dekorierten.

Die Rosen würden später überall zu finden sein. Doch hauptsächlich sollten sie an die Birkenzweige gebunden werden, mit denen die Wände im Festzelt bedeckt werden würden. Jene Zweige also, die sich samt beschlagnahmtem Trecker irgendwo auf einem Feldweg befanden.

Vor der Haustür lagen bereits die Tannenzweige ausgebreitet, aus denen ein Kranz für die Eingangstür gebunden werden sollte. So war weithin sichtbar: Auf diesem Bauernhof wurde Hochzeit gefeiert.

An der Straße entdeckte Toni ein paar Männer aus der Nachbarschaft, die einen Bogen über den kleinen Weg spannten, der von der Straße zum Haus führte. Sie standen mit Zangen, Draht und Akkuschrauber beisammen, beratschlagten sich und erledigten die grobe Arbeit, bevor ihre Frauen mit Grünzeug und Rosen kamen und mit dem Schmücken anfingen.

»Passt denn diese dicke Wärterin auf dich auf?«, kicherte eine Nachbarin. »Oder haben sie dir Fußfesseln gegeben?«

»Was ist überhaupt mit Rocco? Hast du den auch mitgebracht?«

Vielstimmig wurde der Name Rocco geseufzt.

»Nein, Rocco ist in Berlin«, sagte er. »Tut mir leid. Ihr wisst doch, er plant einen Ausbruch.«

Die Frauen lachten höflich über den lauen Witz. Dann machten sie sich wieder an die Arbeit.

»Ach, wie schade«, sagte eine.

»Was hattest du denn gedacht?«, meinte eine andere.

»Genau. Der hat bestimmt kein Interesse, uns Landpomeranzen kennenzulernen.«

»Das wäre was gewesen, oder? Rocco mal im echten Leben zu sehen.«

Tonis Lächeln wurde ein wenig starr. Sein Handy machte sich bemerkbar. Er zog es aus der Hosentasche. Es war Sophia.

»Das ist meine Wärterin«, sagte er. »Da gehe ich mal besser ran.«

Wieder wurde gelacht, und Toni zog sich ins Haus zurück, um das Telefonat entgegenzunehmen.

»Warte, ich bahne mir einen Weg aus dem Chaos«, sagte er und stieg die Treppe hinauf zu seinem Jugendzimmer. »Glaub mir, es ist das reinste Irrenhaus hier.«

Er drückte die Tür hinter sich ins Schloss. Plötzlich war es ganz still. Er atmete tief durch. Auf dem Schreibtisch stand sein Laptop. Es zeigte immer noch die Übertragung vom Set.

»Wir stehen alle noch unter Schock«, sagte Sophia. »Ich wünschte, du hättest es auf andere Weise erfahren. Wie geht es dir denn?«

»Ich hab das noch gar nicht richtig begriffen«, sagte er. »Eben noch habe ich meine Cousine eingeladen, mich mal in Berlin zu besuchen, damit ich ihr das Set zeige. Dabei bin ich ja in ein paar Wochen gar nicht mehr dabei.«

»Es tut mir so leid, Toni. Ich kann immer noch nicht fassen, dass dir das vorher keiner gesagt hat. Das kann man doch nicht einfach ins Drehbuch schreiben und fertig. Was ist denn das für eine Art?«

Er setzte sich an den Schreibtisch und betrachtete den Bildschirm. Sie drehten in der Gefängniswäscherei. Hinter einem Lüftungsgitter begann der Fluchttunnel. Von dort würde in wenigen Tagen der Ausbruch beginnen.

»Wo bist du gerade?«, fragte er. »Kann ich dich sehen?«

»In der Live-Schaltung? Nein, meine Szenen sind für

heute durch. Ich sitz in der Garderobe und schminke mich ab.« Sie stieß die Luft aus. »Das ist wirklich eine ganz miese Nummer, Toni. Und das bei deinen Popularitätswerten.«

»Ach, du weißt doch selbst, was da los war. Rocco steckt dahinter. Er hat mich vor die Tür gesetzt.«

»Ja, das denke ich auch«, sagte Sophia. »Falls es dich tröstet: Wir sind nicht die Einzigen. Alle hier denken das. Jeder sieht Rocco als den Verantwortlichen. Du bist ja nicht der Erste, dem das so geht.«

»Rocco weiß halt, wie er seine Position verteidigt.«

Die Szene auf dem Bildschirm war nun offenbar im Kasten. Die Schauspieler verließen das Set. Am Bildrand war Rocco zu erkennen, der mit einem Kollegen plauderte. Sie lehnten an einer Pappwand und rauchten.

»Es tut mir wirklich leid«, sagte Sophia. »Das wollte ich nur noch mal loswerden.«

Von unten drang eine Stimme zu ihm herauf.

»Toooni!« Seine Tante Immi.

»Ist schon okay, Sophia. Danke, dass du …«

»Toooni! Wo biiist du?«

»Ich muss Schluss machen«, erklärte Toni seiner Kollegin. »Meine Tanten rufen mich.«

»Warte. Hast du es ihnen gesagt? Die Sache mit RTL?«

»Ähem … später. Ich … Ich ruf dich an.«

Er beendete die Verbindung und steckte das Handy weg. Dann verließ er das Zimmer und ging die Treppe hinunter.

»Toni, da bist du ja!«, rief Tante Immi.

»Ich muss die Türen abwischen, ich weiß. Ich hatte gerade einen Anruf, deswegen.«

»Nein, das ist es doch gar nicht. Sag mal, du kannst doch mit dem Trecker von Onkel Ewald umgehen, richtig?«

Er wusste zwar nicht, wann er das letzte Mal auf einem Trecker gesessen hatte, aber er ging davon aus, es sei so ähnlich wie Fahrradfahren. Trotzdem war ihm die Sache nicht geheuer. Denn Tante Immi lächelte plötzlich wie ein Honigkuchenpferd.

»Wieso fragst du?«, wollte er vorsichtshalber wissen.

»Einer muss Siegbert abholen. Wir wissen jetzt, wo er ist. Komm schon, Toni Müller! Ich hab ihm gesagt, du wirst hinfahren. Die Schlüssel sind bei Onkel Ewald.«

Seine Ahnung war also nicht unbegründet gewesen.

»Kann das nicht jemand anders machen?«, fragte er. »Ich bin seit Ewigkeiten nicht mehr Trecker gefahren.«

»Ach, das verlernt man doch nicht! Jetzt hab dich nicht so! Dann machst du es also?«

»Aber … ich muss die Türen abwischen, Tante Immi. Und die Stallfenster putzen. Und den Boden im Zelt wischen.«

»Das machen wir. Oder Silke. Das wird schon.«

»Ich würde eigentlich lieber …«

»Also abgemacht! Wunderbar, Toni!« Sie strahlte ihn an, dann rief sie über die Schulter: »Er macht es! Toni fährt!«

Aus der Küche drang entzücktes Raunen. Eine seiner Tanten flüsterte etwas, dann wurde gekichert.

»Aber Tante Immi, ich möchte bei dem Verkehr nicht so gerne mit dem Trecker auf die Straße …«

»Ach was! Schluss jetzt!« Sie legte ihren wuchtigen Arm um seine Schultern und führte ihn zur Haustür. »Das ist doch schnell gemacht, jetzt hab dich nicht so.«

»Aber kann denn nicht …?«

Ihr Griff wurde fester. »Nein, nein, nein. Du machst das jetzt.«

»Aber …«

»Sei still jetzt! Ich will nichts mehr hören!«

Sie stieß ihn unsanft nach draußen, wo Onkel Ewald mit den anderen Männern den Rosenbogen im Boden befestigte.

»Ewald, hier ist er«, flötete sie und schenkte allen ein affektiertes Lächeln. Dann stieß sie Toni von sich weg. »Und jetzt husch!«, raunte sie ihm hinterher.

Onkel Ewald gab ihm den Schlüssel und erklärte den Weg. Toni kletterte in das Führerhäuschen der großen Maschine. Er blickte sich um. Es war wirklich eine Ewigkeit her, seit er zuletzt so ein Ding gefahren hatte. Sophia würde sicherlich staunen, wenn sie ihn hier sehen würde.

Ein Auto erschien auf dem Hof. Es war Christian. Er stieg aus und holte eine Kabelrolle aus dem Kofferraum. Toni beschloss, kurz auszusteigen und mit ihm zu reden. Es wurde langsam Zeit, dass er diese Geschichte hinter sich brachte. Damit sich Christian einen neuen Trauzeugen suchen konnte.

Onkel Ewald versperrte ihm den Weg.

»Du musst dich beeilen«, sagte er.

»Ich will nur kurz mit Christian reden.«

»Das muss warten, Junge. Wir brauchen das Grün hier so schnell wie möglich. Also mach dich besser gleich auf den Weg.«

Toni zögerte. Er beobachtete, wie Christian mit der Kabelrolle hinterm Toilettenwagen verschwand. Dann stieß er einen Seufzer aus, kletterte zurück ins Führerhäuschen und startete den Motor.

12

Helene Bruns trat von hinten an sie heran.

»Ebba, das Festzelt ist ein einziger Traum!«

Für eine Sekunde war die Hektik vergessen.

»Nicht wahr?«, meinte Ebba glücklich.

Ein Nachbar drängte sich zwischen die beiden.

»Ebba, wo finde ich einen Wasserschlauch?«

»Am Hof neben dem Kälberstall«, sagte sie. »Frag Ewald, falls er da nicht hängt.«

Er nickte und verschwand wieder.

»Ich trau mich gar nicht zu fragen, was das gekostet hat«, sagte Helene Bruns und sah neugierig zu Ebba auf.

»Ganz billig war es tatsächlich nicht.« Ebba würde ihr keine Zahl nennen, die sie weitertratschen konnte. »Aber du weißt ja, wie das ist. Wenn die einzige Tochter heiratet …«

»Wem sagst du das, Ebba. Und es ist wirklich toll.«

Ein weiterer Nachbar trat zu ihnen. »Ebba, hast du irgendwo eine Zange? Und vielleicht auch Gafferband?«

»Ja, habe ich beides. Ich hole es dir, eine Sekunde.«

»Wenn da nur nicht solche Rabauken zur Hochzeitsgesellschaft gehören würden«, redete Helene weiter. »Diese Schlägerei gestern … Das war wirklich furchtbar. Hat die Polizei denn noch jemanden festgenommen?«

»Nein, die haben das Ganze nur aufgelöst, und dann sind sie wieder gefahren. Wen sollten die auch festnehmen?

Wenn sich erwachsene Männer einvernehmlich an die Gurgel gehen? Die haben nur …«

»Darf ich kurz stören?« Noch ein Helfer. »Ebba, ich bräuchte eine Stichsäge? Habt ihr so was in eurer Werkstatt? Sonst fahre ich schnell nach Hause und hole meine.«

»Nein, wir haben schon eine Stichsäge. Ich komme gleich mit. Eine Sekunde.«

Helene fuhr fort: »Ohne diese Rabauken wäre das jedenfalls nicht passiert. Aber was soll man machen? Ich sag meinem Rüdiger immer …«

Eine Flex heulte lautstark neben ihnen auf und beendete das Gespräch. Funken sprühten, das Heulen wurde schriller, dann brach eine Eisenstange in zwei Teile. Ebba gab Helene ein Zeichen, dass sie besser später weiterredeten. Dann drehte sie sich um und ging zum Haus.

Inzwischen war der Kranz über der Haustür angebracht. Und er sah wunderschön aus. Üppig, voller Rosen und leuchtend grün. Am schönsten war jedoch das glänzende Schild in der Mitte. Zwei goldene Ringe auf rotem Grund und drumherum gemaltes Eichenlaub. Wäre doch nur der Rest auch so perfekt wie dieser Ausschnitt.

Silke stand unter dem Kranz herum und plauderte mit einer Nachbarin, ganz so, als gäbe es sonst nichts zu tun. Ebba nahm sie beiseite.

»Willst du nicht noch mal mit einem Tablett Schnaps herumgehen?«, fragte sie.

»Ich war doch gerade. Vor fünf Minuten.«

»Deshalb musst du hier aber nicht herumstehen. Bestimmt gibt es noch was anderes zu tun. Du könntest zum Beispiel …«

Ein lauter Knall ließ sie verstummen. Die Flex war plötzlich still, das Radio plärrte nicht mehr, und über der Haustür war das Licht verloschen. Die Leute blickten sich ratlos an.

»Ewald!«, rief Ebba, weil der nicht gleich aufsprang und zum Sicherungskasten lief.

Ihr Ehemann blickte von der Flex auf. Er hob ratlos die Schultern. Offenbar konnte er sich nicht erklären, was passiert war.

»Ja, soll ich jetzt zum Sicherungskasten?«, rief Ebba.

Endlich setzte er sich in Bewegung. Na also.

»Du, Silke«, wandte sich Ebba an ihre Tochter. »Wegen der Band … Du erinnerst dich doch an Berthold Wentering? Der hat bei der goldenen Hochzeit von Maria Grothe die Musik gemacht. Da war doch …«

Silke sah entsetzt aus. »Auf keinen Fall!«

»Wieso denn nicht?«, fragte Ebba verwundert. »Gut, er macht nur ein Soloprogramm mit seiner Heimorgel. Das ist natürlich keine Band …«

»Mama! Und wenn der ein ganzes Orchester hätte! Auf keinen Fall macht der die Musik auf meiner Hochzeit!«

Ebba war von der Heftigkeit dieser Ablehnung überrascht.

»Aber der hat doch so schöne Musik gemacht. An dem Abend bei Maria Grothe. Das haben alle gefunden. Und ich muss ganz ehrlich sagen, mir hat das unheimlich gut gefallen.«

»Schöne Musik? Hast du einen Knall? Heino und Hannelore, oder was soll das gewesen sein? Ich sage dir, dieser Spacko mit seiner Fönfrisur! Wie alt ist der denn, siebzig? Und dann seine bescheuerte Orgel! Das darf doch nicht wahr sein.«

»Dann sag mir bitte, wo du jetzt noch eine Band auftreiben willst. Die sind doch alle ausgebucht.«

»Das ist mir egal. Aber Berthold kommt mir nicht ins Haus. Ende der Durchsage.«

»Warten wir doch erst mal ab, was er sagt. Bestimmt hat er auch moderne Sachen in seinem Repertoire. Wir können ja mal ganz unverbindlich mit ihm reden.«

»Mama!« Silke funkelte ihre Mutter wütend an.

Nun war Ebba ein bisschen beleidigt. »Glaub ja nicht, dass du dir das großartig aussuchen kannst«, sagte sie. »Du solltest froh sein, wenn Berthold überhaupt Zeit hat.«

Bevor Silke etwas erwidern konnte, trat ein weiterer Nachbar an sie heran. »Ebba, die Leute vom Zeltverleih brauchen Strom. Sonst können sie die Lampen nicht anbringen.«

Ebba wandte sich zur offenen Haustür. »EWALD!«

Keine Antwort.

»JA, WAS IST DENN JETZT?«

»Ich hab's noch nicht«, kam es gedämpft von drinnen.

Ebba seufzte. »Sag den Leuten, der Strom ist gleich wieder da.« Dann machte sie sich auf den Weg ins Haus. Zu Silke sagte sie im Vorbeigehen: »Ich werde mal mit Berthold reden. Ich hab gehört, der spielt auch Lieder von ABBA und den Beatles. Mit deutschen Texten! Das wär doch vielleicht was.«

Ebba bahnte sich den Weg in die Küche. Sie konnte nur hoffen, dass der Stromausfall keine Schäden an der Tortenfront hinterlassen hatte. Nicht auszudenken, was passieren würde, wenn die Baiserböden zusammengestürzt wären. Doch in der Küche fand sie ihre Schwestern konzentriert bei der Arbeit vor. Von Panik keine Spur.

»Ist alles in Ordnung hier?«, fragte Ebba.

»Du meinst, wegen dem Stromausfall?«, kam es von

Helga. »Nein, es war nichts im Ofen. Auch sonst alles gut. Aber der Strom kommt doch gleich wieder?«

»Das will ich hoffen«, sagte Ebba.

»Und wann kommst du, um zu helfen?«, fragte Immi. »Du wolltest uns doch bei der Torte zur Hand gehen. Hast du das vergessen?«

Die Küchentür wurde aufgeschoben, und der Nachbar von vorhin tauchte wieder auf. »Ebba, denkst du an die Zange und das Gafferband?«

»Ja, natürlich. Ich komme gleich.«

Er nickte und verschwand wieder.

»Ich glaube, ich schaffe das gar nicht«, sagte Ebba zu ihren Schwestern. »Ihr seht ja, was hier los ist. Ich werde da draußen gebraucht.«

Immi und Helga wechselten Blicke, sagten aber nichts.

»Wie kommt ihr voran?«, fragte Ebba.

»Na ja. Als Nächstes müssen die Böden nach und nach in den Ofen. Dann sind die Füllungen dran. Am längsten werden die Verzierungen brauchen. Wir sind halt sehr spät dran, weißt du? Deshalb hätten wir deine Hilfe gut gebrauchen können.«

»Es geht halt nicht! Was soll ich denn machen?«

Es reichte doch, dass die Nachbarn sie ständig herumscheuchten. Sie wollte sich von ihren Schwestern nicht auch noch Vorhaltungen machen lassen.

»Ihr müsst euch eben ein bisschen beeilen, ich kann es nicht ändern.«

Ohne von ihrer Rührschüssel aufzusehen, sagte Immi halblaut, aber so, dass Ebba es hören konnte: »Ich habe ja gleich gesagt, wir sollten ein oder zwei Tage früher mit der Torte anfangen.«

»Damit der Kuchen am Hochzeitstag alt schmeckt?«, fuhr Ebba sie an. »Bitte. Beeilt euch einfach. Ich werde in der Zwischenzeit ...«

Sie wurde auf Kamilla aufmerksam, die sich gar nicht am Gespräch beteiligte. Sie saß still am Küchentisch, scheinbar völlig gedankenverloren. Vor ihr lag eine Tüte mit Haselnüssen, die sie sorgfältig auf einem Brett aufreihte.

»Kamilla, was machst du denn da?«, wollte Ebba wissen.

Kamilla reagierte nicht. Offenbar hatte sie Ebba nicht einmal gehört. In aller Seelenruhe sortierte sie ihre Haselnüsse. Und schien dabei alle Zeit der Welt zu haben.

»KAMILLA!«

Sie schreckte auf. Sah Ebba an wie ein Schulmädchen, das beim Schummeln erwischt worden ist.

»Was du da machst, habe ich gefragt!«

»Ich ... ähem, ich zähle nur die Nüsse, weil ...«

»Die kommen doch in den Kuchenteig, oder?«

Ebba spürte Ärger in sich aufsteigen. Mit zwei Schritten war sie am Küchentisch. Jetzt sollte ihr Kamilla erst einmal erklären, was da so lange dauerte.

»Ebba, nicht«, ermahnte Immi sie leise.

Doch Ebba hatte sich bereits vor Kamilla aufgebaut.

»Ich versuche nur, den Überblick zu behalten«, verteidigte sich Kamilla. »Wegen der Quersummen, weißt du? Damit nicht in einem Kuchen etwas anderes ...«

»Jetzt wird es mir zu viel! Wir müssen uns *beeilen,* Kamilla! Verstehst du das nicht?«

Ebba nahm das Brett mit den Nüssen, hob es auf und schüttete die Nüsse in die Rührschüssel. Ein paar kullerten vorbei und fielen auf den Tisch, doch die meisten landeten im Kuchenteig. Kamilla stieß einen Schrei aus. Sie schlug sich die Hände vor den Mund. Fassungslos starrte sie in die Rührschüssel.

»So, und jetzt mach mit dem Teig weiter«, sagte Ebba.

Kamilla sah sie an, als hätte sich Ebba vor ihren Augen in den Teufel verwandelt. Sie schien den Tränen nah.

»Wie kannst du nur …?«, begann sie.

»Ich schwör dir, Kamilla, wenn du dich jetzt nicht ein bisschen beeilst, dann schick ich dich in den Stall zum Fensterputzen. Mal sehen, wie dir das gefällt, draußen im Hühnerstall zwischen Spinnweben und Vogelkot.«

Kamilla wurde blass. Sie hätte nicht schockierter aussehen können, wenn Ebba ihr ins Gesicht gespuckt hätte. Trotzdem fühlte sich ihre große Schwester im Recht. Mehr noch: Sie war stocksauer auf Kamilla. Am liebsten hätte sie ihr Desinfektionsset genommen und es in die Jauchegrube geworfen. Sie kannte ja die Eigenarten ihrer Schwester, und normalerweise richtete sie sich auch immer und überall danach. Aber heute machte sie dieses Gezähle rasend. Kamilla sollte sich nur ein einziges Mal etwas zusammenreißen. Das war doch nicht zu viel verlangt.

In der Küche herrschte angespanntes Schweigen. Ebba zupfte wortlos die Bluse zurecht. Sie würde nicht einlenken. Schließlich war es Helga, die das Schweigen beendete.

»Gibt es Neuigkeiten wegen der Band?«, fragte sie.

»Nein, nichts«, sagte Ebba. »Silke will nicht, dass Berthold morgen die Musik macht.«

»Ich kann sie ja verstehen«, sagte Helga vorsichtig. »Berthold tritt normalerweise nur in Seniorenheimen auf. Das mit der goldenen Hochzeit von Maria Grothe war eine Ausnahme. Wer will so jemanden schon auf seiner Hochzeit haben?«

»Aber wo soll ich jetzt noch eine Band herzaubern?«, fragte Ebba. »Einen Tag vor der Hochzeit!«

»Diese Jungs von der Band sollte man übers Knie legen«, meinte Immi. »Sagen einfach ab, nur wegen dieser Schlägerei.«

»Vielleicht kann Christian ein gutes Wort bei denen einlegen?«, schlug Helga vor.

»Nein, das würde nichts bringen«, meinte Ebba. »Diese verfluchten Hurensöhne. Wir zahlen denen eine Ausfallgebühr, ist das zu glauben? Aber der Vertrag ist offenbar rechtsgültig. Die Tochter von Helene Bruns hat ihn sich angesehen. Ihr wisst ja, die ist Rechtsanwaltsgehilfin.«

Der Kühlschrank begann plötzlich zu rattern, und am Ofen leuchtete die Kontrolllampe auf. Der Strom war wieder da.

»Na, Gott sei Dank!«, sagte Immi. »Wenigstens etwas.«

Doch im nächsten Moment gab es einen Rums, die Lampe verlosch wieder, und der Kühlschrank kam stotternd zum Stillstand.

»Was ist denn da los?«, fragte Helga.

Ebba riss die Küchentür auf. »EWALD!«

»Ja, doch. Ich hab's gleich«, kam es gedämpft zurück.

»Ich muss jetzt zur Kirche«, erklärte Ebba. »Die Blumen für den Altarraum stehen fertig in der Gärtnerei. Nur die Moosherzchen, mit denen die Kirchbänke geschmückt werden sollen, die müssen noch gebunden werden. Ich hoffe ja, dass mir der Pastor ein bisschen hilft.« Sie atmete durch. »Ich werde also eine Zeit lang nicht hier sein. Falls einer nach mir …«

Sie stockte. Kamilla pulte sorgfältig die Nüsse aus dem Teig heraus, betrachtete sie von allen Seiten und legte sie nach und nach zurück aufs Brett. Sie hatte sich eigens ihre Einweghandschuhe dafür übergezogen.

Auf einmal sah Ebba rot. Später konnte sie sich nicht erklären, woher dieser Wutausbruch gekommen war. Doch jetzt konnte sie sich nicht mehr bremsen.

»Ich hab wirklich genug von dir!«, schrie sie ihrer Schwester ins Gesicht. »Weißt du eigentlich, was du für eine Zumutung bist? Geh halt endlich zum Psychologen, wenn du nicht zurechtkommst! Du bist irre, Kamilla! Und diese ganzen Verrücktheiten sind für uns ein Terror. Ein einziger Terror. Damit bist du zu gar nichts zu gebrauchen! Wann merkst du das endlich?«

Dann wurde es still. In der Küche hätte man eine Stecknadel fallen hören können. Ebba spürte ein Kratzen im Hals. War sie so laut gewesen? Kamilla schwieg. Doch ihre Augen waren wie Wunden. Ebba wusste sofort, dass sie zu weit gegangen war. Sie meinte das alles ja auch gar nicht so. Aber es war zu spät, die Worte konnten nicht mehr ungesagt gemacht werden.

Kamilla stand auf, zog die Einweghandschuhe aus, nahm das Köfferchen, streckte den Rücken durch und verließ erhobenen Hauptes die Küche.

»Ich hab es nicht so gemeint«, sagte Ebba, doch da war ihre Schwester schon in der Diele verschwunden.

Immi und Helga sahen sie vorwurfsvoll an.

»Es tut mir leid«, sagte Ebba. »Schnell, lauft ihr hinterher. Ihr müsst ihr sagen, dass es mir leidtut.«

»Das musst du schon selber tun, Ebba«, sagte Immi.

»Und zu zweit werden wir diese Torte niemals fertig bekommen«, schob Helga kühl hinterher.

Ebba atmete durch. Sie musste einlenken, das begriff sie

nun. Kamilla würde schon verstehen. Es war der Stress, der ihr zugesetzt hatte. Da wurden manchmal Dinge gesagt, die man später bereute.

Sie verließ die Küche und trat nach draußen. Doch sie sah nur noch Kamillas Auto vom Hof fahren. Es bog auf die Straße und beschleunigte.

Ebba wusste nicht, was sie nun tun sollte. Sie spürte ihr schlechtes Gewissen. Für diese Sache war sie allein verantwortlich, diese Schuld konnte sie keinem anderen anlasten.

»Ebba, denkst du noch an die Zange?«, fragte eine Stimme. Der Nachbar war wieder aufgetaucht. Ebba blickte Kamillas Auto hinterher, das sich schnell entfernte.

»Ja, warte«, sagte sie. »Ich hole sie jetzt. Eine Zange also. Und Gafferband, richtig?«

Ebba brachte ihm das Gewünschte aus der Werkstatt. Bei den Nachbarn herrschte offenbar gute Stimmung. Die Frauen alberten herum, während sie Papierrosen an den Sträuchern anbrachten. Und die Männer standen mit einem Bier in der Hand daneben und beratschlagten, wie sie den Rosenbogen in der Erde befestigen sollten. Dort schien alles gut zu laufen. Wenigstens eine gute Sache.

Ebba wurde auf eine Gestalt am Festzelt aufmerksam. Das war Silke. Sie stand einfach da und sah zu ihr herüber. Es wirkte, als hätte ihre Tochter sie bereits seit einer Weile beobachtet.

Sie sah gar nicht aus wie eine glückliche Braut. Die Mundwinkel hingen herunter, die Stirn war in Falten gezogen, ein verhärmter Zug war in ihrem Gesicht aufgetaucht. In ihrer Hand hielt sie ein Schnapsglas. Sie kippte das hochprozentige Getränk runter, stellte das Glas auf einen Tisch und ging ihrer Mutter entgegen.

»Hast du noch mal mit Berthold gesprochen?«, fragte sie.

»Nein, noch nicht«, sagte Ebba. »Vielleicht haben wir ja doch noch eine andere Idee. Ist wirklich nicht so passend, wenn Berthold das macht.«

Silke nickte, als wollte sie sagen: Gut, dann ist dieser Punkt schon mal abgehakt.

»Da ist noch etwas«, sagte sie. »Mama, ich habe nachgedacht. Wenn ich Christian heirate, möchte ich nicht, dass da irgendwelche Geheimnisse zwischen uns sind. Ich werde mit ihm reden. Du weißt schon, wegen dieser Sache damals in Frankreich.«

Ebba fühlte sich, als hätte sie einen Schlag ins Gesicht bekommen. Viel härter als der mit der Faust, den sie gestern beim Polterabend abbekommen hatte. Sie wankte. In ihrer Phantasie hörte sie bereits einen Ringrichter, der sie auszählte. Doch so leicht wollte sie sich nicht geschlagen geben.

»Silke, das darfst du nicht«, sagte sie eindringlich. »Wir haben doch darüber gesprochen.«

»Ja, *du* hast eine Menge geredet, das stimmt. Aber wenn ich so darüber nachdenke, gibt es eigentlich keinen Grund, weshalb Christian diese Geschichte nicht kennen sollte.«

»Nach der Hochzeit! Bitte, Silke. Erzähl ihm die Sache *nach* der Hochzeit.«

»Es fühlt sich irgendwie falsch an.«

Ebba packte ihre Tochter an den Schultern.

»Silke! Warum jetzt? Warum *heute*?«

»Weil ich morgen heiraten werde.«

»Das hättest du dir früher überlegen sollen. Dafür ist es jetzt zu spät. Wir haben auch so genügend Ärger. Wenn wir jetzt auch noch mit dieser Geschichte rauskommen, dann bricht vielleicht alles zusammen.«

Silke wirkte unentschieden.

»Bitte, Silke, sag es ihm nach der Hochzeit. Sofort, meinetwegen. Aber nicht jetzt. Nicht heute. In Ordnung? Versprichst du mir das?«

Ein widerwilliges Brummen. Aber Ebba wusste, es bedeutete Ja. Und darauf kam es an.

»Also gut«, sagte sie. »Ich muss jetzt zur Kirche. Ich bin in einer Stunde wieder da, das hoffe ich jedenfalls. Kommst du so lange allein zurecht?«

»Na klar«, sagte Silke, wand sich aus dem Griff ihrer Mutter und schlurfte davon.

Ebba sah ihr hinterher. Es würde schon alles gut gehen, redete sie sich ein. Silke würde eine glückliche Braut sein, auch wenn sie jetzt noch schlechte Laune hatte. Es würde ein tolles Fest werden, an das alle noch lange mit einem Lächeln zurückdenken würden.

Sie stieg ins Auto, fuhr vom Hof und bog auf die Straße nach Papenburg. Und dann, als der Hof aus ihrem Sichtfeld rückte und sie vom monotonen Surren der Motoren eingelullt wurde, da endlich begannen ihr die Tränen übers Gesicht zu laufen.

13

Toni fuhr den schweren Traktor vom Hof. Er fühlte sich an seine Jugend erinnert, an die Zeit, in der er regelmäßig von Tante Ebba und Onkel Ewald zum Pflügen aufs Feld geschickt worden war. Was musste er für ein Bild auf dem Traktor abgeben? Seine Freunde in Berlin hätten sicher herzlich darüber gelacht.

Er fuhr am Vordereingang des Bauernhauses vorbei, wo die Nachbarn den Vorgarten mit Papierrosen schmückten. Plötzlich war da ein vertrautes Gesicht in der Menge: Kayla. Sie wirkte wie nachträglich ins Bild retuschiert.

Er bremste ab, warf die Tür des Führerhäuschens auf und kletterte hinaus. Kayla bemerkte ihn auf dem Traktor – und begann tatsächlich zu lachen.

»Ein echter Bauernjunge also«, sagte sie. »Wer hätte das gedacht?«

Doch Toni stand nicht der Sinn nach Späßen.

»Was machst du hier?«, platzte er heraus.

»Was soll ich schon tun? Ich helfe bei den Vorbereitungen.«

»Ich denke, ihr besichtigt heute die Meyer-Werft! Oder ihr seid im Vergnügungspark oder weiß Gott wo!«

»Lutz ist mit den Jungs vom Kickboxen unterwegs, aber ich …«

»Wie bitte?« Toni glaubte sich verhört zu haben. »Ist der

wahnsinnig? Die werden ihn umbringen, wenn herauskommt, dass er …«

»Dass er schwul ist? Komm mal runter, Toni.«

»Und was ist mit dir? Wieso bist du hier?«

»Deine Tante Ebba hat gesagt, dass sie jede helfende Hand gut gebrauchen kann.«

»Tante Ebba! Als wenn es um die gehen würde! Du bist doch nur hier, um mich zu ärgern. Deshalb seid ihr beide aus Berlin angereist: um euch einen Spaß mit mir zu erlauben. Na, herzlichen Dank!«

»Wir sind hier, weil wir eingeladen worden sind. Deine Tanten mögen uns, auch wenn du dir das nicht vorstellen kannst. Und wir mögen sie ebenfalls.«

»Meine Tanten denken nicht nach. Oder sie sind zu blauäugig. Weiß der Himmel, weshalb sie euch eingeladen haben. Aber ich seh doch, was passiert. Ihr macht euch über die Leute hier lustig. Als wenn ihr etwas Besseres wärt. Habt ihr hier schon eure Witze gerissen? Über die Provinz und das Landleben? Ihr seid uns gegenüber so was von oben herab.«

»Meine Güte, was nimmst du dich wichtig! Toni, ich weiß nicht, wer dir diesen Schwachsinn eingeredet hat, aber hast du mal darüber nachgedacht, dass wir die Leute hier *mögen* könnten? Und dass wir deshalb gekommen sind? Weil hier ein großes Fest stattfindet, weil wir deine Tanten bei der Gelegenheit wiedersehen und weil wir ganz nebenbei mal etwas zu Gesicht bekommen, was Berlin nicht zu bieten hat.«

»Was soll das denn sein? Kuhmist und Windräder? Oder etwa ein Haufen Landfrauen, die am Rad drehen und kurz vorm Nervenzusammenbruch stehen?«

»Deine Tanten scheinen viel Stress zu haben, das stimmt. Vielleicht hat sich Ebba mit der Hochzeit ein bisschen übernommen. Aber alles andere ist doch ganz großartig. Diese Bräuche, die hier gepflegt werden. Das ganze Drumherum. Wo gibt es denn so was noch? Meine Mutter hat dreimal geheiratet, jedes Mal in einer anderen Kneipe. Diese Traditionen hier … ich finde das toll. Und was deine Tante Ebba angeht … sie versucht einfach, alles perfekt zu machen. Sie hat sich in diesem Perfektionsding ein bisschen verloren, das gebe ich zu. Deshalb versuche ich zu helfen, verstehst du? Und nicht etwa aus den Gründen, die du mir da unterstellst! Also wirklich. Manchmal denke ich, du bist derjenige, der nicht nachdenkt.«

»Hast du Tante Ebba schon gesagt, dass ihre Arme so lang sind, damit sie den Kühen beim Küssen ans Euter fassen kann?«

Kayla sah ihn fassungslos an. Dann fing sie an zu lachen. »Oh Gott, Toni. Du bist so ein Idiot. Ja, gut, wir haben ein paar Witze erzählt! Na und? Meinst du, wir meinen irgendetwas davon ernst? So gut müsstest du uns doch kennen!«

Er spürte sein schlechtes Gewissen. Offenbar hatte er Kayla falsch eingeschätzt.

»Und was hast du jetzt vor?«, fragte er.

»Na, was schon?«, fragte sie mit einem Grinsen. »Ich tue das, was ich am besten kann: mir ein Tablett schnappen, mich unters Volk mischen und die Leute bei Laune halten.«

Toni betrachtete das Treiben vor dem Bauernhaus. Traditionen. Vielleicht war ja etwas dran an dem, was Kayla sagte, und so furchtbar war das alles gar nicht.

»RTL bringt heute Abend einen Bericht über mich«, sagte er niedergeschlagen. »Die wollen auch von der Hochzeit berichten und bei der Gelegenheit erwähnen, dass ich früher in den Bräutigam verliebt war.«

»Du warst in diesen Christian verliebt?« Kayla lachte. »Das hat mir noch gar keiner erzählt.«

»Das weiß auch keiner«, sagte er. »Nicht mal meine Cousine. Sie werden es heute Abend erfahren. Und RTL wird das bestimmt kräftig ausschmücken. Du weißt ja, wie das läuft: Dann werde ich wahrscheinlich versucht haben, ihn meiner Cousine auszuspannen. Oder was die sich sonst einfallen lassen.«

Kayla dachte darüber nach. »Sollst du nicht als Trauzeuge einspringen?« Sie schüttelte den Kopf. »Und du denkst, Lutz und ich sind hier das Problem?«

»Toni, was machst du denn noch?«, rief Onkel Ewald herüber. »Du musst dich beeilen, jetzt fahr schon.«

Er blieb unschlüssig stehen. Irgendwie hatte er sich von Kayla einen Rat erhofft, wie er mit der ganzen Sache umgehen sollte.

»Hörst du nicht? Fahr schon«, sagte sie. »Wir brauchen das Grün. Sonst können wir nicht weiterschmücken.« Dabei betonte sie mit einem Lächeln zweimal das Wörtchen *wir.*

»Also gut.« Toni stieg wieder ins Fahrerhäuschen. »Und Kayla. Bitte rede nicht über Politik, ja?«

Sie warf ihm eine Kusshand zu, drehte sich um und schnappte sich das Tablett. Dann tauchte sie in der Menge ab. Er ließ den Motor an und steuerte den Traktor auf die Straße.

Eine Viertelstunde später hatte Toni das Wäldchen erreicht, wo der Trecker beschlagnahmt worden war. Der Anhänger mit den Birkenzweigen war weithin sichtbar. Siegbert sprang vom Wagen, als er Toni kommen sah. Er trug einen grünen Overall, Gummistiefel und eine Schirmmütze.

Aus seinem Mund ragte ein Grashalm, die Hände hatte er tief in seine Taschen vergraben. Da war kein Lächeln in seinem Gesicht, er stand einfach schweigend da und wartete darauf, seine Arbeit zu tun. Toni stellte sich Siegbert in einer Berliner Schwulenbar vor. Ein Lächeln huschte über sein Gesicht.

Er brachte den Traktor neben dem Anhänger zum Stehen. Siegbert tippte zum Gruß gegen seine Schirmmütze.

»Hallo, Toni!«, rief er. »Gut, dass du da bist.«

Im Gegensatz zu Kayla fand er es offenbar nicht ungewöhnlich, Toni auf einem Traktor zu sehen. Aber wahrscheinlich hätte er es auch nicht ungewöhnlich gefunden, Königin Silvia von Schweden auf einem Traktor vorfahren zu sehen. Er war eben durch und durch Bauer.

»Wo ist der alte Trecker?«, fragte Toni.

»Der ist schon abgeschleppt worden. Setz ein Stück zurück, dann mach ich den Anhänger fest.«

Er lotste Toni rückwärts neben das Wäldchen, machte sich an der Anhängerkupplung zu schaffen und stieg anschließend zu ihm ins Führerhäuschen.

»Alles klar«, sagte er. »Es kann losgehen.«

Dann ließ er sich auf den Kindersitz fallen, schräg neben Toni auf dem Kotflügel des Rückrads. Ein seltsames Gefühl. Da war ein Bild, das Toni in den Sinn kam: Ein Bauer, der mit dem Traktor vom Feld fuhr, und neben ihm auf dem Kindersitz seine Frau, mit Kopftuch, Kittel und Heugabel. Da waren gleich mehrere Sachen an dem Bild, die ihm falsch vorkamen.

Siegbert saß schweigend da und blickte aus dem Fenster. Er sah in die Ferne, als würde er über das Wetter nachdenken oder über die vermutete Weizenernte in diesem Jahr.

Die Motoren machten Lärm, und die vielen Schlaglöcher auf dem Feldweg schüttelten sie ordentlich durch. Das Schweigen schien Siegbert nicht zu stören.

»Wie ist das eigentlich so?«, fragte Toni, der sich nichts weniger vorstellen konnte, als auf dem Land zu wohnen.

»Hier zu leben, meinst du?«

»Genau. Hast du einen Freund?«

Siegbert kaute auf seinem Grashalm herum. Er blickte immer noch in die Ferne, als gäbe es da eine Antwort auf die Frage.

»Da war mal einer«, sagte er. »Ist schon was her.«

»Und … ähem … wo kam der her?«

»Aus Papenburg. Aber das war nichts für ihn, die Arbeit auf dem Hof.«

»Aus *Papenburg*? Wie hast du den denn kennengelernt? Übers Internet?«

»Weißt du, Toni, das ist nicht mehr wie früher. In der Nähe von Meppen, da gab's im letzten Jahr sogar einen schwulen Schützenkönig.«

»Wolltest du denn nie weg von hier?«, fragte Toni.

»Nein. Wozu auch?«

»Na ja. Um sich auszuleben.«

»Mein Vater meint, ich soll mich bei ›Bauer sucht Frau‹ melden. So wie dieser schwule Pferdewirt aus dem Sauerland. Aber ich weiß nicht, ob das eine so gute Idee ist.« Er stieß Toni in die Seite. »Wenn ich das machen würde, dann wäre ich auch bei RTL. So wie du.«

Darauf wusste Toni nichts zu sagen. Er tat, als müsse er sich auf den Weg konzentrieren.

»Ich weiß, das ist alles nicht so toll wie bei dir«, meinte Siegbert. »Du hast es natürlich geschafft. Du machst dein

Ding und bist erfolgreich. Bestimmt ist dein Leben viel besser als meins. Aber ich bin eben ein Bauer. Das ist nun mal so. Hier ist mein Platz.«

Ich habe es also geschafft, dachte Toni. Ich bin erfolgreich.

»Ich habe gerade meinen Job verloren«, sagte er.

Im darauffolgenden Schweigen waren nur die Motoren zu hören.

»Die Produzenten der Serie haben mich rausschreiben lassen«, fuhr Toni irgendwann fort. »Und es gibt keine einzige Anfrage für eine neue Rolle. Vor der Sache mit ›Aufruhr im Männerknast‹ war ich ein Niemand. Ich hab jahrelang gekellnert, um meine Miete zu bezahlen, weißt du? Ab und zu mal ein Werbespot oder eine Tagesrolle in einer Telenovela. Doch das hat gerade mal die Kosten gedeckt. Wenn ich zurück in Berlin bin, werde ich mir wieder einen Job als Kellner suchen müssen. Ob ich noch mal so eine Chance bekomme? Keine Ahnung. Es ist fast wie Lotto spielen. Es gibt so viele gute Schauspieler. Es ist verdammt schwer, sich da zu behaupten.«

Für einen kurzen Moment beneidete er Siegbert beinahe um sein Leben. Zumindest um seine Sicherheit. Wer konnte schon von sich sagen, wo sein Platz im Leben war? Toni mit Sicherheit nicht.

Sie fuhren mit dem Trecker auf eine asphaltierte Straße. Hier gab es keine Schlaglöcher, und Toni drückte aufs Gas. Nach einer Weile ergriff Siegbert das Wort.

»Mit zwölf habe ich angefangen, alleine die Kühe zu melken«, sagte er. »Wir hatten ein Radio im Melkstall, und ich kann mich noch erinnern, wie eine Weile ständig ein Song von Barbra Streisand lief. ›Woman in Love‹, kennst du den?«

»Natürlich.« Toni lächelte. Es war eine der ganz großen Schwulenhymnen. Pathos und Leidenschaft in Reinkultur. Etwas Schwuleres gab es kaum.

»Damals im Melkstall«, fuhr Siegbert fort. »Irgendwie wusste ich, dass der Song was mit mir zu tun hat. Mehr als die Kühe und die Melkmaschine, verstehst du? Ein krasses Gefühl, ich kann es nicht beschreiben. Da im Radio, ganz weit weg, da spielte sich mein wirkliches Leben ab. Nicht im Melkstall.«

Ein sonderbares Bekenntnis. Toni verstand nicht, was er damit sagen wollte. War es nun doch nicht der richtige Platz für ihn, hier draußen auf dem Bauernhof im Emsland? Siegbert schien ins Grübeln geraten zu sein. Toni wartete darauf, dass noch etwas kommen würde. Die Moral von der Geschichte. Schließlich blickte Siegbert auf, wie von einem Tagtraum erwacht.

»Vielleicht war es auch die Version von Gitte Haenning«, sagte er. »Wer weiß?«

Und so fuhren sie schweigend weiter, bis kurz darauf der Bauernhof mit dem Festzelt ins Blickfeld rückte.

14

Auf dem Hof wurden sie bereits sehnlichst erwartet. Tante Ebba, die eben aus der Kirche zurückgekehrt war, übernahm sofort das Regiment. Toni hatte den Motor noch nicht abgestellt, da hörte er sie bereits Befehle erteilen.

»Schnell, schnell, schnell! Zuerst das Grün fürs Zelt. Damit wir mit der Tischwäsche und den Blumendekorationen weitermachen können. Und ihr zwei bringt die Kartons mit den Papierrosen hierher. Und du da! Du machst – wo ist denn jetzt der Akkuschrauber? Der lag doch gerade noch hier rum. Vor einer Minute hab ich den gesehen. EWALD!«

Toni stieg vom Traktor und blickte sich um. Siegbert war bereits auf dem Anhänger und reichte die Birkenzweige hinunter. Die Nachbarn kamen dazu, und überall wurde gearbeitet.

Hier stehe ich nur im Weg rum, sagte er sich und beschloss, sich auf die Suche nach Christian zu machen. Noch war es nicht zu spät für eine Beichte.

Tante Ebba fing ihn ab. »Toni, denkst du an die Stallfenster? Sonst ist es gleich dunkel, und dann war's das. Morgen früh haben wir nämlich keine Zeit mehr für so was.«

Er sah auf die Uhr. Es war bereits später Nachmittag. Zwar würde es noch eine Weile dauern, bis die Sonne unterging, aber etwas anderes stand ihnen bald bevor: die Ausstrahlung der Sendung von Martins Wels.

»Ja, gleich, Tante Ebba. Ich müsste vorher nur noch schnell …«

»Nix! Gar nichts musst du vorher! Und jetzt in den Stall mit dir!«

Sie wirbelte herum. »Helene! Wo bleiben denn die Tischdecken? Hat jemand Helene gesehen?«

Zuerst also die Stallfenster. Wenn er sich beeilte, wäre danach immer noch Zeit. Er steuerte das Bauernhaus an, um den Putzeimer zu holen. In der Diele hörte er Stimmen aus der Küche. Es waren seine Tanten.

»Immi, das schaffen wir nicht mehr«, sagte Tante Helga. »Ich würde sagen, die Etage mit der Pfirsichcreme lassen wir einfach weg. Das merkt doch keiner, wenn eine Etage fehlt.«

»Aber die Pfirsichcreme hab ich schon fertig! Da sitz ich seit einer halben Stunde dran! Hättest du nicht eher was sagen können? Was ist denn, wenn wir die Buttercremeetage weglassen?«

Toni drückte vorsichtig die Küchentür auf. Tisch und Arbeitsflächen waren über und über mit Mehl und Butter und Schokolade beschmiert. Eierschalen und Backpapierreste lagen herum. Und in der Spüle türmte sich das schmutzige Geschirr. Seine Tanten sahen dabei aus, als hätten sie im Kuchenteig eine Runde Schlamm-Catchen gespielt.

Sie achteten gar nicht auf Toni. Anscheinend hatten sie sein Eindringen nicht einmal bemerkt.

»Am besten, wir lassen beide Etagen weg«, sagte Helga.

»Aber wird Ebba das nicht merken?«, wisperte Immi.

»Ach was. Die Torte wird trotzdem noch riesengroß sein.«

»Weglassen?« Das war Tante Ebba. Sie war plötzlich in der Tür aufgetaucht, wie Luzifer. »Das habe ich gehört! Ich weiß genau, was ihr vorhabt. Die Torte wird so gemacht, wie es geplant war. Da wird nichts weggelassen. Haben wir uns verstanden?«

»Ebba«, flehte Tante Helga. »Ohne Kamilla schaffen wir das nicht. Wir hätten es ja nicht einmal mit ihr geschafft. Aber so …«

»Ich komme gleich und helfe euch«, sagte Ebba. »Sobald das Zelt vorbereitet ist.«

Tante Immi und Tante Helga wechselten hilflose Blicke. Toni versuchte, möglichst lautlos den Eimer unter der Spüle hervorzuziehen.

»Du bist ja immer noch hier!«, bellte Tante Ebba ihn an. »Sieh zu, dass du in den Stall kommst! Verdammt noch mal.«

Ebba drehte sich um und steuerte den Ausgang an. Sie hielt inne. Silke stand in der Tür. Mit düsteren und verbitterten Blicken betrachtete sie ihre Mutter. Toni bemerkte die Flasche Schnaps, die sie dabei im Arm hielt.

»Silke, was machst du denn hier?«, kam es von Tante Ebba. »Geh und hilf Helene Bruns mit der Tischwäsche.«

Sie rührte sich nicht vom Fleck. Stand einfach da und starrte ihre Mutter an.

»Jetzt mach schon!«, dröhnte Ebba. »Oder soll die Hochzeit morgen doch nicht stattfinden?«

Es schien, als wollte Silke etwas erwidern. Doch dann nahm sie lediglich einen tiefen Schluck aus der Schnapsflasche, drehte sich um und ging davon. Es entging Toni nicht, dass sie bereits ziemlich wankte. Er entschloss sich, ebenfalls das Weite zu suchen, bevor er eine weitere Abreibung von Tante Ebba bekäme.

»Ebba, du siehst doch, dass wir das nicht schaffen werden«, sagte Tante Helga. »Wenn wir ein oder zwei Etagen weglassen würden …«

»Nein, das kommt nicht infrage! Ich werde nicht auf meine Hochzeitstorte verzichten!«

»Es ist *Silkes* Hochzeitstorte!«

»Keine Widerrede! Das war mein letztes Wort.«

Toni beeilte sich, das Bauernhaus zu verlassen. Mit dem Putzeimer unterm Arm ging er am Festzelt vorbei. Im Eingang bot sich ihm ein seltsames Bild: Sein Onkel Ewald wischte den Holzboden. Sorgsam und bedächtig zog er den Wischmopp über die Dielen.

»Onkel Ewald, was machst du denn da?«, fragte Toni verdattert. Sein Onkel blickte auf und lächelte.

»Genau das, wonach es aussieht, mein Junge. Ich wische den Zeltboden. Einer muss es ja tun.«

»Aber …« Toni begann zu lachen. »Gib es zu: Das ist das erste Mal in deinem Leben, dass du einen Wischmopp in der Hand hältst.«

Ewald stimmte ins Lachen ein. »Richtig. Aber ich habe mir gedacht: Was kann daran schon so schwer sein? Und jetzt sieh mich an! Ich mache mich doch hervorragend!«

Es tat gut, an diesem verrückten Tag gemeinsam mit jemandem zu lachen. Toni spürte die Anspannung von sich abfallen.

Er sah sich im Festzelt um. Es nahm langsam Gestalt an. Auch wenn Tante Ebba ihm heute furchtbar auf die Nerven ging, eines musste er ihr lassen: Das Zelt sah großartig aus. Alles war weit und hell und geräumig. Überall schneeweiße Decken, geraffte Stoffe, Spitzen und Schleifen. Weiße Holzzäune an den Eingängen, Palmen, die dem Ganzen ein mediterranes Ambiente verliehen, und Leuchtkugeln, die das

Zelt in sanftes Licht tauchten. Hier drin sah es wirklich festlich aus, das konnte Toni nicht bestreiten. Beinahe erhaben wirkte das alles.

An einem der Tische entdeckte er einen dicken Mann mit einem Krötengesicht, der schlecht gelaunt herumsaß und den anderen bei der Arbeit zusah. Toni hätte gar nicht sagen können, woran es lag, aber er war überzeugt davon, dass es sich bei dem Mann um einen Polizisten handelte. Fehlte nur noch die Uniform.

»Wer ist der Typ da?«, fragte er Onkel Ewald.

»Das ist Ludger Everding, der Vater des Bräutigams.«

»Echt? Der sieht Christian gar nicht ähnlich.«

»Im Gegenteil. Als junger Mann war Ludger ebenfalls ein attraktiver Mann. Die Frauen waren ganz verrückt nach ihm.«

»Ach ja?« Toni fragte sich, was das für Christian zu bedeuten hatte.

»War er das, der den Trecker beschlagnahmt hat?«

»Ja. So ist er nun mal. Durch und durch Polizist. Du wirst ihn sicher noch näher kennenlernen.«

Die Kröte schien zu bemerken, dass sie über ihn sprachen.

»Glauben Sie nicht, ich billige, was Sie tun, junger Mann!«, rief er ihm zu.

Toni sah verwundert zu Onkel Ewald auf, doch der hob lediglich die Schultern und machte sich wieder daran, den Boden zu wischen. Toni trat näher an die Kröte heran.

»Entschuldigung? Meinen Sie mich?«

»Natürlich meine ich Sie! Wen denn sonst! Wir werden ja nun zu einer Familie gehören, deshalb will ich mich etwas zurückhalten. Aber diese Serie, in der Sie da mitspielen, die ist abscheulich. Ich schäme mich für Sie, ganz ehrlich.«

»Na ja, es ist keine Hochkultur, das stimmt schon, aber wir …«

»Was Sie da machen, ist gesellschaftlich völlig verantwortungslos!«, polterte er los. »Eine Serie über Gefängnisinsassen! Also wirklich, wer kommt auf so eine Idee? Straftäter als Rollenvorbilder zu zeigen, das gibt es doch gar nicht! Freundschaften zwischen Mördern und Vergewaltigern, und das soll sehenswert sein? Wissen Sie überhaupt, was Sie da tun? Das sind doch Gauner! Verbrecher! Eine Bedrohung für jede Gesellschaft.«

»Tut mir leid, ich wusste nicht …«

»Sie wussten nicht, Sie wussten nicht! Eine Schande ist das, wirklich! Sie *glorifizieren* Verbrecher! Und Ihre Cousine heiratet in meine Familie ein! Es ist nicht zu fassen! Wissen Sie eigentlich, dass ich Polizist bin? Und morgen werde ich mit jemandem wie Ihnen verwandt sein! Das kann man doch keinem Menschen erklären.«

»Es ist nur eine Rolle. Ich bin Schauspieler.«

»Und hat Sie jemand gezwungen, ausgerechnet diese Rolle anzunehmen? War es so? Sicher nicht. Sie hätten ablehnen können, oder? Man muss nicht für alles sein Gesicht hergeben. Nein, junger Mann, tut mir leid, Sie machen Ihrer Familie wirklich keine Ehre.«

Toni sah sich nach Unterstützung um, doch da beruhigte sich die Kröte bereits wieder.

»Wie gesagt, ich will mich zurückhalten. Aus Respekt vor Ihrer Tante Ebba. Ob es uns gefällt oder nicht, wir gehören nun zu einer Familie.«

Toni hatte keine Lust, sich weiter mit diesem Platzwart zu unterhalten. Er deutete auf den Putzeimer.

»Ich muss jetzt leider weiter. Wir sehen uns noch.«

Ludger Everding scheuchte ihn mit einer Handbewegung weiter. Toni war also entlassen.

»Überhaupt: Schauspielerei«, raunte der Polizist ihm hinterher. »Das ist doch kein Beruf.«

Toni ignorierte ihn und ging weiter, um sich an der Theke Putzwasser zu besorgen. Das Bierfass war bereits angeschlossen, und rund um den Tresen hatte sich eine Gruppe von Männern versammelt. Toni entdeckte einen großen Flachbildschirm an der Wand. Tante Ebba hatte wirklich keine Kosten gescheut. Ein Fußballspiel lief. Werder Bremen gegen Hoffenheim. Die Männer trugen düstere Gesichter zur Schau. Es stand null zu zwei.

»Wie viele Demütigungen müssen wir eigentlich noch mit Werder ertragen?«, meinte einer.

Über ihren Köpfen hing dichter Zigarettenqualm. Die Männer rauchten und tranken Bier, während sie sich das Spiel ansahen. Toni fragte sich insgeheim, ob diese Pause mit Ebba abgesprochen war. Auf dem Tresen brannte eine der edlen Tischkerzen. Die Männer hatten sie offenbar vom nächstbesten der bereits geschmückten Tische genommen. Das war sicher auch nicht in Ebbas Sinn. Er ging zum Spülbecken und ließ Wasser in seinen Eimer laufen.

»Muss das denn sein, dass hier geraucht wird?« Helene Bruns tauchte mit einem Blumengesteck in der Hand auf. »Morgen ist das im Zelt eh verboten.«

»Draußen können wir nicht Fußball gucken«, sagte einer der Nachbarn. »Dauert nur noch zweiundzwanzig Minuten, das Trauerspiel hier.«

Helene Bruns schien zu überlegen, ob sie ihnen eine Standpauke halten sollte, doch keiner der Nachbarn achtete noch auf sie.

»Männer!«, seufzte sie und wollte sich bereits abwenden, als sie die Kerze entdeckte. »Seid ihr wahnsinnig? Die Kerzen sind doch abgezählt.«

Sie trat näher und verlagerte das Blumengesteck in ihren Händen, um die Kerze auszupusten. Doch damit löste sie heftigen Protest aus.

»Nein! Lass die brennen! Wir haben sonst kein Feuer mehr!«

»Das war unser letztes Streichholz, Helene! Damit haben wir die angemacht. Bitte.«

Einer der Nachbarn zündete sich rasch eine Zigarette an der Flamme an, nur für den Fall, dass Helene sich nicht umstimmen ließe.

Sie schüttelte den Kopf. »Macht das mit Ebba aus«, sagte sie grimmig und ging weiter.

Tonis Eimer füllte sich langsam. Plötzlich sogen die Männer erschrocken die Luft ein. Einer jaulte wie ein Hund, dem auf dem Schwanz getreten wurde. Im Fernsehen wurde gejubelt. Noch ein Tor für Hoffenheim. Er drehte das Wasser ab, nahm den Eimer und ging weiter.

An einem der Tische spannten Silke und Helene Bruns gerade die weiße Tischdecke. Helene strich die Falten heraus, und Silke begann, den Tischschmuck aufzudecken: Bänder, Blumengestecke, Kerzen, Geschenksäckchen, Tischkarten. Tante Ebba war nicht in der Nähe, und so glaubte er, es wäre eine gute Gelegenheit, endlich das sensible Thema anzusprechen. Als er an den Tisch trat, verschlug Silkes Alkoholfahne ihm beinahe den Atem.

»Du, Silke«, begann er. »Noch mal wegen der Sache mit dem Trauzeugen. Kann das nicht jemand anderes machen?«

»Wer soll das denn machen? Und weshalb überhaupt?«

»Ich mein nur. Ich fühl mich da nicht so wohl. Es ist einfach so, dass ...«

Doch seine Cousine winkte ab. »Toni, ich hab jetzt echt keinen Nerv für so was. Mach's einfach und fertig. Ich will das alles hier nur noch hinter mich bringen.«

»Ich muss da noch was anderes mit dir besprechen. Gleich kommt auf RTL ein Bericht über mich. Die haben mich interviewt, verstehst du? Ich hab da was gesagt, was ich besser nicht gesagt hätte.«

Sie hob die Hand. »Stopp! Ich will's gar nicht hören. Ich hab hier wirklich genug Stress. Besprich das mit Christian. Der ist draußen und bringt die Lichterketten an.« Dann wandte sie sich an Helene Bruns. Sie stützte sich auf dem Tisch ab und blinzelte. »Passen die lachsfarbenen Schleifen überhaupt zu den Geschenkesäckchen? Oder sollen wir lieber die Gestecke umstellen?«

Toni zog mit einem Seufzer weiter. Er wollte gerade auf den Hof treten, da ließ ein furchtbares Getöse alle in Raum erstarren. Es war ein lautes, grollendes Donnern, gefolgt von klirrendem Porzellan und scheppernden Töpfen. Alle sahen erschrocken auf, keiner wagte zu fragen.

Das war im Bauernhaus gewesen, so viel war Toni klar. Doch eher er weiter darüber nachdenken konnte, kam Tante Ebba ins Zelt gestürzt.

»Wir brauchen einen Arzt! Manfred, komm schnell!«

Einer der Nachbarn sprang auf. Offenbar war er Mediziner, denn er folgte Ebba, ohne zu zögern und mit ernstem Gesicht. Die anderen sahen sich jetzt nur noch ängstlicher an.

Toni stellte den Eimer ab und lief hinterher. Wie er bereits befürchtet hatte, ging es in die Bauernhausküche. Tante

Immi lag am Boden, begraben unter Rührschüsseln und Backblechen. Kleid und Haare waren voller Schokoflocken und Zuckerstreusel, eine Schüssel mit Cremefüllung war ihr in den Schoß gefallen, und Zuckerguss tropfte vom Tisch auf sie herab.

»Ich bin ausgerutscht«, wimmerte sie. »Da lag ein Stück Butter auf dem Fußboden. Ich weiß gar nicht, wie das dahin gekommen ist.«

Offenbar hatte sie sich im Sturz an der Wachsdecke festgehalten und so alles vom Tisch heruntergerissen: Rührschüsseln, Tortenböden, Cremefüllungen, Dosenfrüchte. Die Zutaten für die Hochzeitstorte lagen in der ganzen Küche verteilt. Und Tante Immi sah aus wie das Opfer einer Tortenschlacht.

»Das wollte ich nicht«, jammerte sie und versuchte, sich aufzurichten. »Ich … Aua!«

»Nicht bewegen, Immi«, kam es von dem Nachbarn.

Toni starrte fassungslos in die Küche. Tante Immis Anblick ließ ihn die Katastrophe für einen Augenblick vergessen. Sie schien tatsächlich verletzt zu sein.

»Raus hier, Toni.« Tante Ebba schubste ihn zurück in die Diele. »Raus, raus, raus.«

Dann schloss sie die Tür und ließ ihn allein. Niedergeschlagen kehrte er ins Festzelt zurück. Dort blickten ihn alle fragend an, aber er wusste ja selbst nicht, was passiert war. Also warteten sie, bis endlich Tante Ebba aus dem Haus kam und zu den anderen ins Zelt trat.

»Immi ist nichts Ernstes passiert«, verkündete Ebba. »Sie hat sich nur die Hand verstaucht. Manfred macht ihr einen Verband. Sie soll für heute nach Hause gehen. Morgen geht es ihr aber wieder gut, sagt er.«

»Du liebe Güte, Gott sei Dank«, kam es von Helene Bruns. »Ich dachte schon, es wäre was Schlimmes passiert.«

»Nein, Helene«, sagte Ebba. »Alle sind wohlauf.«

In der darauffolgenden Erleichterung steuerten die Männer die Theke an, um erst einmal ein Bier auf den Schreck zu heben. Ebba ließ sich auf einen Stuhl sinken.

»Und was ist mit der Torte?«, wagte Toni zu fragen.

Tante Ebba winkte ab.

»Wieso?«, ging Silke dazwischen. »Was ist denn mit der Torte?«

»Wir haben ein kleines Problem«, seufzte Ebba. »Aber ich habe es im Griff. Ich muss jetzt nur in die Küche. Ihr müsst hier alleine klarkommen.«

Silke wollte etwas sagen, doch Ebba brachte sie mit einer Handbewegung zum Schweigen.

»Das ist eine Notsituation«, sagte sie. »Die Torte geht jetzt vor. Ich werde Berthold gleich anrufen, dass er morgen hier Musik machen soll. Wir haben keine Zeit mehr, uns wegen der Band Gedanken zu machen. Berthold macht das sehr gut, das habe ich gleich gesagt, und aus. Ich will nichts mehr hören.«

Silkes Blick verdüsterte sich. Sie schnappte sich trotzig die Schnapsflasche und nahm einen Zug. Toni wünschte sich, sie würde endlich mit dem Trinken aufhören.

»Ihr schmückt jetzt hier weiter«, bestimmte Ebba. »Toni macht sich ans Putzen, und alles geht seinen Gang.«

»Was ist denn jetzt mit der Torte?«, wollte Silke wissen.

Toni wusste ja: Die Torte lag auf dem Küchenboden verteilt, oder zumindest das, was nicht in Tante Immis Haaren klebte. Doch er wagte nicht, das laut zu sagen.

»Das braucht dich nicht zu interessieren«, sagte Ebba

barsch. »Du wirst morgen den schönsten Tag in deinem Leben haben! Alles andere kannst du uns überlassen. Und jetzt ist Schluss!«

Silke stieß ein höhnisches Lachen aus. »Den schönsten Tag in meinem Leben? Glaubst du das wirklich? Das ist doch wohl ein schlechter Witz!«

Sie wurde laut, und die Leute rundherum spähten neugierig herüber.

»Silke!«, zischte Tante Ebba und nahm ihr die Schnapsflasche weg. »Reiß dich zusammen!«

Toni sah, wie Ludger Everding ebenfalls auf sie aufmerksam wurde. Seine Ohren schienen blitzschnell zu wachsen.

»Hier geht es nur um dich, Silke!«, verkündete Ebba.

»Bullshit!«, rief sie. »Das ist totaler Bullshit! Um dich geht es, Mama, und zwar nur um dich! Ich wollte das alles gar nicht, dieses Luxuszelt, die achtstöckige Torte, das übertriebene Menü und was du sonst noch durchgesetzt hast. Ich wollte einfach nur heiraten. Und du hast alles ruiniert! Hörst du? Du hast alles ruiniert!«

»Silke! Pst! Bist du wohl leise!«

Toni blickte sich um. Helene Bruns tat angestrengt so, als ob sie nichts gehört hätte. Ludger Everding dagegen machte sich diese Mühe nicht. Er fixierte Silke mit finsteren Blicken.

»Sollen es doch alle hören!«, rief sie. »Das ist mir egal. Ich hasse dich! Ich hasse diese Hochzeit!«

Sie wollte wieder nach der Schnapsflasche greifen, doch diesmal geriet sie ins Wanken und stieß die Flasche stattdessen um. Alkohol gluckerte auf Tisch und Boden. Ebba brachte alles in Sicherheit.

»Silke, jetzt wirst du …«

»Gar nichts werde ich. Hörst du? Ich … ich …«

Toni glaubte schon, sie würde jetzt anfangen zu weinen. Doch stattdessen hob sie theatralisch die Arme, als wollte sie den ganzen Raum umfassen.

»Dies alles ist ein Albtraum!«, schrie sie. »Ein einziger Albtraum!«

Am Tresen, wo noch gut gelaunt auf Tante Immis Gesundheit angestoßen wurde, kam plötzlich richtig Stimmung auf. Von dem ganzen Theater mit Silke und Ebba hatte man da offenbar nichts mitbekommen. Die Männer lachten und grölten.

»Toni!«, rief einer von ihnen. »Seht mal, da ist Toni im Fernsehen!«

Auf dem Flachbildschirm, auf dem gerade noch das Fußballspiel gezeigt worden war, lief jetzt das Boulevardmagazin von Martin Wels. Ein Ausschnitt aus der Serie, in dem er in seiner Gefängniskluft zu sehen war.

Toni hielt den Atem an. Nun war es also so weit. Zu spät, um mit Christian oder Silke über die Sache zu reden. Er hatte den Zeitpunkt verpasst.

In diesem Moment öffnete sich die Zelttür, und Christian trat mit einem Werkzeugkoffer unterm Arm ein. Er bemerkte das Durcheinander und die gute Stimmung.

»Was ist denn hier los?«, fragte er und stellte den Koffer ab. »Ist das Toni da im Fernsehen?«

Toni trat einen Schritt zurück. Er wäre jetzt am liebsten im Boden versunken. Oder unsichtbar geworden. Stattdessen musste er tatenlos mit ansehen, wie alle den Flachbildschirm anstarrten und den Bericht aufmerksam verfolgten. Plötzlich waren Landschaftsaufnahmen vom Emsland zu sehen.

»Der Shootingstar von ›Aufruhr im Männerknast‹ hat

aber auch ein Privatleben«, sagte eine Sprecherin. »Dieses Wochenende ist er bei seiner Familie im Emsland, wo für seine Cousine die Hochzeitsglocken läuten. Und da überschneiden sich Wirklichkeit und Fiktion. Wie RTL erfahren hat, gibt es in der gutbürgerlichen Familie, in der Toni Müller aufgewachsen ist, durchaus Erfahrungen mit Verbrechen und Vollzug. Toni Müllers Cousine, die Braut in dieser scheinbaren Idylle, die für Toni fast so etwas wie eine Schwester ist, hat als Jugendliche eine Zeit lang in Frankreich im Gefängnis gesessen. Die französischen Behörden wollen zu dem Fall keine Stellung beziehen. Aber Grund für die Verurteilung war offenbar eine Drogensache, heißt es von einem Insider. Doch was immer sie ins Gefängnis gebracht hat, von ihr dürfte Toni wertvolle Tipps bei der Entwicklung seiner Rolle bekommen haben.«

Keiner rührte sich vom Fleck. Alle starrten schweigend auf den Bildschirm.

Toni begriff: Das war die Überraschung, von der Martin Wels gesprochen hatte! Sophia schien recht zu behalten. RTL interessierte sich nicht dafür, dass er mal in den Bräutigam verliebt gewesen war. Es war ein völlig anderes Geheimnis, das Martin Wels ans Licht gezerrt hatte. Nur wie hatte er davon erfahren? Diese Angelegenheit war schließlich streng geheim. Die Antwort war wahrscheinlich einfach und banal: Sie hatten in der Redaktion gute Journalisten. Vielleicht gab es einen Hinweis. Und dann hatten sie eben recherchiert.

Verdammt. Martin Wels hätte Toni einen Tipp geben können. Eine Vorwarnung. Der fand das bestimmt witzig, ihn mit diesem Detail im Bericht zu überraschen. Er hatte ja keine Ahnung, was er damit hier anrichtete. Schließlich wusste keiner von der Sache in Frankreich. Dafür hatte Tante Ebba gesorgt.

»Du warst im Knast?«, fragte einer der Nachbarn verdattert.

Silke dreht sich zu Toni. Sie hatte Tränen in den Augen. »Das war es also, was du eben sagen wolltest? Du hast RTL von der Sache erzählt?«

Toni begriff plötzlich. »Nein! Ich war das nicht! Es ging um was ganz anderes, um ...«

»Die haben dich doch interviewt! Willst du das jetzt leugnen? Ganz toll, Toni. Alles dreht sich um dich. Der große Schauspieler. Bist du jetzt zufrieden?«

Er sagte nichts. Was kaum einem auffiel, denn nun stand Silke im Mittelpunkt. Sie hatte ja quasi zugegeben, dass der Bericht der Wahrheit entsprach. Alle Blicke richteten sich auf Tonis Cousine. In den Gesichtern der Leute spiegelten sich Unglaube und Fassungslosigkeit. Nur bei Christian glaubte Toni noch etwas anderes zu erkennen: Er schien verletzt zu sein. Offenbar wusste auch er nichts von der ganzen Sache.

»Dann ist das also wahr?«, fragte Christian.

Silke war eindeutig zu betrunken, um die Situation zu retten. Sie stolperte einen Schritt zurück, stieß gegen einen Stuhl, geriet ins Straucheln und warf bei dem Versuch, sich am Tisch festzuhalten, ein Blumengesteck zu Boden. Mit gehetzten Blicken sah sie um sich, als suche sie nach einem Notausgang. Ein eindeutigeres Schuldbekenntnis hätte sie nicht geben können.

Ludger Everding ging mit scheidendem Tonfall dazwischen. »Ist das wahr, Ebba? Deine Tochter ist eine Kriminelle?«

»Ach, Ludger, halt deinen Rand!« Tante Ebba versuchte, ihre Tochter zu umarmen. »Silke, bitte …«

Doch Silke schlug sie weg. Sie funkelte ihre Mutter wütend an.

»Meine Schwiegertochter eine Kriminelle!« Ludger presste sich die Hand gegen sein Herz. »Wie konnte mir das passieren? Ich habe eine Schlange an meiner Brust genährt!«

Die restlichen Nachbarn standen immer noch da wie vom Blitz getroffen.

»Und du hast keinem was gesagt! Nicht einmal deinem Bräutigam! Unerhört!«

»Ich wollte es ja sagen!«, heulte Silke auf und zeigte mit dem Finger auf ihre Mutter. »Aber du musst aus allem ein Geheimnis machen!«

»Unglaublich!«, rief Ludger. »Wir gehen. Komm, Christian.«

Sein Sohn rührte sich nicht von der Stelle.

»Christian!«, bellte er. »Komm jetzt!«

Aber der Junge hatte nur Augen für Silke. Er schien nicht glauben zu können, was passierte.

»Dann bleib eben hier«, sagte sein Vater. »Aber über deine Heirat mit dieser … mit dieser Person, da ist das letzte Wort noch nicht gesprochen. Die ist nicht nur kriminell, sie ist auch eine Lügnerin. Willst du so jemanden etwa heiraten?«

»Vater!«, fuhr Christian ihn an. »Sei endlich still!«

Ludger ging eingeschnappt davon.

»Silke!«, sagte Christian. »Stimmt das? Du warst im Knast?«

»Nur ganz kurz! Es war keine große Sache. Ich wollte es dir sagen. Ich wollte …«

Christian sah aus, als hätte er einen Kinnhaken bekommen. Er marschierte an Silke vorbei zum Tresen, um sich einen Schnaps einzuschütten.

»Bist du jetzt zufrieden, Mama?«, schrie Silke. »Hast du erreicht, was du wolltest?«

Toni glaubte, dass seine Tante sich lautstark zur Wehr setzen würde, doch stattdessen sank sie auf einen Stuhl und wirkte plötzlich wie ein geprügelter Hund.

»Du hast alles ruiniert, Mama! Alles!«

Mit diesen Worten wirbelte Silke herum, lief ins Freie und warf die Tür mit solcher Wucht ins Schloss, dass das ganze Zelt mit seiner luftigen Metallkonstruktion unter der Wucht zu schwanken schien. Eine in die Tür gefasste Glasscheibe bekam einen hässlichen Sprung. Dann wurde es ruhig.

Christian zögerte nicht lange. Er stellte sein Glas auf dem Tresen ab und lief ihr hinterher. »Silke! Warte doch!« Ohne auf die anderen zu achten, folgte er ihr ins Freie.

Zurück blieben Toni und Tante Ebba, Helene Bruns und eine Reihe von Nachbarn. Keiner wagte etwas zu sagen. Bis sich schließlich Helene Bruns beherzt räusperte.

»Es fehlen jetzt nur noch die Tischkärtchen, sonst ist alles fertig«, sagte sie. »Ich denke, den Rest können wir morgen früh erledigen.«

Ebba nickte schwach.

Und so begannen sie, ihre Sachen zusammenzuräumen, um den Heimweg anzutreten. Keiner blickte noch einmal zum Tresen. Warum auch? Später sollten sich alle deswegen bittere Vorwürfe machen, denn hätten sie auf den Tresen geachtet, hätten sie bemerkt, dass auch der einen winzigen Stoß bekommen hatte, als Silke die Tür zuwarf. Die Erschütterung reichte aus, um die brennende Kerze ins Wanken zu bringen, die am Rand des Tresens als Zigarettenanzünder gedient hatte, und sie in eine Kiste voller Papierrosen stürzen zu lassen.

15

Als sie das Feuer hinter sich im Tresenbereich bemerkten, brannte es schon lichterloh. Tante Ebba war es, die zuerst schnuppernd den Kopf hob. »Was riecht denn hier so?«, fragte sie. »Sind da etwa noch Tortenböden im Ofen?« Doch dann rückten die Flammen bereits in ihr Sichtfeld. Die Vorhänge am Tresen und die gerafften Stoffe, mit denen das Spitzdach ausgehängt war, hatten sofort Feuer gefangen. Birkenzweige, Papierrosen, Tischwäsche, Bezüge – die Flammen breiteten sich rasend schnell aus.

Toni packte Tante Ebba, die fassungslos dastand und sich nicht vom Fleck rührte, und zog sie hinter sich her aus dem Zelt. Jemand war geistesgewärtig genug gewesen, sofort die Feuerwehr zu rufen, denn es dauerte nur Minuten, da waren die ersten Martinshörner bereits auf der Straße von Papenburg zu hören. Für das Festzelt kam jede Hilfe zu spät. Im Innern tobte ein Feuersturm. Die Deckenkonstruktion schmorte zusammen, Tische und Stühle standen in Flammen, und an den Seitenwänden begann die Zeltplane zu schmelzen.

»Die gute Tischwäsche!«, wimmerte Tante Ebba. »Und die Geschenkesäckchen!«

Was sie noch sagte, ging im Lärm der Martinshörner unter. Der erste Löschzug donnerte auf den Hof. Alles ging furchtbar schnell. Plötzlich war der Hof voller rot glänzender Wagen. Feuerwehrmänner verteilten sich. Schläuche wurden ausgerollt, die Löscharbeiten begannen.

Glücklicherweise konnte die Feuerwehr das Übergreifen der Flammen auf Scheune und Bauernhaus verhindern. Immerhin. Tante Ebba stand am Rand, und die zuckenden Blaulichter spiegelten sich in ihrem leichenblassen Gesicht. Reglos beobachtete sie die Arbeit der Feuerwehr. Durch den Druck des Löschschaums wurden unversehrte Blumengestecke, Schleifen und Tischkärtchen einfach weggespült. Angebrannte Stofffetzen und verschmorte Geschenkesäckchen gerieten ebenfalls in die Gischt. Was nicht verbrannt war, wurde vom Löschwasser durchtränkt. Nichts blieb übrig, alles, was im Festzelt war, wurde entweder durch Feuer oder durch Wasser zerstört.

Einschließlich Tante Ebbas Lebenswillen, wie es schien. Helene Bruns trat zu ihr und strich ihr tröstend über den Arm, doch sie schien sie nicht einmal zu bemerken.

Es dauerte mehrere Stunden, bis Feuerwehr und Polizei wieder abgezogen waren und nur den Brandgeruch hinterließen, der überall in der Luft hing. Als die Nachbarn schließlich nach Hause gingen und die Familie Müller sich in die Bauernhausküche zurückzog, herrschte draußen bereits tiefe Nacht. Vom Festzelt waren lediglich Ruinen übrig geblieben, ein großer Berg Sondermüll. Nichts, womit sich noch eine Hochzeit veranstalten ließe. Sie seien gegen so etwas versichert, hatte Christian immer wieder gesagt. Aber Tante Ebba hatte er damit nicht trösten können.

Toni, Ebba, Ewald und Helga blieben in der Küche, während sich Christian wieder auf die Suche nach Silke machte, von der weiterhin jede Spur fehlte. Tante Helga stand am Herd und kochte Kaffee. Die Stimmung war grauenhaft.

Toni wagte kaum, jemandem offen ins Gesicht zu sehen. Obwohl er Martin Wels diesen Teil der Familiengeschichte nicht verraten hatte, fühlte er sich schuldig. Er wäre am liebsten unsichtbar geworden. Keiner sprach den RTL-Bericht an, doch an den enttäuschten und vorwurfsvollen Gesichtern konnte er ablesen, was sie über ihn dachten. Für seine Familie war klar: Toni hatte Silkes Geschichte an die Presse verkauft. Er war ein Verräter.

»Natürlich konntest du nicht wissen, was du damit auslöst«, hatte Tante Helga am brennenden Zelt zu ihm gesagt. »Aber anständig war das nicht, Toni Müller. Familie ist Familie.«

Nun goss sie schweigend Kaffee ein und setzte sich ebenfalls an den Tisch. Alle starrten in ihre Tassen, gesagt wurde nichts. Am schlimmsten war es offenbar für Tante Ebba. Wie sie dahockte und schwieg, sah sie aus wie der lebendige Tod.

»Ich wollte doch nur alles richtig machen«, sagte sie irgendwann. »Es sollte alles perfekt sein.«

Toni brach es beinahe das Herz, seine sonst so resolute Tante in diesem Zustand zu sehen. Aber er spürte, er wäre der Letzte, der sie jetzt aufmuntern konnte. Nicht nach der Sache mit RTL. Onkel Ewald legte ihr liebevoll die Hand auf den Arm. »Ist ja gut, Ebba«, sagte er zärtlich.

Doch Tante Ebba ließ sich nicht trösten. Sie blickte unglücklich in die Runde. »Alles wiederholt sich«, sagte sie.

»Nein, das stimmt nicht«, sagte Onkel Ewald und stand auf. »Komm, Ebba, ich bring dich ins Bett. Es war ein langer Tag.«

Ebba erhob sich mühsam, Onkel Ewald nahm ihren Arm und führte sie hinaus. Toni und Tante Helga blieben allein in der Küche zurück.

»Und ich dachte, das größte Problem, das wir haben, wäre die Hochzeitstorte«, sagte Tante Helga mit einem freudlosen Lächeln.

»Von mir hat RTL das übrigens nicht, die Sache mit Silke.«

»Lass gut sein, Toni. Es ist spät.«

»Aber ich war das nicht. Glaub mir doch. Die müssen in Frankreich recherchiert haben. Vielleicht gab es einen Hinweis. Wir haben schließlich den gleichen Namen. Und so groß ist Papenburg nicht.«

Die Küchentür öffnete sich, und Christian trat herein.

»Silke ist weg«, sagte er. »Sie hat den Trecker genommen. Ich kann sie nirgendwo finden. Ist Ebba schon im Bett?«

»Ja, es ging ihr nicht gut«, sagte Tante Helga. »Es ist wohl besser, wenn sie sich ein bisschen ausruht.«

Christian schenkte sich Kaffee ein und ließ sich auf einen Stuhl fallen. »Was für ein Tag! Das Zelt können wir jedenfalls vergessen. Das ist nur noch Schrott.«

Er nahm einen tiefen Schluck aus der Tasse und richtete seinen Blick auf Tante Helga. »Und Silke war tatsächlich im Knast?«, fragte er ungläubig.

Tante Helga machte eine wegwerfende Handbewegung.

»Es war doch nur eine blöde Jugendsünde! Nicht der Rede wert eigentlich. Ebba hat sie da rausgeholt, es hat nur ein paar Tage gedauert.«

»Was ist denn passiert?«, fragte Christian.

»Sie und ein paar Au-pair-Freundinnen haben gefeiert. Die Mädels haben zu viel getrunken, keine Frage, und eine hatte Cannabis dabei. Dann haben sie so viel Krawall gemacht, dass die Nachbarn die Polizei gerufen haben. Und das war's dann. In Frankreich haben die ein ziemlich restriktives Jugendstrafrecht. Da läuft das nicht so wie hier, dass man denen erst mal einen Tee kocht und einen Sozialarbeiter holt. Die kommen sofort in den Bau.«

»Und wieso hat Silke mir das nie erzählt?«, fragte Christian. »Ich meine, sooo schlimm ist das doch auch nicht.«

»Sie hat es schlichtweg vergessen«, sagte Tante Helga. »Deswegen hat sie es dir nicht erzählt. Weil sie gar nicht mehr an diese Geschichte gedacht hatte. Ist ja auch schon eine Weile her, und wie gesagt: Ebba hat sie ziemlich schnell rausgeholt. Die ganze Sache ist uns erst wieder eingefallen, als dein Vater in Papenburg Kamillas Auto abschleppt hat, weil es vor der Bäckerei im Halteverbot stand. Da ist uns klar geworden, was Ludger von der Geschichte halten würde. Und wie man heute Abend gesehen hat, lagen wir damit auch richtig. Wir wussten, er würde durchdrehen. Also war Ebba der Meinung gewesen, diese Sache in Frankreich behalten wir besser für uns. Wegen Ludger. Silke musste ihr das Versprechen geben, auch dir nichts zu erzählen.«

»Und Silke hat sich daran gehalten«, meinte Christian ungläubig.

»Du kennst doch Ebba«, sagte Tante Helga. »Die kann sehr überzeugend sein.«

»Aber damit habt ihr alles nur schlimmer gemacht. Wenn wenigstens *ich* eingeweiht gewesen wäre! Wie sieht denn das aus, wenn Silke Geheimnisse vor ihrem Bräutigam hat? Und überhaupt: Kommt da noch was? Sonst noch irgendwelche Geheimnisse?«

»Nein, natürlich nicht. Was denkst du denn?«

Toni schob die Kaffeetasse von sich weg. »Ich hab RTL jedenfalls nichts gesagt. Ich weiß, was ihr denkt. Aber ich war das nicht.«

»Toni, bitte«, sagte Helga. »Du hast schon genug angerichtet. Ich will ja nicht sagen, dass es ganz allein deine Schuld ist, aber …«

»Lasst das jetzt«, ging Onkel Ewald dazwischen, der plötzlich in der Tür stand. »Keiner hat Schuld. Oder wir alle. Das bringt doch nichts.«

Toni spürte, wie ihm heiß wurde. Er konnte das doch nicht auf sich sitzen lassen. Er musste sich etwas einfallen lassen. Und wenn er Martin Wels persönlich herschleifen würde.

Onkel Ewald ließ sich auf seinen Platz sinken und strich sich erschöpft durchs Gesicht. »Ebba schläft jetzt«, sagte er.

»Nimm es dir nicht so zu Herzen, Ewald«, sagte Tante Helga.

»Ich hätte mir nur so sehr gewünscht, Ebba würde ihre Hochzeit bekommen«, sagte er. »Es wäre so wichtig für sie gewesen.«

»Ich weiß, Ewald. Wir alle hätten uns das gewünscht. Ebba zuliebe.«

Toni glaubte, sich verhört zu haben. Er wusste nicht, ob er es wagen konnte, sich noch einmal ins Gespräch zu mischen, doch seine Neugierde war zu groß.

»Aber es ist doch Silkes Hochzeit, oder?«, sagte er. »Nicht die von Tante Ebba. Oder hab ich da was verpasst?«

Keiner antwortete ihm. Selbst Christian betrachtete gedankenverloren seine Kaffeetasse.

»Es war deiner Tante Ebba eben sehr wichtig«, erklärte Helga widerstrebend. »Silke sollte die perfekte Hochzeit bekommen. Alles sollte wie im Bilderbuch sein. Dafür hätte Ebba ihren rechten Arm gegeben.«

Und was ist mit Silke?, hätte er am liebsten gesagt. Fragt

die mal, ob sie großes Mitleid mit ihrer Mutter hat. Die hat sie doch in den Wahnsinn getrieben mit ihrem Perfektionismus.

»Sie hat sich da ein bisschen festgebissen«, seufzte Tante Helga. »Silke war heute ein ziemliches Nervenbündel, nicht wahr? Ebba hätte ihre Grenzen kennen müssen.«

»Ja, sie hat es definitiv zu weit getrieben«, stimmte Christian zu. »Sonst hätte die Sache mit der RTL-Sendung nicht so eingeschlagen.«

Toni war nun völlig perplex. Tante Helga bemerkte seinen verdatterten Blick. Ein Lächeln huschte über ihr Gesicht. Es war das erste am Tisch, seit der Sache mit dem Feuer.

»Es ist wegen ihrer Hochzeit, damals in den Siebzigern«, erklärte sie. »Das war eine ziemliche Katastrophe, weißt du? Das hat Ebba nie verschmerzt. Weißt du gar nichts davon?«

»Nein. Gar nichts.«

»Sie war schwanger damals, mit ihrem ältesten Sohn. Bernd.«

»Pralinenhochzeit nannte man das früher«, sagte Onkel Ewald. »Eine Braut mit Füllung. Für Ebba war es ein Albtraum, vor der Hochzeit schwanger zu sein. Sie hatte Angst vor ihren Eltern. Und vor den Reaktionen in der Nachbarschaft. Sie wollte die Schwangerschaft verschweigen, aber irgendwann ging das natürlich nicht mehr.«

»Und dann musste eben geheiratet werden, bevor das Kind kam«, fuhr Helga fort. »Da war Ebba schon hochschwanger. Toni, du musst wissen, deine Großeltern … die waren nicht so liberal, wie das die Leute heutzutage sind. Da war ganz schön was los, als das rauskam. Die hätten Ebba am liebsten rausgeschmissen. So peinlich war denen das. Die haben ihr die Hölle heißgemacht.«

»Ebba hatte immer von einer richtigen Bauernhochzeit geträumt, mit allem Drum und Dran …«

»… eine Hochzeit, wie sie jetzt für Silke stattfinden sollte«, sagte Christian.

»Stattdessen gab es aber nur ein kleines verschämtes Fest, an das keiner gerne zurückdenkt«, sagte Helga. »Nur ein paar Nachbarn und die engsten Familienmitglieder waren eingeladen. Es wurde in der Diele am Herdfeuer gefeiert, wenn man das überhaupt eine Feier nennen kann. Es gab keine Musik, kein Alkohol, kein Essen. Nur einen kleinen Imbiss gab es, allerdings im *Stehen*. Und Ebbas Mutter hat demonstrativ Schwarz getragen, so sehr hat sie sich für ihre Tochter geschämt.«

Toni begriff. Deshalb also das ganze Theater. Er blickte Christian an, der nicht sonderlich überrascht schien.

»Und du wusstest das?«, fragte er.

»Natürlich. Denkst du, ich hätte das sonst alles mit mir machen lassen?«

»Ebba hat sich nie davon erholt«, sagte Onkel Ewald. »Das hier war die Möglichkeit, es endlich wiedergutzumachen.«

»Und wie's aussieht, haben wir stattdessen noch eine Braut produziert, die sich nie von ihrer Hochzeit erholen wird«, versuchte Christian einen Scherz. Doch keiner lachte.

»Ich hab RTL nichts gesagt«, sagte Toni wieder. »Ich war das nicht, bitte. Ihr müsst mir glauben.«

»Ach, lass das jetzt endlich!«, sagte Onkel Ewald verärgert. »Das ist wirklich nicht das Problem.« Er schob den Stuhl zurück und stand auf. »Es ist spät. Wir sollten uns alle ein wenig hinlegen.«

»Und was ist jetzt?«, fragte Helga. »Sollen wir die Hochzeit absagen?«

Über diese Frage hatte offenbar noch keiner nachgedacht, denn es herrschte mit einem Mal Ratlosigkeit am Tisch.

»Das entscheiden wir morgen früh«, sagte Onkel Ewald. »Obwohl … Ja. Vielleicht wäre es das Beste, wenn wir alles absagen.«

Tante Helga nickte benommen, erhob sich und räumte wortlos die Kaffeetassen zusammen. Auch Toni stand auf, um sich in sein Zimmer zurückzuziehen.

Da schlug Christian plötzlich mit der Faust auf den Tisch. Die anderen hielten in der Bewegung inne und blickten überrascht zu ihm auf.

»Nein! So gehen wir nicht auseinander«, sagte er.

Er sah in die Runde. Entschlossenheit trat in sein Gesicht.

»Jetzt erst recht!«, sagte er. »Ich weiß noch nicht, wie das funktionieren soll, aber wir werden uns nicht kleinkriegen lassen. Habt ihr verstanden?«

»Du meinst, die Hochzeit findet statt?«, fragte Tante Helga irritiert.

Ein Lächeln breitete sich in seinem Gesicht aus.

»Ganz genau. Die Hochzeit findet statt.«

16

Ein lauter Knall weckte ihn. Toni fuhr erschrocken hoch. Adrenalin schoss durch seinen Körper. Das Herz klopfte wild. Er lauschte, doch alles war still. Die Dämmerung war bereits heraufgezogen, graues Licht fiel ins Schlafzimmer. Vielleicht war es ein Traum gewesen, sagte er sich.

Dann wieder ein ohrenbetäubender Knall. Wie aus dem Nichts. Toni saß jetzt aufrecht im Bett. Das musste ein Schuss gewesen sein. Und da begriff er: das traditionelle Schießen. Damit begann der Hochzeitstag. Die Nachbarn weckten auf diese Weise das Brautpaar.

Er sah auf die Uhr. Es war bereits Punkt sechs. Dabei hätte er schwören können, es wären nur ein paar Minuten vergangen, seit er um kurz nach eins ins Bett gegangen war. Er schlug die Decke zur Seite und warf sich den Morgenmantel über. Dann ging er zum Fenster und spähte hinaus. Auf der Straße vor der Haustür hatte sich ein gutes halbes Dutzend Männer versammelt. Einer von ihnen lud gerade ein Luftgewehr, hielt es in den Himmel und gab einen Schuss ab. Wieder ein ohrenbetäubender Knall.

Toni stütze sich mit beiden Armen auf der Fensterbank ab. Jetzt, wo das Adrenalin langsam aus seinem Blut wich, kehrte die Müdigkeit zurück. Draußen vor der Haustür tauchte Christian auf, im Jogginganzug und mit Hausschuhen. Er trug ein Tablett mit Schnäpsen vor sich her, um die

Männer damit zu begrüßen. Denn natürlich begann auch der Hochzeitstag erst einmal mit einem Schnaps. Die Männer bejubelten ihn lautstark, und fröhlich wurden die Gläser gehoben.

Toni fragte sich, ob von ihm erwartet wurde, ebenfalls nach draußen zu gehen. Er beschloss, im Haus zu bleiben, denn um diese Uhrzeit würde er keinen Alkohol vertragen.

Die Gesichter der Männer wurden plötzlich ernst, man wandte sich den Ruinen des Festzelts zu. Offenbar wurde beratschlagt, was zu tun sei. Toni fragte sich, wo Silke die ganze Zeit über blieb. Ihn beschlich der Verdacht, dass sie vielleicht noch gar nicht wieder nach Hause gekommen war.

Er verließ sein Zimmer und ging hinunter in die Diele. Aus der Küche drangen Geräusche. Leise trat er näher und schob die Tür auf. Tante Helga stand am Herd und kochte Kaffee. Trotz der frühen Stunde war sie fertig angezogen und sah aus wie aus dem Ei gepellt.

»Guten Morgen, Toni!«, kam es vom Küchentisch.

Er wandte sich zum Tisch – und traute seinen Augen nicht. Das war Kayla. Sie saß gemeinsam mit Tante Immi vor ihrem Laptop und grinste ihn an. Immis rechte Hand war bandagiert, ansonsten wirkte sie munter wie eh und je.

»Was … was macht ihr hier?«, fragte er.

»Wir überlegen uns eine Strategie, um den Tag zu retten«, sagte Kayla. »Immi hat mich gebeten mitzuhelfen. Ich habe schon gehört, du hast mit deinem Interview die gesamte Hochzeit ruiniert.«

»Das stimmt doch gar nicht!«, rief Toni fassungslos. »Das … das war ganz anders!«

»Sie macht doch nur Spaß, Toni«, sagte Tante Immi. »So gut müsstest du sie doch kennen!«

Sie sah ebenfalls in den Laptop und achtete nicht weiter auf ihn. Kaylas Augen funkelten ironisch.

»Obwohl du dir das Interview tatsächlich hättest sparen können«, kam es von Tante Helga. »Ein bisschen Loyalität Silke gegenüber wäre angebracht gewesen.«

»Ich hab die Geschichte nicht erzählt!«

Keine sagte etwas darauf. Sie glaubten Toni nicht.

»Wo steckt Silke überhaupt?«, fragte er.

»Sie ist noch nicht wieder aufgetaucht«, sagte Helga.

Er deutete zur Tür. »Aber die Nachbarn sind draußen, um das Brautpaar zu begrüßen.«

»Christian spielt das Theater mit«, sagte Helga. »Er sagt ihnen, Silke liegt noch im Bett. Nach allem, was gestern passiert ist, wird man ihr das nicht verübeln.«

»Hat keiner was von ihr gehört?«, fragte er. »Sie muss doch irgendwo in der Nähe sein.«

»Wenn du eine Idee hast, nur raus damit«, meinte Kayla.

Tante Helga stellte Tassen auf den Tisch und goss Kaffee ein. »Silke zu finden ist im Moment wichtiger als ein neues Festzelt«, sagte sie zu den Frauen. »Ohne sie gibt es nämlich keine Hochzeit.«

Kayla konzentrierte sich auf den Laptop. Toni lugte neugierig auf den Bildschirm. Sie war auf der Google-Seite und suchte offenbar nach Nachrichten über ihn.

»Wo ist dieser blöde Beitrag denn?«, sagte sie. »Ich will mir das nur mal kurz ansehen, was du da gestern verzapft hast.«

Sie klickte sich durch die Suchergebnisse. Dann tauchte ein Lächeln auf ihrem Gesicht auf.

»Wer sagt es denn, hier ist was! Also: Toni Müller verlässt …« Sie stockte und sah erschrocken auf. »Verlässt ›Aufruhr im Männerknast‹. Stimmt das? Du hast deinen Job verloren?«

Toni ließ sich auf einen Küchenstuhl sinken und nahm vorsichtig einen Schluck Kaffee. Auf Kaylas Frage antwortete er nicht, aber das war wohl auch nicht nötig. Ihm war offensichtlich anzusehen, dass es sich bei dem Bericht um keine Presseente handelte.

»Seit wann weißt du das?«, fragte sie.

»Seit vorgestern. Ich hab's am Polterabend erfahren.«

»Und warum hast du nichts gesagt?«, fragte Tante Immi besorgt. »Das ist ja furchtbar. Was wird denn jetzt aus dir? Du warst doch so großartig in der Serie! Ich hab mir das jede Woche angesehen, das weißt du. Das können die doch nicht machen. Ohne dich ist die Serie nicht halb so gut.«

Die Tür flog auf, und Christian trat ein. Er stellte das Tablett mit den geleerten Schnapsgläsern auf dem Küchentisch ab und stieß einen Seufzer aus.

»So, das wäre schon mal geschafft«, sagte er. »Die Nachbarn sind weg.« Er bemerkte die Gesichter der anderen. »Ist was passiert?«

Tante Immi schob den Laptop herum, damit Christian die Headline lesen konnte. Sein Gesicht verdunkelte sich.

»Du bist deinen Job los, Toni?« Er kratzte sich am Kinn. »Verdammt. Das tut mir leid.«

Tante Helga begann, den Artikel laut vorzulesen.

»RTL hat den Rauswurf noch nicht bestätigt«, begann sie, »aber laut Insiderinformationen verlässt Toni Müller, der in der Serie den Gefangenen Willi spielt, ›Aufruhr im Männerknast‹ innerhalb weniger Wochen. Der letzte Sendetermin soll der 24. August sein. Toni Müller selbst war für eine Stellungnahme nicht zu erreichen. Sein Management verweigert jeden Kommentar und weist darauf hin, dass sich der Schauspieler gegenwärtig auf einem Familienfest befindet.«

Alle hörten aufmerksam zu. Toni schloss die Augen. Erst jetzt wurde das alles für ihn real. Zuvor hatte es sich angefühlt, als ginge ihn das Ganze gar nichts an. Doch nun, wo Tante Helga den Artikel laut vorlas, wurde der Rauswurf Realität. Seine erste gut bezahlte Rolle. Vorbei.

»Ein Mitarbeiter des Boulevardmagazins von Martin Wels berichtet, dass Toni Müller heiter und gelöst gewirkt habe, als er vor zwei Tagen interviewt wurde«, fuhr sie fort. »Von dem Rauswurf wusste der Schauspieler zu diesem Zeitpunkt offenbar noch nichts. Selbst bei dem informellen Gespräch nach dem Interview ging es nur um die bevorstehende Hochzeit seiner Cousine im Emsland und die Tatsache, dass Toni Müller …« Tante Helga stockte. Sie blickte in die Runde, räusperte sich und fuhr fort: »… die Tatsache, dass Toni Müller als Jugendlicher in den Bräutigam verliebt war.«

Toni glaubte, einen Schlag bekommen zu haben. Ein Gefühl, als stürze er in einen Abgrund. Panik erfasste ihn. Jetzt kam doch alles raus. Obwohl es gar keine Rolle mehr spielte! Nun würde er das ganze peinliche Szenario doch noch durchstehen müssen.

Aber zu seiner Überraschung wurde am Tisch herzlich gelacht.

»Das hast du denen erzählt?«, meinte Kayla gut gelaunt.

»Ich wusste das ja immer«, behauptete Tante Immi. »Der Junge hat sich damals auf einmal für Fußball interessiert, das muss man sich mal vorstellen. Das war, als unser Christian bei der B-Jugend im Tor stand. Da wollte Toni plötzlich sonntags zum Fußball. Ich wusste gleich, da steckt was anderes dahinter.«

Toni lief jetzt knallrot an. Er blickte keinem ins Gesicht. Am liebsten hätte er sich in Luft aufgelöst.

»Du warst mal in mich verknallt?«, fragte Christian. Das schien ihm gar nicht unangenehm zu sein. »Ist das wahr? Und du bist extra wegen mir zum Fußball gekommen?«

Tonis Mund war so trocken, dass er nicht antworten konnte.

»Das ist aber vorbei, oder?«, fragte Christian mit einem Lächeln. »Du bist nicht mehr …?«

»NEIN!«, brach es aus Toni hervor.

»Wer ist der Junge, der da im Tor steht?, habe ich gefragt«, kam es lautstark von Tante Immi. »Nicht wahr, Helga? Das habe ich gefragt!«

»Ja, Immi. Ich erinnere mich.« Helga legte Christian verträumt die Hand auf die Schulter. »Wer hätte damals gedacht, dass du einmal zu unserer Familie gehören wirst. Auch wenn das für Toni sicher eine große Enttäuschung gewesen wäre.«

»Ja, wer hätte das gedacht?«, stimmte Christian ein und schob hinterher: »Wirklich lustig, was so alles rauskommt. Ist noch Kaffee da, Helga?«

»Natürlich. Der ist ganz frisch. Nimmst du Milch und Zucker?«

»Nein, gar nichts. Nur Kaffee, vielen Dank.«

Und das war es. Damit war das Thema durch. Toni war fassungslos. Er konnte nicht glauben, wie gelassen sie alle auf dieses Geheimnis reagierten. Nach der ganzen Panik, die er wegen der Geschichte gemacht hatte. Sie betrachteten es einfach nur als Spaß!

Plötzlich war da eine dünne Stimme, die zitternd fragte: »Du hast deine Arbeit verloren?«

Alle blickten sich um. Tante Ebba war in der Tür aufgetaucht. Sie trug ihr Nachthemd und die rosafarbenen Hauspuschen. Ihr Gesicht war blass, die Augen verweint, und ihre Haare standen in alle Richtungen ab.

»Ist das wahr, Junge? Du hast deine Arbeit verloren? Was wird denn nun aus dir? Wir haben uns solche Sorgen gemacht, und als du diese Rolle bekommen hast, haben wir uns so gefreut. Und jetzt das. Wie soll es denn weitergehen?«

»Irgendwie, Tante Ebba«, sagte er. »Irgendwie geht es immer weiter.«

Die Antwort schien sie nicht zufriedenzustellen. Sie schüttelte langsam den Kopf, eine Geste, die besagte: Das ist alles zu viel für mich.

»Ich lege mich wieder hin«, sagte sie. »Bitte weckt mich nicht. Es sei denn, Silke kommt nach Hause.«

Als sie die Küche wieder verlassen hatte, herrschte betretenes Schweigen. Keiner der Anwesenden hatte Ebba je so erlebt.

»Wir müssen was tun«, sagte Christian. »Und zwar schnell. Ich werde mich auf die Suche nach Silke machen. Wenn wir Glück haben, hat sie einfach nur irgendwo ihren Rausch ausgeschlafen. Und was den Rest angeht …«

»Was hast du den Nachbarn gesagt?«, fragte Immi.

»Dass die Hochzeit stattfindet. Es gibt die Trauung in der Kirche, den Sektempfang und alles, was dazugehört. Wie es mit der Feier auf dem Hof aussieht, das habe ich offen gelassen. Vielleicht können wir noch eine Gastwirtschaft mieten. Oder uns fällt etwas anderes ein. Die Jungs wollen gleich mal ein bisschen rumtelefonieren.«

»Wir kriegen keine Gastwirtschaft mehr«, sagte Helga. »Nicht so kurzfristig. Was wir brauchen, ist ein Zelt. Tische und Stühle. Und eine Band. Eine Torte. Und das ist erst der Anfang.«

Immi blickte auf die Uhr. »Wir haben noch fünf Stunden, bis die Hochzeitsmesse anfängt. Das ist nicht viel Zeit.«

»Nein«, sagte Christian und blickte in die Runde. »Das bedeutet, wir brauchen Leute, die sich schnell etwas einfallen lassen. Leute mit guten Ideen.«

17

Helene Bruns stürmte in die Küche. Sie wirkte völlig übernächtigt. Den Pullover trug sie auf links, der Kragen ihres Trenchcoats war verdreht.

»Guten Morgen!«, sagte sie aufgeregt. »Ich hab's nicht früher geschafft. Aber dafür habe ich Neuigkeiten.«

Am Küchentisch saßen Tante Helga, Kayla und Tante Immi. Sie waren von Ebba, die noch einmal kurz in der Küche aufgetaucht war, mit den Hochzeitsplanungen betraut worden. Vor ihnen auf dem Tisch war alles übersät mit Skizzen und Papierstößen, der Laptop lief heiß, und in den Tassen dampfte starker Kaffee.

Die drei hatten sich von Christian anstecken lassen. Plötzlich herrschte wieder Aufregung. Die Feier sollte stattfinden, koste es, was es wolle. Sie hatten die Sache in die Hand genommen und wirkten wie der Verwaltungsrat einer mittleren Stadt. Sie waren fest entschlossen zu retten, was noch zu retten war.

Toni lehnte an der Anrichte und beobachtete das Treiben. Ihm war in diesem Theater noch keine Rolle zugewiesen worden, und er riss sich auch nicht darum. Das Ganze war ein aussichtsloses Unterfangen.

Helene Bruns setzte sich zu den dreien und legte die Handtasche auf die Tischplatte.

»Da gibt es ein Zelt, das gehört dem Schützenverein«,

begann sie. »Wir können es haben, sagen sie. Und stellt euch vor, sie würden es uns sogar aufbauen.«

»Das ist doch wunderbar!«, rief Tante Immi. »Großartige Neuigkeiten, Helene! Wir sind gerettet!«

»Warte, Immi«, meinte Helene Bruns. »Das Zelt ist nur sechs bis acht Meter lang.«

»Aber wir haben zweihundert Gäste!«, entfuhr es Tante Helga. »Da passt ja gerade mal das Büfett rein, dann ist das Zelt voll.«

»Es ist ein Anfang«, meinte Kayla. »Wir müssen nehmen, was wir kriegen können. Vielleicht könnten wir die Scheune wieder schmücken. Zusammen mit dem Zelt wäre das doch eine gewisse Fläche.«

»Das Scheunentor ist von den Ruinen des Festzelts blockiert«, sagte Helga. »Dazu bräuchten wir schweres Gerät. Das kriegen wir nicht mehr rechtzeitig weg.«

»Hat die Scheune keinen Hintereingang?«

»Doch, da gibt es einen. Von der Wiese aus …« Helgas Gesicht hellte sich auf. »Warum eigentlich nicht? Wir stellen das Zelt einfach auf die Kuhweide.«

»Aber dann reicht der Platz immer noch nicht«, sagte Tante Immi. »Zweihundert Gäste passen auch nicht in die Scheune.«

»Wir müssen uns eben noch zusätzlich was überlegen. Was ist mit den Nachbarn? Was können die machen?«

Helene Bruns blickte kummervoll. »Die haben ja schon alle Hände voll zu tun. Gleich wird die Kutsche vom Reiterverein geschmückt, mit der das Brautpaar zur Kirche gebracht wird. Und während der Trauung und beim Sektempfang danach können die Nachbarn ja schlecht fehlen. Ein paar könnten bestimmt noch mit anpacken, aber das müsste dann sehr bald sein. Ist die Braut denn schon beim Friseur?«

Toni schüttelte den Kopf. Es wurde immer deutlicher: Die drei führten ein Himmelfahrtskommando. Niemals würden sie in sechs Stunden einen Ersatz für das Festzelt bekommen. Von Mobiliar, Hochzeitstorte und Band ganz zu schweigen. Trotzdem wurde munter weiterdiskutiert.

Tonis Handy machte sich bemerkbar. Er zog es aus der Tasche und blickte aufs Display. Es war Rocco. Toni konnte sich nicht vorstellen, was ausgerechnet der jetzt von ihm wollte. Nach allem, was passiert war. Er warf einen Blick auf die palavernden Frauen, dann zog er sich in die Diele zurück und nahm mit gerunzelter Stirn das Gespräch entgegen.

»Mensch, Toni, ich hab gerade erfahren, was passiert ist!« Roccos Stimme triefte vor Mitgefühl. »Die Drehbücher sind raus, und in der Presse war ja auch schon was. Ich dachte zuerst, das soll ein schlechter Scherz sein. Toni, das ist furchtbar! Wir sind alle total fertig deswegen. Das tut mir sooo leid.«

Schon klar, es tut dir leid. Du falsche Schlange.

»Ja, ist schon ziemlich blöd, das Ganze«, murmelte Toni missmutig.

»Wie können die so was machen? Das versteht keiner! Wie können die dich einfach rausschreiben? Ausgerechnet dich! Bei deiner Popularität. Da kann es ja jeden treffen! Das ist wie beim russischen Roulette.«

Sag es ihm schon, dachte er. Sag's ihm ins Gesicht. Das habe ich dir zu verdanken, du verdammter Heuchler. *Du* hast mich rausschreiben lassen.

»Ich bin echt total fertig, das wollte ich dir nur sagen«,

meinte Rocco. »Aber das wird schon. Du hast jetzt ein Gesicht. Da kommen bestimmt Anfragen.«

»Weißt du, ganz im Ernst, ich glaube nicht, dass du …«

»Ich weiß, ich kann leicht reden«, ging Rocco dazwischen. »Mir wurde ja nicht die Rolle weggenommen. Aber trotzdem, das wird schon, da bin ich ganz sicher. Ich drück dir fest die Daumen. Du, lass uns in Kontakt bleiben, ja? Wir gehen mal einen Kaffee trinken.«

Im Hintergrund war Unruhe. Offenbar war er am Set. Es wurde gedreht. »Du, Toni, ich muss leider weitermachen. Wir drehen in der Gefängniswäscherei, du weißt schon. Wir hören uns später. Also: Tut mir totaaal leid. Viel Spaß noch auf deiner Hochzeit.«

Und damit war das Gespräch beendet. Toni blickte wütend auf das Display. Wahrscheinlich hatte das halbe Set mitgehört, und mit diesem Anruf hatte Rocco jeden Verdacht zerstreut, er könnte hinter seinem Rauswurf stecken. Toni fühlte sich durch ihn missbraucht. Am liebsten hätte er das Handy gegen die Wand geworfen.

Kayla tauchte in der Diele auf und winkte ihn zu sich heran. »Toni, deine Tante Ebba möchte kurz mit dir sprechen. Sie ist wieder im Bett, aber du kannst ruhig ins Schlafzimmer gehen.«

Toni hörte gar nicht hin. Er packte Kayla am Arm.

»Was soll das hier?«, zischte er. »Was hast du vor?«

»Ich helfe deinen Tanten, mit dieser Krise fertigzuwerden«, sagte sie und befreite sich aus seinem Griff. »Das ist los.«

»Willst du jetzt Tante Ebbas Rolle übernehmen, oder was? Kannst du mir mal sagen, was das dann werden soll? Willst du dich über uns lustig machen? Damit du nachher in Berlin ein paar tolle Geschichten zu erzählen hast?«

»Soll ich dir verraten, weshalb ich mit den anderen in der Küche sitze? Es ist ganz einfach: Weil Lutz und ich hier wie Familienmitglieder aufgenommen werden. Und weißt du, weshalb das so ist? Weil wir zu dir gehören. Deine Freunde sind automatisch Teil der Gemeinschaft, ganz egal, wer oder was sie sind. Einfach, weil es deine Freunde sind. Mit deiner ganzen Herablassung merkst du gar nicht, wie sehr diese Familie zusammenhält. Und wie wichtig so etwas ist.« Sie verschränkte die Arme. »Sieh dir meine Familie an: Meinen Vater kenne ich gar nicht, und ich bezweifle auch, dass meine Mutter irgendwas über ihn weiß außer seine Hautfarbe. Und meine Mutter hockt krank in ihrer Einraumwohnung in Wedding und lässt sich jeden Tag volllaufen, bis der Pflegedienst kommt und ihr den Alkohol wegnimmt. Wie kommst du auf die Idee, ich könnte mich über deine Familie lustig machen?«

Toni wusste nicht, was er darauf sagen sollte. Beschämt sah er zu Boden.

Kayla schien jetzt wirklich sauer zu sein. »Und wieso, zum Teufel, hast du Martin Wels erzählt, dass Silke im Knast war?«, wollte sie wissen. »Das hätte dir doch klar sein müssen, dass das scheiße ist!«

»Das war ich nicht! Alles, was ich gesagt habe, war die Sache mit dem Bräutigam. Was heute in dem Bericht stand. Ehrlich! Das haben die nicht von mir.«

Sie fixierte ihn abfällig. Er hätte nicht sagen können, ob sie ihm glaubte.

»Wie auch immer«, sagte sie. »Ich muss jetzt wieder in die Küche. Es sei denn, du möchtest mir noch mal sagen, ich will mich über euch lustig machen.« Da er nichts erwiderte, nickte sie. »Ebba wartet auf dich, sie möchte mit dir reden.«

Damit drehte sie sich um und verschwand wieder. Toni steuerte das Schlafzimmer seiner Tante an und öffnete vorsichtig die Tür.

Drinnen herrschte Zwielicht. Tante Ebba hatte die Vorhänge zugezogen und saß halb aufrecht im Bett. Sie sah aus, als würde sie eine Grippe auskurieren. Nur konnte sich Toni nicht daran erinnern, dass sie je krank gewesen wäre.

»Hallo, Tante Ebba«, sagte er zaghaft.

»Toni«, kam es leise zurück. »Schön, dass du da bist. Bitte setz dich doch zu mir.«

Er nahm an der Bettkante Platz. Tante Ebba zeigte ihm ein brüchiges Lächeln.

»Du hast deine Arbeit verloren?«, fragte sie. »Wie konnte das passieren?«

»Das ist eine lange Geschichte. Die Kurzfassung wäre wohl: Willkommen im Showgeschäft.«

»Und was soll jetzt werden? Die Rolle war doch so wichtig für dich. Immer sind alle unglücklich.« Sie packte ihn am Arm. »Wieso sind immer alle unglücklich?«

»Wir sind doch gar nicht unglücklich, Tante Ebba. Ich jedenfalls nicht. Das wird schon. Ich werde ein anderes Engagement bekommen.«

»Du weißt doch, deine Tante Immi kennt die Frau, die im Oldenburgischen Staatstheater an der Kasse arbeitet …«

Toni rollte mit den Augen. »Tante Ebba, bitte!«

»Jetzt lass mich doch ausreden! Brigitte könnte doch mal nachfragen, ob die immer noch jemanden suchen.«

Er hatte vor einiger Zeit mal ein Angebot vom Oldenburgischen Staatstheater bekommen. Obwohl er zu dem Zeitpunkt nur seinen Kellnerjob hatte, war er dem Ruf dennoch nicht gefolgt. Die Vorstellung, Berlin zu verlassen und in der

Provinz zu leben, war einfach unerträglich gewesen. Lieber hatte er sich für seine Erfolglosigkeit entschieden. Aber kurz darauf hatte er ja die Rolle in der Serie bekommen.

»Ich werde schon was finden, Tante Ebba. Ich habe eine Agentur, die kümmert sich. Das klappt schon.«

Für gewöhnlich hätte seine Tante mit geballter Faust darauf bestanden, die Chancen in Oldenburg nochmals auszuloten. Aber heute war sie zu erschöpft. Außerdem war sie mit den Gedanken woanders.

»Was passiert jetzt da draußen?«, fragte sie.

»Kann ich nicht genau sagen. Alle wirbeln herum. Sie wollen wohl versuchen, das Fest irgendwie zu retten.«

»Aber das Festzelt ... Es ist doch alles verloren.«

Im Prinzip sah er das genauso. Deshalb widersprach er ihr auch nicht. Tante Ebba zog ihn näher zu sich heran.

»Toni, weshalb ich dich sprechen wollte ... Hast du eine Idee, wo Silke sein könnte? Irgendwo muss sie sich versteckt haben.«

»Ich? Nein, woher auch? Christian telefoniert gerade mit ihren Freundinnen, wenn ich das richtig verstanden habe. Vielleicht findet er sie.«

»Sie ist bei keiner Freundin«, sagte Tante Ebba. »Glaub mir, ich kenne sie. Silke hat sich irgendwo verkrochen, wo sie alleine ist. Toni, hör zu. Als Kinder habt ihr zwei doch ständig zusammen gespielt. Es gab Zeiten, da wart ihr nicht voneinander zu trennen. Ihr habt Verstecke gehabt, oder? Hier in der Gegend. Denk nach, könnte Silke in einem eurer alten Verstecke sein?«

»Keine Ahnung. Ich wüsste nicht, wo. Wir waren immer auf dem Heuboden, da haben wir uns mal eine Hütte gebaut. Sonst fällt mir nichts ein.«

»Dann geh auf den Heuboden und sieh nach, ob sie dort ist. Tu mir den Gefallen. Vielleicht hast du Glück. Machst du das für mich?«

»Ja, natürlich«, sagte er. »Wenn du das möchtest.«

Tante Ebba sank wieder in ihr Kissen zurück. Das war der Grund gewesen, weshalb sie Toni sprechen wollte. Jetzt schien sie wieder allein sein zu wollen.

»Ich war das übrigens nicht«, sagte Toni. »Von mir haben die das mit Frankreich nicht.«

»Das spielt doch keine Rolle, Toni.«

So wie sie das sagte, hatte er jedoch das Gefühl, es spielte sehr wohl eine Rolle.

»Warum sagst du keinem, dass du deine Arbeit verloren hast?«, fragte sie. »Wir sind deine Familie.«

»Ich wollte keine Unruhe stiften.«

»Das ist Unsinn, Toni. Du willst uns nicht an deinem Leben teilhaben lassen, das ist der Grund. Deine Freunde sollen nicht zur Hochzeit eingeladen werden. Du willst uns aus deinen Angelegenheiten raushalten. So ist es.«

»So ist es gar nicht! Ich habe nur …«

Sie brachte ihn mit einem strengen Blick zum Schweigen. Dann seufzte sie, und ihr Blick wurde wieder weich. »Weißt du, Toni, du stehst nicht zu uns.«

Es hörte sich ganz traurig an, wie sie das sagte. Toni wollte das keinesfalls so stehen lassen, doch seine Tante war mit den Gedanken längst woanders.

»Silke hat das gleiche Schicksal wie ich«, sagte sie. »Ihre Hochzeit wird ein Albtraum sein. Ist das nicht traurig? Und das Schlimmste ist: Ich bin schuld. Ich wollte ihr unbedingt dieses Schicksal ersparen, und erst dadurch ist es so gekommen.«

Tante Ebba wirkte unendlich erschöpft. Sie bat ihn zu gehen, und Toni stand auf und verließ das Schlafzimmer. Die Worte seiner Tante gingen ihm jedoch nicht aus dem Kopf. *Du stehst nicht zu uns.* Erst Kayla und jetzt Tante Ebba. Er fragte sich, ob die beiden recht hatten mit dem, was sie sagten.

Toni blieb in der Diele stehen. Er dachte kurz nach, dann fasste er einen Entschluss. Es ging hier um Silkes Hochzeit. Auch wenn es ein sinnloses Unterfangen war, er konnte immer noch versuchen, es zusammen mit seiner Familie zu stemmen. Schwungvoll warf er die Küchentür auf. Die Frauen am Tisch sahen überrascht auf, als er entschlossen auf sie zukam.

»Also gut«, sagte er und setzte sich zu ihnen an den Tisch. »Was kann ich tun?«

18

In der Küche rauchten die Köpfe. Kayla führte lange Listen mit Dingen, die noch zu organisieren waren. Aber mit jedem Punkt, der vermeintlich abgehakt werden konnte, tauchten zwei neue Punkte auf, die bis dahin noch keiner bedacht hatte. Die Zeit lief ihnen davon. Außerdem waren sie zu wenige. Das ganze Unternehmen schien zunehmend aussichtslos.

»Ich hab einen Schwager in Bremen«, warf Helene Bruns ein. »Der hat da Wahlkampf für die SPD gemacht. Bei dem im Keller sind noch die ganzen Sachen von der Wahlparty. Ihr wisst schon, womit die Halle geschmückt worden ist. Vielleicht kann er sich ins Auto setzen und das Zeug herbringen.«

»Ich weiß nicht, Helene«, kam es von Tante Immi. »Ich glaube, von den zweihundert Gästen, die geladen sind, wählt kein einziger die SPD. Dann noch eher die Grünen, aber ideal wäre das auch nicht. Kennst du denn keinen von der CDU?«

»Ist das nicht egal?«, meinte Kayla. »Ich meine, ein Bild von Angela Merkel willst du eh nicht über dem Brauttisch hängen haben, oder?«

»Was hätte er denn da so, dein Schwager?«, fragte Tante Helga. »Ich meine, das sind doch nicht nur Plakate, oder?«

»Nein, Schirme, Aufsteller, Luftballons. Vielleicht sogar Papierrosen. Ich müsste ihn mal fragen.«

»Sonnenschirme könnten wir gut gebrauchen«, meinte Kayla. »Für die Kuhwiese zwischen Zelt und Scheune.«

»Aber mit einem SPD-Logo drauf?«, fragte Immi skeptisch.

»Wir machen das wie unsere Mutter nach dem Krieg«, schlug Helga vor. »Wisst ihr, die hat damals Sofabezüge aus Naziflaggen genäht. Das waren einfach rote Bezüge, da hat man keine Hakenkreuze mehr gesehen. Irgendwie lässt sich das SPD-Zeichen sicher übermalen, oder? Wir könnten auch Papierrosen dranheften.«

»So machen wir's«, sagte Kayla und setzte einen Haken hinter ihrer Liste. »Helene, frag deinen Schwager, wie viele Schirme wir bekommen können. Und was er sonst noch hat.«

Die Küchentür wurde aufgestoßen, und ein riesiger Karton mit Donuts schwebte herein.

»Guten Mooorgen!«, flötete es hinter dem Karton. Es war Lutz. Er rauschte herein und stellte die Kiste auf die Anrichte. »Ich habe was zur Stärkung mitgebracht! Bedient euch, ihr Lieben! Aber die beiden Donuts mit der Blaubeerglasur, das sind meine, ich sag's gleich dazu, bei denen heißt es: Finger weg!«

»Wie bist du denn hierhergekommen?«, fragte Toni.

»Na, mit dem Auto! Wie sonst?«

»Aber du hast doch gar keinen Führerschein.«

Tante Kamilla tauchte hinter ihm in der Küchentür auf und blickte scheu herein. »Ich habe ihn gefahren!«

»Kamilla!«, rief Tante Immi. »Wie schön, dass du wieder da bist. Was stehst du da herum, jetzt komm schon herein!«

Helga stand auf und umarmte ihre Schwester. Sie nahm ihr fürsorglich die Jacke ab und führte sie zum Tisch.

»Ich konnte euch doch nicht allein lassen«, sagte Kamilla schüchtern. »Das Feuer war gestern Abend bis nach Papenburg zu sehen.« Sie blickte sich sorgenvoll um. »Wo ist denn Ebba?«

»Sie ist im Bett«, sagte Tante Helga. »Es hat sie wirklich hart getroffen.«

»Ich werde gleich mal nach ihr sehen«, sagte Kamilla. »Aber sagt mir zuerst, wie sieht es hier überhaupt aus? Findet die Hochzeit statt?«

»Wir tun unser Bestes«, sagte Helene Bruns. »Aber es gibt viel zu tun. Wir haben noch keine Band. Auch keine Bühne, auf der die spielen könnte. Und keine Tanzfläche. Keine Tische. Keine Stühle. Keine Torte. Im Grunde haben wir gar nichts.«

»Was die Band angeht, habe ich vielleicht eine Idee«, meinte Lutz und stopfte sich einen Donut in den Mund. Er wollte weitersprechen, doch mit vollem Mund ging das natürlich nicht.

»Das kann nicht dein Ernst sein«, sagte Toni. Er ahnte bereits, was Lutz im Kopf hatte. »Du willst doch nicht etwa die Pussy-Dolls herholen!«

»Warum denn nicht?«, erwiderte Lutz kauend. »Die sind super.«

»Die machen Punkrock! Spinnst du? Das hier ist eine Hochzeit!«

Lutz würgte eilig seinen Donut herunter. »Die machen auch Sachen, die nicht so hart sind«, sagte er. »Man kann mit denen reden, das sind Profis, die stellen sich auf die Wünsche des Publikums ein. Und was das Wichtigste ist: Die könnten mit ihrem Tourbus in sechs Stunden hier sein. Hast du etwa eine bessere Idee?«

»Berthold Wentering ist übrigens abgesprungen«, sagte Tante Immi. »Er hat heute Abend einen Auftritt im Seniorenheim. Das geht vor, hat er gesagt. Es tut ihm leid.«

»Na also«, sagte Lutz, lächelte triumphierend und stopfte sich den nächsten Donut in den Mund.

Die Tür öffnete sich, und Christian kam herein. Er wirkte angeschlagen. Mit einem Seufzer ließ er sich auf einen Stuhl fallen und zog die Kaffeekanne heran.

»Silke ist nirgendwo«, sagte er. »Ich kann sie einfach nicht finden.« Er wandte sich Toni zu. »Auf dem Heuboden war sie auch nicht, oder?«

»Nein, leider nicht.« Toni war schon hochgegangen und hatte sich umgesehen. Doch von ihrer alten Hütte, in der sie früher gespielt hatten, war nichts übrig geblieben, und von Silke gab es keine Spur.

»Es gibt diese kleine Scheune, draußen hinterm Wald«, sagte Toni plötzlich. »Da waren wir früher häufig nach der Schule und haben Schnecken gesammelt. Es wäre ein gutes Versteck.«

»Und das sagst du erst jetzt?«, fragte Christian.

»Ist mir eben erst eingefallen. Ich könnte dir zeigen, wo die Scheune ist.«

Christian sprang sofort auf. »Ja, worauf warten wir?«

Toni blickte Kayla und die Tanten fragend an, die über ihren Listen brüteten. Er hatte keine Ahnung, ob sie sich schon irgendwelche anderen Aufgaben für ihn ausgedacht hatten.

»Geh schon«, sagte Tante Helga. »Aber beeilt euch. Gleich kommen die Leute vom Schützenverein und bauen das Zelt auf. Da muss einer da sein, der ihnen zeigt, wo alles ist.«

»Also gut, dann bis gleich.«

Toni und Christian verließen die Küche.

»Du hast keine Lust, den Trauzeugen zu machen, habe ich gehört?«, fragte Christian.

»Nein, so ist das nicht! Ich habe nur gedacht …«

Inzwischen waren ja alle Geheimnisse auf dem Tisch, und so hatte Toni auch keine Bedenken mehr.

»Lass gut sein«, sagte Christian. »Mein Kumpel kommt jetzt doch rechtzeitig aus dem Krankenhaus. Er kann das also wieder übernehmen.«

»Aha, ja, wenn das so ist …«

Toni spürte eine leichte Enttäuschung. Irgendwie hätte er diesen Auftrag jetzt doch gerne übernommen, aber das behielt er für sich.

Sie nahmen den Jeep von Tante Ebba und machten sich auf den Weg. Es dauerte nicht lange, da hatten sie das kleine Waldstück erreicht, in dessen Schatten sich die Scheune befand. Der Traktor, mit dem Silke sich am Vorabend davongemacht hatte, war jedoch nirgends zu sehen, und auch, als sie ausstiegen und in der Scheune nachsahen, fanden sie alles verlassen vor.

Christian ließ sich auf einen Baumstamm sinken, der neben dem Eingang auf dem Boden lag.

»Das war also auch nichts«, sagte er.

»Jetzt fällt mir kein Versteck mehr ein«, meinte Toni.

Christan schüttelte den Kopf. »Warum bestraft sie mich? Kannst du mir das sagen?«

Toni setzte sich neben ihn. »Ich denke, sie schämt sich einfach, weil du nichts von der Sache in Frankreich gewusst hast.«

»Okay, dafür sollte sie sich auch schämen! Ich habe jedenfalls keine Geheimnisse vor ihr. Und selbst wenn ich welche hätte! Bei dieser Sache hat sie mich echt alt aussehen lassen. Da hast ja mitgekriegt, wie mein bescheuerter Vater darauf angesprungen ist. Das werde ich mir den Rest meines Lebens von ihm anhören müssen: Deine Frau ist eine Verbrecherin *und* eine Lügnerin. Sobald ihm etwas, das wir tun, nicht gefällt, wird er mir das wieder vorsetzen.«

»Siehst du? Und deswegen meldet sie sich nicht. Sie bestraft dich nicht, sie schämt sich einfach.«

Er raufte sich die Haare. »Aber heute ist unser Hochzeitstag!«

Toni zog eine Schachtel Zigaretten aus der Jacke, fingerte zwei hervor und reichte Christian eine davon.

»Wär das doch nie rausgekommen mit dieser bescheuerten Knastgeschichte«, sagte Christian und ließ sich Feuer geben. »Dann hätten wir jetzt echt weniger Stress.«

Toni kam sich zwar langsam wie eine Schallplatte mit einem Sprung vor, trotzdem sagte er: »Ich war das nicht, ich hab denen nichts davon erzählt.«

»Schon gut. Ist ja auch egal.«

Christian blies Rauch in die Luft und ließ den Blick in die Ferne schweifen. »Weißt du, Toni«, sagte er, »manchmal denke ich ja, du hast alles richtig gemacht. Du bist frei, lebst in Berlin, hast einen coolen Job. Für dich läuft alles richtig rund. Im Gegensatz zu uns hier.«

Ja, genau!, dachte Toni höhnisch. Alles läuft rund!

Er wusste gar nicht, wo er da anfangen sollte, um ihm diesen Zahn zu ziehen.

»Versteh mich bitte nicht falsch«, sagte Christian. »Meine Firma in Papenburg läuft gut. Und Silke – mal abgesehen davon, dass sie manchmal ein bisschen durchdreht, ist sie großartig. Wir wollen ein Haus bauen, und dann kommen hoffentlich bald Kinder ... Aber ich werde hier nie rauskommen. Und so frei sein wie du. Berlin! Weißt du, manchmal beneide ich dich echt.«

»Mein tolles Leben in Berlin«, sagte Toni und lachte. »Ich wünschte, ich könnte mich auch ein bisschen beneiden. Dass ich gerade gefeuert worden bin, hast du mitbekommen, oder?«

»Ja, natürlich. Aber da kommt sicher was Neues. Ich mein, du bist Schauspieler, das ist doch ein toller Job!«

»Ja, ein Wahnsinnsjob!«, meinte Toni trocken. »Und er ist so glamourös! Nur können mehr als neunzig Prozent der Schauspieler gar nicht von ihrer Arbeit leben. Wusstest du das? Die rennen von Casting zu Casting, geben viel Geld aus für Fotos und Videoclips und Werbezeugs, arbeiten an ihren Netzwerken und halten sich ständig und immer und überall auf dem Laufenden. Und tatsächlich leben sie von Hartz IV. Oder vom Kellnern. Um warm zu bleiben und das Spielen nicht zu verlernen, belegen sie dann Schauspielkurse, solange keine Rolle da ist. Was auch furchtbar viel Geld kostet und wenig bringt. Und immer dieses Leben am Existenzminimum. Die warten alle auf die große Chance. Darauf, eine Rolle zu bekommen, mit der sie endlich ihre Miete zahlen können. Und nur die wenigsten haben Glück.«

Toni zog an seiner Zigarette und blies den Rauch in die Luft. Er spürte Ärger in sich aufsteigen und redete weiter: »Und selbst wenn man dann im Betrieb drin ist, so wie ich zum Beispiel ... Was glaubst du, wie der Alltag bei so einer Serie aussieht? Das ist Massenproduktion. Reine Fließbandarbeit. Morgens kommt ein Kleinbus, der die Schauspieler von zu Hause abholt und zum Set bringt. Der taucht bei mir jeden Morgen um vier Uhr fünfundfünfzig auf. Ich bin einer der ersten. An der Reihenfolge, wie die Schauspieler abgeholt werden, kann man sehen, wie wichtig sie für die Produktion sind. Beim Reinkommen hängt dann da ganz groß die Quote von der letzten Sendung, um gleich den Druck zu erhöhen, auch wenn du noch gar nicht richtig wach bist. Danach zwei Stunden in die Maske und dann den ganzen Tag am Set. In die Hallen, in denen gedreht wird, dringt kein Tageslicht, gelüftet wird über Klimaanlage. Das ist wie in einer Shoppingmall. Wenn du da den ganzen Tag arbeitest, weißt du nicht mehr, welche Jahreszeit überhaupt ist. Erst wenn du spätabends Schluss machst und draußen weht ein lauer Sommerwind, dann denkst du: Ach, das war bestimmt ein schöner Tag.«

Christian wollte das sicher alles gar nicht wissen. Doch Toni konnte sich jetzt nicht mehr bremsen. »Außerdem herrscht unter den Schauspielern ein großer Zickenkrieg«, fuhr er fort. »Du arbeitest da mit einem Haufen Narzissten zusammen, von denen jeder seinen eigenen Film am Laufen hat. Bis vor Kurzem hatte ich einen Kollegen, der mich vor meinem Einsatz immer vollgequatscht hat, damit meine Konzentration weg ist, wenn ich spielen muss, und ich auf diese Weise eine schlechte Figur mache. Andere schwärzen dich an, wenn du schlecht über das Drehbuch gesprochen hast. Und dann ist da natürlich noch Rocco, der Star der Serie. Weiß du eigentlich, weshalb ich gefeuert wurde? Weil Rocco Angst hatte, ich könnte zu populär werden. Er hatte Schiss, ich könnte ihm die Show stehlen. Deshalb musste ich weg. Also hat er seinen Einfluss und sein ganzes Netzwerk genutzt, um mich abzusägen. Und es hat funktioniert.«

Toni warf die Zigarette auf den Boden und trat sie aus.

»Wenigstens werde ich bald wieder sonntagmorgens

schlecht gelaunt zum Bäcker gehen können, ohne von allen erkannt zu werden. Das hat auch was Gutes.«

Die Luft war raus. Er hatte fürs Erste seinen Frust abgelassen. Nun sah er Christian an und lächelte.

»Hört sich das nach einem Leben an, das man beneidet?«

»So wie du es darstellst, nicht«, sagte er. »Aber das ist sicher nur eine Seite der Medaille, oder?«

»Schon. Trotzdem. Es gibt so Tage ... heute zum Beispiel. Da denke ich, wie nett es wäre, hier zu leben und mit dem ganzen Schaulaufen der Eitelkeiten nichts zu tun zu haben. Man kann hier morgens den Sonnenaufgang am Horizont sehen, weißt du? In Berlin sehe ich nur die Häuser auf der anderen Straßenseite.«

Eine Weile schwiegen sie.

»Hast du eigentlich keine Angst, in diese durchgeknallte Familie einzuheiraten?«, fragte Toni schließlich.

Das brachte Christian zum Lachen. »Manchmal schon«, sagte er. »Aber dann denke ich: Wenn man euch so ansieht ... Bei allem Lärm und aller Hektik, die ihr Müllers gerne verbreitet, liebt ihr euch doch im Grunde wie verrückt. Ihr seid eigentlich ganz zufrieden, oder nicht?«

Toni horchte in sich hinein. Er hatte es nie so betrachtet, aber da war etwas Wahres dran, das konnte er nicht bestreiten.

»Wahrscheinlich hast du recht«, sagte er schließlich. »Auch wenn man das bei dieser Hochzeit wohl nicht unbedingt denken würde.«

Hinter ihnen wurde laut gehupt. Sie drehten sich um. Ein Traktor mit einem Anhänger stand an der Straße. Im ersten Moment glaubte Toni schon, Silke wäre aufgetaucht. Doch bei näherem Hinsehen erkannte er: Das war ein anderer Traktor, nicht der von Onkel Ewald.

»Das ist Siegbert«, sagte Christian.

»Siegbert? Was will der denn hier?«, fragte Toni, obwohl er schon einen Verdacht hatte.

Siegbert kletterte aus dem Führerhäuschen und sprang auf die Straße. Er klopfte sich die Hände an den Arbeitshosen ab und ging ihnen entgegen. Mit seinem trägen Blick und dem Dackelgesicht steuerte er direkt auf Toni zu.

»Da bist du ja«, sagte er zu ihm. »Die Frauen haben gesagt, dass ich dich hier finde.«

»Was gibt es denn? Ist was passiert?«

»Nein, gar nicht. Sie haben nur gesagt, ich soll in den Wald gehen und Grün schlagen. Gestern ist ja alles verbrannt. Da brauche ich einen, der hilft, habe ich gesagt. Und diese Kayla … du weißt schon, deine Freundin aus Berlin, die meinte, du hättest Zeit und könntest helfen. Jemand anderen kann sie nicht entbehren, sagt sie, nur dich.«

Toni musste lächeln. Kayla, diese Schlange. Er konnte ihr unverschämtes Grinsen quasi vor sich sehen. Natürlich war es für sie ein Spaß, dieses blöde Spiel der Tanten lustvoll mitzuspielen.

»Dann seh ich dich später, Toni«, sagte Christian und steuerte den Jeep an. »Ich werde noch mal ein paar von Silkes Freundinnen abfahren. Vielleicht ist sie inzwischen aufgetaucht.«

Er grüßte und stieg in den Jeep. Dann heulten die Motoren auf, und er fuhr davon.

Siegbert räusperte sich, er schien etwas unsicher zu sein. Der Arme, dachte Toni. Er wird genauso von den Tanten benutzt wie ich. Nur kann er nicht darüber lachen.

»Also gut«, sagte Toni und schenkte ihm ein Lächeln. »Dann lass uns mal.«

19

Kayla sah sich um. Es herrschte reges Treiben in der Küche. Nachbarsfrauen telefonierten, stellten Listen zusammen oder diskutierten darüber, wie sich bestimmte Dinge noch kurzfristig organisieren ließen. Auch Lutz war da, und Tonis Onkel Ewald tauchte immer wieder auf, um sich zu erkundigen, wie er helfen könne. Die Vorbereitungen liefen auf Hochtouren.

Kayla war nun diejenige, die alles koordinierte. Sie wusste gar nicht, wie sie dazu gekommen war, aber irgendwie führte sie jetzt das Kommando. Sie hatte Ebbas Job übernommen, die Schwestern waren ganz selbstverständlich davon ausgegangen. Da stand sie nun mitten in der Küche und konnte sich ein Grinsen kaum verkneifen: Kayla Barnes leitete die Organisation einer Bauernhochzeit. Wer hätte das je für möglich gehalten?

Unfassbar, was noch alles zu tun war. Selbst wenn die Hochzeit in ein paar Tagen stattfinden würde, wäre es kaum zu schaffen.

Immi, die gerade ein Telefonat beendet hatte, kam auf sie zu. »Wir bekommen zwanzig weiße Tischdecken aus dem Krankenhaus. Die Freundin meiner Tochter arbeitet da als Küchenhilfe, die hat das organisiert. Zwanzig Tischdecken reichen natürlich nicht, aber …«

»Zwanzig ist super«, sagte Kayla und machte sich eine

Notiz auf eine ihrer vielen Listen. »Helene Bruns versucht's gerade im Seniorenheim. Mal sehen, was dabei rauskommt. Aber zwanzig sind schon eine Menge.«

»Von unserem Caterer bekommen wir keine einzige«, beklagte sich Immi. »Ich kann es immer noch nicht glauben. Wenn man überlegt, was da ein Essen kostet, sollte man doch denken, die hätten irgendwo im Keller noch Tischwäsche für Notfälle. Aber nichts. Die decken nur das Büfett ein und fertig. Die Chefin ist richtig pampig geworden, als ich mit ihr gesprochen habe. Ich schwör dir, Kayla, das werde ich beim nächsten Landfrauentreffen allen erzählen, und zwar lautstark, und auch in der Kirchengemeinde. Diese blöde Catering-Frau wird noch bereuen, dass sie uns so behandelt hat. Und das bei den Preisen!«

Lutz kam am Küchentisch vorbeigerauscht. Mit Klemmbrett und Headset. Er schien sich pudelwohl in seiner neuen Rolle zu fühlen: Lutz, der Wedding-Planner.

»Mit wem telefoniert er denn gerade?«, fragte Immi.

»Mit einem Dekogroßhandel aus Hamburg. Er kennt da einen aus dem Verkauf, mit dem er mal ... na, du verstehst schon.«

»Ein Verflossener?« Immi machte große Augen. »Aus dem Dekogroßhandel? Lutz ist ein Goldstück!«

»Abwarten. Mal sehen, was kommt. An Privatleute verkaufen die nämlich nichts. Es geht jetzt eher darum, ob da irgendwo was vom Lkw fällt.«

Lutz wirbelte herum. »Kayla, können wir fünfhundert Halloween-Tischsets mit Kürbismotiv brauchen?«

»Verstehst du jetzt, was ich meine, Immi?«, sagte Kayla lächelnd und beantwortete die Frage: »Nein, ich glaube, das wäre nicht so passend.«

Lutz nickte. »Und was ist mit zwei Kisten Dekoobst aus Plastik?«, fragte er.

Die beiden Frauen sahen sich ratlos an. Sie fragten sich, wofür man bei dieser Hochzeit Dekoobst verwenden konnte.

Doch Lutz achtete schon gar nicht mehr auf sie. Er war wieder ins Gespräch abgetaucht, lief aufgeregt auf und ab, bis er plötzlich stehen blieb und freudig rief: »Das ist ja großartig! Das nehmen wir! Hörst du? Nehmen wir!«

Kayla und Immi waren bereits gespannt, was Lutz jetzt wieder ergattert hatte, doch bevor der etwas sagen konnte, drängte sich Helene Bruns dazwischen.

»Im Seniorenheim ist nichts zu machen«, sagte sie. »Die haben keine Tischwäsche übrig. Außerdem: Selbst wenn wir genug Tischdecken bekommen, wir haben noch gar nicht über die Blumengestecke nachgedacht. Wir finden doch heute keinen Floristen mehr, der für ein paar Dutzend Tische Blumengestecke bindet. Es ist Samstag, die machen gleich alle zu. Wollt ihr etwa Saftgläser mit Kornblumen aufstellen?«

Kayla und Immi wechselten einen kurzen Blick, dann rief Kayla über Helenes Schulter hinweg: »Lutz! Sag ihm, wir nehmen das Plastikobst!« Zu Helene meinte sie: »Statt Blumen. Besser als gar nichts, oder?«

Lutz zeigte den erhobenen Daumen und zwinkerte.

»Arrangements aus Obst«, sagte Helene nachdenklich. »Warum nicht? Das könnte hübsch werden! Mal sehen, was wir da kriegen.«

Lutz riss sich das Headset vom Kopf und lief strahlend auf sie zu. »Ihr glaubt nicht, was ich gerade ergattert habe!«, rief er und wartete, bis er die ganze Aufmerksamkeit der

Frauen auf sich gelenkt hatte. »Vier Kisten Plastikmargeriten! Zwölftausend Stück! Stellt euch das vor! Vier Kisten!«

Kayla konnte seine Begeisterung nicht ganz teilen.

»Und was willst du damit?«, fragte sie.

»Warte es ab! Du wirst schon sehen! Ich weiß noch nicht genau, aber ich lasse mir was einfallen. Zwölftausend Margeriten! Sag nicht, dass dein Herz da nicht höher schlägt.«

»Nun ja. Ganz ehrlich? Ich denke …«

Weiter kam sie nicht. Ewald trat in die Küche und sah sich schüchtern um. Dann entdeckte er Kayla, zog sich die Mütze vom Kopf und trat auf sie zu.

»Ich hole jetzt die Stühle aus der Schule«, sagte er.

Tante Helga hatte beim örtlichen Gymnasium erreicht, dass sie sich fünfzig Stühle aus der Aula ausleihen durften. Ewald würde sie mit dem Schweineanhänger abholen, und der Hausmeister hatte versprochen, ihm beim Einräumen zu helfen.

»Gut, mach das«, sagte Kayla. »Wie sieht es draußen hinter der Scheune aus?«

»Die Jungs vom Schützenverein bauen gerade das Zelt auf. Die sind gleich fertig. Ich muss dann nur noch die Kühe in den Boxenlaufstall treiben.«

Sie blickte auf die Uhr. »Noch drei Stunden bis zur Trauung. Die Zeit läuft uns davon.«

Ein Nicken, das war alles. Kayla seufzte.

»Wie geht es Ebba?«, fragte sie.

»Sie ist immer noch in ihrem Zimmer.«

»Und Silke? Ist die wieder aufgetaucht?«

Ewald schüttelte den Kopf.

Kayla zögerte. Eigentlich war es Wahnsinn, was sie hier machten. »Wir machen aber weiter, oder?«

»Ja«, sagte er. »Wir machen weiter.«

Dann wandte er sich ab, setzte sich die Mütze wieder auf und ging.

»Hey, Lutz!«, rief Kayla. »Was ist mit der Band? Sind die unterwegs?«

»Na klar. Die sind schon auf der Autobahn.«

»Hast du denen die Liederauswahl gemailt?«

»Sicher doch, alles kein Problem.«

Kayla dachte nach. Die Technik wurde von der Band mitgebracht, glücklicherweise, doch das war alles. Sie hatten weder eine Bühne noch eine Tanzfläche. Und die fünfzig Stühle aus der Schule würden nie und nimmer reichen.

Helga tauchte auf. »Ich hab jetzt alle Getränkemärkte durch. Wir sind definitiv zu spät. Die haben ihre Bierbänke und Biertische schon verliehen. Alles ausgebucht. Bei dem Wetter ja kein Wunder.«

»Was ist mit dem Fußballvereinsheim?«, mischte sich Helene Bruns ins Gespräch. »Die haben Biertische im Keller stehen. Ich kann mal meinen Neffen anrufen, der ist da im Vorstand.«

»Mach das, Helene!«, sagte Kayla. »Das ist super!«

Doch Immi schien die Sache nicht zu behagen. »Ich weiß nicht«, sagte sie. »Biertische? Auf einer Hochzeit? Fällt uns denn nichts anderes ein?«

»Unsinn, Immi. Das ist nur eine Frage der Dekoration«, meinte Helga. »Die sehen später toll aus.«

»Wie willst du die denn toll aussehen lassen? Mit Kürbistischsets etwa?«

»Jetzt warte doch erst mal ab«, sagte Helga.

»Papiertischdecken hätten wir jedenfalls genug«, meinte Helene Bruns.

»Auf keinen Fall Papiertischdecken! Wenn schon Biertische, dann mit Stoff! Und zwar mit dem edelsten, den wir kriegen können.«

»Aber wir haben nicht einmal genug weiße Tischdecken …«

Kayla beschloss, die Frauen allein zu lassen. Bei dieser Diskussion musste sie nicht dabei sein. Sie blickte sich um und wurde auf Kamilla aufmerksam, die mit einem Telefon vor den aufgeschlagenen Gelben Seiten hockte. Anscheinend arbeitete sie sich durch die Liste der Konditoreien aus der Gegend. Kayla trat an sie heran und wartete, bis sie das Telefonat beendet und anschließend eine der Konditoreien von der Liste gestrichen hatte.

»Läuft nicht so gut?«, fragte sie.

»Was die Hochzeitstorte angeht, sehe ich schwarz«, sagte Kamilla. »Wir würden nicht mal zweihundert Plunderteilchen bekommen, geschweige denn eine Torte für so viele Personen. Vielleicht sollten wir doch lieber noch selber backen. Aber dafür fehlt wohl die Zeit.«

So war es. Sie müssten ja erst noch Zutaten kaufen, um dann für zweihundert Gäste zu backen. Es würde zu viel Zeit und Arbeit in Anspruch nehmen. Kayla glaubte plötzlich, das Ticken der Wanduhr zu hören, aber das bildete sie sich sicher nur ein.

»Hast du mit Ebba gesprochen?«, fragte sie.

»Nein. Ich hab mich noch nicht getraut.«

»Sie liegt immer noch im Bett. Rede doch mit ihr.«

»Also gut.« Kamilla holte Luft.

»Es sind noch drei Stunden bis zur Trauung. Ebba muss noch zum Friseur. Es wird wirklich Zeit.«

Kamilla erhob sich. »Keine Ahnung, ob sie mich überhaupt sehen will.«

Sie schenkte Kayla ein tapferes Lächeln, zupfte den Pullover zurecht und verließ die Küche. Kayla nickte. Das wäre also auch geregelt. Ein Gefühl sagte ihr, Kamilla würde Ebba am ehesten zum Aufstehen bewegen können.

20

Ebba lag im Bett und starrte die Decke an. Sie hatte die Vorhänge zugezogen, um kein Sonnenlicht sehen zu müssen. Aus der Diele drangen Geräusche zu ihr herein. Es waren Leute im Haus. Sie wusste nicht, was da los war, und es interessierte sie auch nicht. Ewald kam irgendwann herein, setzte sich an ihr Bett und nahm zärtlich ihre Hand.

»Ist Silke wieder da?«, fragte Ebba.

Er schüttelte den Kopf. »Wir werden uns auch hiervon erholen«, sagte er. »Glaub mir, Ebba.«

Sie drehte den Kopf weg. Ewald hatte keine Ahnung von diesen Dingen. Der wusste eben nicht, wie sich eine Frau fühlen konnte. Männer waren da unsensibler.

»Unser Hochzeitstag damals«, begann er zögerlich. »Ich weiß, du hattest dir etwas anderes erträumt. Aber für *mich,* weißt du, Ebba, für mich war es trotz allem der schönste Tag in meinem Leben. Weil ich da die Frau geheiratet habe, die ich bis heute über alles liebe.«

Er gab ihr einen Kuss auf die Wange, stand auf und verließ das Zimmer wieder. Tränen liefen ihr über die Wangen.

Hätte sie doch Silke nur nicht so angefahren. Und was mochte Christian über die ganze Sache denken? Hatte der überhaupt noch Lust, in diese Familie einzuheiraten? Vielleicht hatte Ebba den ja gleich mit vertrieben.

Nach einer Weile klopfte es zaghaft an der Tür.

»Raus!«, sagte Ebba.

Die Tür öffnete sich dennoch ganz langsam, und Kamilla sah mit großen Augen herein.

»Darf ich, Ebba?«, piepste sie.

Kamilla. Nach allem, was Ebba ihr gestern ins Gesicht gesagt hatte, wäre es ihr gutes Recht gewesen, ihre große Schwester auf den Mond zu schießen. Stattdessen stand sie da und sah sie schuldbewusst an.

Ebba richtete sich im Bett auf. »Natürlich. Komm herein, Kamilla.«

Ihre Schwester setzte sich auf die Bettkante, dorthin, wo gerade noch Ewald gesessen hatte.

»Es tut mir leid, dass ich dich gestern habe sitzen lassen. Ich bin einfach abgehauen. Später habe ich von Papenburg aus das Feuer gesehen, und da hat mir alles furchtbar leidgetan. Ich war so sauer auf dich, weißt du? Doch auf einmal war die ganze Wut verraucht, und ich hatte ein ganz schlechtes Gewissen.«

Ebba nahm ihre Hand. »Hör auf, so zu reden! Wenn sich einer entschuldigen muss, dann bin ich das! Was ich gestern alles zu dir gesagt habe! Das tut mir furchtbar leid! Ich hab das nicht so gemeint, Kamilla, glaub mir. Ich war nur so im Stress, da konnte ich nicht klar denken.«

Kleinlaut meinte Kamilla: »Aber du hattest doch recht.«

»Nein, Kamilla, das hatte ich ganz sicher nicht! Du hast deine Eigenarten, zugegeben, aber trotzdem bist du ganz wichtig für uns. Keine kann hier auf dich verzichten, auch wenn wir manchmal etwas Rücksicht nehmen müssen, wenn du … na ja, du weißt schon.«

»Es macht mir alles solche Angst, verstehst du, Ebba?

Keine Ordnung zu haben, das halte ich nicht aus. Wenn alles schmutzig ist und chaotisch und sich nicht zählen lässt. Dann habe ich das Gefühl, den Boden unter den Füßen zu verlieren.«

»Ein bisschen Ordnung ist ja auch nicht falsch«, munterte Ebba sie auf. »Du warst mir jedenfalls eine große Hilfe. Das bist du immer noch. Ich könnte nie auf dich verzichten.« Sie lächelte. »Auch wenn du die Nüsse abzählen musst, die in den Kuchen kommen.«

Kamilla lächelte zurück. Sie hatte ihr vergeben, das sah Ebba genau. »Willst du denn gar nicht aufstehen?«, fragte Kamilla.

Ebbas Lächeln erstarb. »Silke ist weg. Das Festzelt ist abgebrannt. Die Hochzeit abgesagt. Warum soll ich da aufstehen?«

»Ich weiß nicht, ist die Hochzeit denn wirklich abgesagt? Im Moment wirbeln alle herum, damit die doch noch stattfindet.«

»Aber wie soll das denn gehen? Man könnte die Hochzeit in eine Gaststätte verlegen, aber da findet sich so kurzfristig sicher nichts.«

»Vielleicht solltest du trotzdem wenigstens zum Friseur gehen. Nur für alle Fälle. Der ist ja eh schon bezahlt.«

»Aber Silke ... Wie sollen wir denn heiraten, wenn es keine Braut gibt?«

»Die taucht sicher wieder auf. Komm schon, steh auf.«

Ebba dachte nach. Plötzlich kam ihr etwas in den Sinn. Sie schlug die Bettdecke zur Seite und stand auf.

»Ich habe vielleicht eine Idee, wo sie sein könnte«, sagte sie. »Kamilla, bring mir meine Sachen. Wir müssen was erledigen.«

Fünf Minuten später verließen sie heimlich das Haus. Kamilla ging voran, um sicherzugehen, dass die Luft rein war, und Ebba schlich ihr hinterher. Sie wollte jetzt keinem begegnen, dem sie lange erklären musste, was sie vorhatte. Vielleicht irrte sie sich auch, was die Sache mit Silke anging, und dann wäre es besser, wenn keiner davon Wind bekommen hätte.

Sie nahmen Kamillas Auto, da Christian mit dem Jeep unterwegs war. Ebba rutschte auf den Beifahrersitz und schob sich eine Sonnenbrille ins Gesicht.

»Wohin geht's denn?«, fragte Kamilla.

»Zum Landgasthof an den Emsauen«, sagte Ebba.

»Bist du sicher? Was willst du da denn?«

»Jetzt fahr schon, Kamilla!«

Vor drei Monaten waren Silke und Ebba dort mit einer Reifenpanne liegen geblieben, keine fünf Kilometer von ihrem Zuhause entfernt. Ebba hatte versucht Ewald zu erreichen, damit er sie mit dem Trecker abschleppte, doch es war keiner ans Telefon gegangen. Also hatten sie kurzerhand beschlossen, in dem Gasthof Mittag zu essen. Sie hatten auf der Terrasse am Karpfenteich Platz genommen, es gab deftiges Essen mit gutem Wein, und das einzige Thema war die bevorstehende Hochzeit gewesen.

Die Vorfreude, die wilden Planspiele, das Gekicher und Getuschel – man hätte sie für zwei Teenager auf Klassenfahrt halten können. Ebba war dabei nicht minder aufgekratzt gewesen als ihre Tochter. Es war ein ganz seltener und wertvoller Moment gewesen. Solch eine Nähe hatte Ebba zwischen ihnen schon lange nicht mehr empfunden.

Auf der Terrasse hatten sie die Zeit vergessen. Nach dem Mittagessen hatte es Kaffee und Kuchen gegeben, später eine

Fischsuppe, und erst, als es dunkel geworden und Ewald mit dem Traktor aufgetaucht war, hatten sie sich auf den Heimweg gemacht. Auf dem Weg zum Parkplatz hatte sich Silke bei Ebba untergehakt und gemeint: »Das war die schönste Reifenpanne meines Lebens, Mama.«

Ebba wusste nicht, ob dieser Ort auch für Silke eine Bedeutung hatte. Irgendwie hoffte sie es aber. Doch Silke war jung und impulsiv, wahrscheinlich hatte sie die Reifenpanne und den Nachmittag mit ihrer Mutter längst vergessen.

»Hier ist es gleich«, sagte Kamilla und steuerte den Wagen in eine Auffahrt. Das Landgasthaus tauchte vor ihnen auf, und auf dem Parkplatz entdeckten sie einen Traktor. Er gehörte Ewald.

»Sie ist hier«, stellte Ebba fest.

Also war dieser Nachmittag auch für Silke wichtig gewesen.

»Ich warte so lange«, sagte Kamilla und lächelte aufmunternd.

Ebba spürte, dass ihr das Treffen Angst machte. Silke hatte ja recht gehabt mit dem, was sie ihr ins Gesicht geschrien hatte. Ebba war es gewesen, die diese Hochzeit ruiniert hatte. Sie ganz allein.

»Also gut«, sagte Ebba, wie um sich selbst Mut zu machen, und stieg aus.

Sie fragte sich, ob sich Silke hier ein Zimmer genommen hatte. Das hoffte sie wenigstens. Sie wollte sich lieber nicht vorstellen, dass ihre Tochter die Nacht auf dem Traktor verbracht hatte.

Die Gastwirtschaft war um diese Zeit noch geschlossen. Ebba ging hinter das Haus. Der Karpfenteich mit der Terrasse rückte in ihr Blickfeld. Und da saß sie. Auf einem der Gartenstühle. Silke hatte ihr den Rücken zugewandt und sah aufs Wasser hinaus.

Ebba trat von hinten an sie heran. »Silke?«

Sie drehte sich um. Dabei schien sie nicht überrascht zu sein, ihre Mutter hier zu sehen.

»Hallo, Mama«, sagte sie tonlos.

Ihre Frisur war aufwendig hochgesteckt, man hatte ihr Locken gebunden und Blumen ins Haar gesteckt. Ihre Tochter war einfach wunderschön.

»Ich war schon beim Friseur«, erklärte Silke. »Weil ich heute früh auf war und nicht wusste, was ich machen sollte. Es hat richtig gut getan, dahin zu gehen. Da kann man stundenlang rumsitzen und nachdenken, während sich alle um einen kümmern.«

Ebba ließ sich auf einen Stuhl sinken.

»Ich hab's ganz schön vermasselt, oder?«, sagte sie niedergeschlagen.

Silke sah an ihr vorbei aufs Wasser. »Du wolltest eben nicht, dass es mir so ergeht wir dir«, stellte sie fest.

»Und jetzt hab ich's noch schlimmer gemacht! Ich hab's total vermurkst. Deine Hochzeit ist eine noch größere Katastrophe als meine eigene. Ist das zu fassen?«

»Nein, das stimmt doch gar nicht«, seufzte Silke. »Du schämst dich nicht für mich. Und du wolltest mich mit der Hochzeit nicht bestrafen.«

»Bei Gott, nein! Ich wollte dich nicht bestrafen!«

Ein erschöpftes Lächeln tauchte auf Silkes Gesicht auf. »Und trotzdem ist es so gekommen!«

»Es tut mir leid, Silke. Ganz ehrlich.«

Beide Frauen schwiegen. Die Sonne trat hinter einer

Schönwetterwolke hervor. Es würde ein wundervoller Tag werden, auch wenn das keinem mehr etwas nützte.

»Weißt du noch?«, meinte Silke. »Wie wir hier gesessen und große Pläne geschmiedet haben?«

»Natürlich weiß ich das noch. Das war schön.«

»So hätte die Hochzeit werden sollen. So wie dieser Nachmittag hier im Garten. Ganz unbeschwert und wunderschön.«

»So, wie wir sie uns ausgemalt haben«, sagte Ebba.

»Ja. Genau so.« Silke lächelte traurig. »Und was ist jetzt? Hast du alles abgesagt?«

»Nein, natürlich nicht. Wenn, dann müssen du und Christian das machen.«

»Christian ... Will der mich jetzt überhaupt noch? Nachdem ich gestern einfach so abgehauen bin?«

»Er sucht dich jedenfalls überall. Wenn du dein Handy einschaltest, sind da hundert Nachrichten von ihm.«

»Wie hat er das mit Frankreich aufgefasst?«

»Ganz gut eigentlich. Sein Vater geht ihm doch genauso auf die Nerven wie uns allen.«

»Ja, das stimmt.« Sie blickte wehmütig. »Ich hätte nicht abhauen dürfen.«

»Die Trauung ist in einer Stunde«, meinte Ebba. »Vielleicht kannst du noch alles klären. Frisiert bist du ja.«

»Aber ... wo wollen wir denn feiern? Nachdem das Festzelt abgebrannt ist?«

»Da sind eine Menge Leute auf dem Hof, die irgendwas improvisieren. Vielleicht sollte man sich das mal ansehen.«

Silke schien darüber nachzudenken. Ihre Augen bekamen wieder einen Glanz.

»Aber was ist mit dir? Du warst nicht beim Friseur!«

»Da gibt es Schlimmeres. Ich föhne die schnell einmal durch und fertig. Zeit zum Umziehen haben wir auf jeden Fall noch.«

»Dann … dann werde ich mal Christian anrufen!«

Silke war plötzlich wie ausgetauscht. Lebendig und voller Energie. Ebba lachte. Es tat ihr gut, ihre Tochter so zu sehen. Sie hoffte nur, dass sie nicht zu viel versprochen hatte und diese Feier tatsächlich auf dem Hof stattfinden würde. Es war höchste Zeit, nach Hause zu fahren und alles unter die Lupe zu nehmen.

Silke schnappte sich das Handy und stellte es ein. Dann zwinkerte sie ihrer Mutter zu und wählte eine Verbindung.

»Christian?«, sagte sie. »Ja, ich bin's!«

Kayla trat, gefolgt von Tante Immi und Tante Helga, hinaus auf den Hof, um sich einen Überblick über die Aufbauarbeiten zu verschaffen.

»Wie viel Zeit haben wir noch?«, fragte sie.

»In vierzig Minuten fängt der Gottesdienst an«, sagte Helga. »Der dauert bestimmt eine Stunde. Und danach ist noch der Sektempfang. Also, wir haben noch knapp drei Stunden, würde ich sagen.«

»Aber die meisten Helfer gehören zur Hochzeitsgesellschaft«, sagte Immi. »Die müssen sich jetzt eigentlich umziehen, wenn sie rechtzeitig in der Kirche sein wollen.«

Sie ließen die Brandruinen auf dem Hof hinter sich und umrundeten die Scheune. Die Kuhweide – die nun zur Festwiese geworden war – rückte ins Blickfeld. Es hatte sich einiges getan. Das Zelt des Schützenvereins stand bereits, die Scheune wurde unter Hochdruck geschmückt und dekoriert, und auf der Wiese war unter freiem Himmel eine große Theke errichtet worden.

Überall waren Menschen, es wurde gezimmert und gehämmert, Lichterketten wurden angebracht, Tische herumgetragen, Leitern aufgestellt. Kayla fühlte sich wie ein General, der seine Truppen abschreitet.

»Bleibt die Wiese in diesem Zustand?«, fragte sie.

»Ewald kommt gleich mit dem Rasenmäher«, sagte Helga. »Damit das ein bisschen ordentlicher aussieht. Und bei der Gelegenheit kann er auch gleich die Kuhfladen wegschaffen. Aber wir brauchen noch irgendwelche Stege oder so was in der Art. Zwischen Zelt und Scheune und Theke, weißt du?«

Kayla betrachtete die Theke. Sie war umgeben von einem Meer aus Sonnenschirmen. Sie sahen aus wie Fliegenpilze: Knallrot mit weißen Punkten, und an den Seiten waren große grüne Blätter befestigt.

»Sind das die SPD-Schirme?«, fragte sie.

Immi nickte. »Sind die nicht wunderschön? Und keiner käme auf die Idee, dass … na ja, ihr wisst schon.«

Kayla ließ ihren Blick wandern. Die Festwiese sah hübsch aus. Die geschmückte Scheune, das Zelt, der Thekenbereich. Nur eines störte das Bild.

»Was ist denn das?«, fragte sie und deutete auf einen hässlichen überdachten Betonklotz, den man für einen Flugzeughanger hätte halten können, wenn er beim zweiten Hinsehen nicht zu schmal dafür ausgefallen wäre.

»Das ist das Maissilo«, sagte Tante Helga. »Wir haben uns schon überlegt, ob wir es mit einer Plane abhängen. Es ist wirklich ein Schandfleck, nicht wahr?«

»Da ist *Mais* drin?«, fragte Kayla.

»Nach der Ernte wird da die Maissilage gelagert, ja. Aber im Moment ist es praktisch leer.«

Kayla hatte eine Idee. Ihnen fehlte immer noch eine Bühne für die Band. Und eine Tanzfläche.

»Könnte ich mir das mal näher ansehen?«, fragte sie.

Doch bevor sie das Silo ansteuern konnte, kam Helene Bruns winkend auf sie zugelaufen. Mit ihren Stöckelschuhen stakste sie mühevoll über die Wiese.

»Stellt euch vor«, rief sie außer Atem. »Volltreffer. Die letzte Bäckerei auf der Liste! Die kann uns helfen.«

»Sie machen uns noch eine Hochzeitstorte?«

»Na ja, nicht direkt. Aber da ist eine Beerdigung ausgefallen, weil die Leiche noch in der Rechtsmedizin ist. Die haben irgendwelche Hinweise bekommen, dass die Frau ermordet wurde. Die Trauerfeier haben sie jetzt jedenfalls abgesagt. Wenn wir wollen, kriegen wir dreihundert Stück Streuselkuchen.«

»Trockener Streuselkuchen?«, fragte Immi skeptisch. »Ist das denn nicht unpassend? Das weiß doch jeder, dass es den sonst nur bei Beerdigungen gibt.«

»Dreihundert Stück, Immi, darauf kommt es an.« Helene Bruns verschränkte die Arme vor der Brust. »Entweder wir haben Streuselkuchen, oder wir haben gar nichts.«

Kayla dachte darüber nach. Sie blickte sich um. Lutz stand mit seinem Headset an den SPD-Schirmen und stellte sicher, dass überall das Parteilogo von den Blättern abgedeckt war. Dabei plauderte er angeregt ins Mikrofon.

»Lutz!«, rief sie. »Ich brauche dich!«

Er gab ihr ein Zeichen: Einen Moment noch.

»Soll ich den Streuselkuchen nun kaufen oder nicht?«, fragte Helene Bruns.

»Natürlich, schlag zu«, sagte Kayla. »Wir lassen uns was einfallen.«

Lutz tauchte hinter ihr auf. »Rate, mit wem ich gerade telefoniere«, sagte er und stellte das Handy auf laut. »Mädels, sagt Kayla Guten Tag!«

Am anderen Ende brach Jubel aus. Eine Frau rief etwas Unverständliches. Gläser stießen aneinander. Es waren die Pussy-Dolls.

»Sie sind mit ihrem Tourbus schon bei Hannover«, sagte Lutz. »Ist das nicht toll?«

»Hey, Mädels, super, dass ihr einspringen könnt«, sagte Kayla. »Habt ihr euch die Songliste mal angesehen?«

»Ja klar!«, johlte es. »Alles kein Thema.«

Kayla war sich da nicht so sicher.

»Auch ›Schatzi, schenk mir ein Foto‹?«, fragte sie. »Der Song ist wahrscheinlich nicht ganz euer Stil, aber den brauchen wir unbedingt.«

»Klar, haben wir uns auch angesehen. Wir könnten das als Polka machen. Oder als Punkrock.«

»Und was ist mit der Originalfassung?«, fragte Kayla.

»Sorry, aber das geht nicht. Wie sollen wir das machen? Da haben wir gar nicht die Möglichkeit zu, verstehst du? Uns fehlt da das Know-how.«

»Also gut, dann lieber als Polka«, sagte Kayla. »Wie sieht's mit dem Hochzeitswalzer aus? ›Für mich soll's rote Rosen regnen‹ von Hildegard Knef. Habt ihr die Noten im Internet gefunden?«

»Noten? So ein Quatsch! Der Song gehört zu unserem Repertoire. Den spielen wir nach Konzerten als Zugabe.«

»Als Punkrock, schätze ich?«

»Genau. Was denn sonst?«

Kayla war sich nicht sicher, wie das bei der Hochzeitsgesellschaft ankommen würde. Aber die Pussy-Dolls waren allemal besser als Berthold Wentering mit seiner Orgel und dem Seniorenheim-Programm.

Ein lang anhaltender Rülpser war im Tourbus zu hören, dann folgten Jubel und Applaus.

»Sorry, Kayla«, drang es durchs Handy. »Wir lernen hier nur gerade, das Wort *Pepsi light* zu rülpsen. Das war Lutz' Idee.«

»Super. Dann noch eine schöne Fahrt. Wir sehen uns später.«

Lutz beendete das Gespräch, und Kayla nahm ihn beiseite.

»Ich wollte wegen der Hochzeitstorte mit dir sprechen. Wir haben nämlich jetzt …«

Unruhe kam auf. Die Helfer auf der Festwiese waren abgelenkt. Kayla fragte sich, was gerade passierte, bis sie eine Frau rufen hörte: »Da ist Silke!«

In nächsten Moment tauchte Kamillas Auto an der Wiese auf. Auf der Rückbank des Wagens saßen Ebba und ihre Tochter. Ebba kurbelte das Fenster herunter und unterhielt sich kurz mit Helene Bruns. Dann ließ sie einen Blick über die Festwiese wandern. Sie nickte Kayla zu und lächelte. Dann fuhr das Auto weiter, und Ebba verschwand aus ihrem Blickfeld. Kayla sah auf die Uhr.

»Alle einmal aufgepasst!«, rief sie. »Der Gottesdienst fängt in einer halben Stunde an. Wer zur Hochzeitsgesellschaft gehört, geht jetzt nach Hause und zieht sich um. Es wird höchste Zeit. Alle anderen bleiben hier und machen weiter.«

Die meisten Helfer packten ihr Zeug zusammen und verließen die Wiese. Als Kayla sich umdrehte, bemerkte sie Helga und Immi, die sich nicht vom Fleck gerührt hatten.

»Was ist mit euch?«

»Wir bleiben hier«, sagte Helga.

»Aber dann verpasst ihr die Trauung!«

»Wir können dich doch nicht alleine lassen«, meinte Immi. »Jetzt ziehen wir das auch zusammen durch.«

»Diese Hochzeit muss funktionieren«, sagte Helga. »Nicht nur für Silke. Auch für Ebba.«

Kayla betrachtete die beiden. Sie lächelte.

»Also gut, meine Damen«, sagte Kayla. »Dann lasst uns mal sehen, wie wir gemeinsam die Kuh vom Eis bekommen.«

Sie wandte sich zu dem Betonbunker. »Zuerst sehen wir uns dieses Silo an.«

21

Der Traktor rumpelte über den holprigen Feldweg. Auf dem Anhänger hüpften die Birkenzweige hin und her. Diesmal saß Toni auf dem Kindersitz über dem Kotflügel, während Siegbert das Fahrzeug steuerte.

Wie bei ihrer letzten Fahrt konnte Toni nicht umhin, sich vorzustellen, sie wären ein altes Bauernpaar, das nach einem langen Arbeitstag gemeinsam auf dem Weg nach Hause war, wortkarg, müde und mit Schwielen an den Händen. Er fragte sich, ob das auch die Vorstellung seiner Tanten gewesen war, als sie ihn mit Siegbert verkuppeln wollten. Dass Toni einen kräftigen Eintopf mit Speck vorbereitete, über den sich Siegbert gleich nach der Arbeit schweigend hermachen konnte.

»Worüber lachst du?«, fragte Siegbert.

»Ach, nichts«, sagte Toni. »Nur über das Chaos bei dieser Hochzeit.«

»Ja, verrückt das Ganze. Das kann man wohl sagen.«

Dann fiel er wieder in Schweigen. Nach einer Weile bog er auf eine befestigte Straße, und das langsame Rumpeln über die Feldwege war vorbei. Siegbert beschleunigte.

»Wann fährst du wieder zurück?«, fragte er.

»Nach Berlin? Morgen. Nach dem Frühstück mache ich mich auf den Weg.«

»Ich war auch mal in Berlin. Unser CDU-Abgeordneter

hat die Gruppe der Jungen Union in den Bundestag eingeladen. Mit Busfahrt und Übernachtung und Stadtführung. Das ist ja wirklich eine große Stadt. So viele Häuser, und überall Menschen. Also, ich könnte das nicht. Da leben, meine ich.«

Er löste den Blick von der Fahrbahn und sah Toni an. »Fehlt dir das denn gar nicht hier?«

Toni wusste nicht, was er sagen sollte. Die Landschaft zog gemächlich an ihnen vorbei, die Sonne schien, und das Grün der Wiesen leuchtete. Und in der Ferne berührten sich am Horizont das Land und der Himmel. Das hatte schon was, natürlich. Aber würde ihm das Ganze nicht nach spätestens zwei Wochen auf die Nerven gehen?

»Manchmal fehlt es mir schon«, sagte er. »Aber ob ich das unbedingt dauerhaft brauche ... keine Ahnung.«

»Es ist nicht schlecht hier, weißt du?«, meinte Siegbert. »Es gibt einen Schwulenstammtisch in Papenburg, wir treffen uns einmal die Woche in der Gaststätte Brinkhus. Das ist natürlich nicht so ein Angebot wie in Berlin, aber wir haben immer eine Menge Spaß. Manchmal treffen sich ein paar von uns zum Doppelkopfspielen.«

»Und bei diesem Stammtisch hast du auch deinen Exfreund kennengelernt?«

»Nee, du hattest ja recht mit deiner Vermutung, das war übers Internet«, sagte er ein bisschen verschämt. »Aber das ist egal. Der war eh nicht der Richtige.«

Siegbert wischte sich mit dem Handrücken den Schweiß von der Stirn. »Ich träume davon, einmal einen zu treffen, dem die Arbeit auf dem Hof nicht zu viel ist.«

Toni sagte nichts dazu.

Allmählich rückte der Bauernhof seiner Tante ins Blickfeld. Inzwischen stand das Festzelt. Es war wesentlich kleiner als das, was Tante Ebba hatte errichten lassen, und es war schlichter. Trotzdem. Das geschmückte Scheunentor, die Lichterketten und die bunten Sonnenschirme machten aus dem Ganzen einen Festplatz. Plötzlich konnte Toni daran glauben, dass diese Hochzeit tatsächlich noch stattfinden würde.

Ein großer Lkw blockierte die Hofeinfahrt. Eine Handvoll junger Männer stand herum, die ihm vage bekannt vorkamen, bis ihm plötzlich einfiel, wo er die Gesichter schon einmal gesehen hatte: Es waren die Leute vom Papenburger Kickbox-Verein. Und dann entdeckte er Lutz, der sich zwischen ihnen bewegte wie ein Fisch im Wasser.

»Was ist denn das?«, fragte Toni. »Was machen die da?«

»Lass doch, die stören uns nicht«, meinte Siegbert. »Wir stellen uns einfach direkt ans Gatter.«

Kaum hatte er den Motor abgestellt, steuerte auch schon Tante Helga winkend auf sie zu.

»Gut, dass ihr da seid! Es wird allerhöchste Zeit! Toni, du gehst am besten direkt ins Haus und ziehst dich um. Die Kirche fängt gleich an.«

»Aber … werde ich denn gar nicht mehr gebraucht?«

»Nein, du gehörst zu den Gästen! Du hast Vorrechte.«

»Wenn ich das richtig sehe, braucht ihr jede Hand. Ich glaube, Silke findet es nicht so schlimm, wenn ich nicht in der Kirche bin.«

»Aber würdest du nicht lieber in die Kirche gehen? Das wäre viel angenehmer. Und du könntest dir die Zeremonie ansehen.«

»Ich bleibe hier und helfe! Das versteht sich doch von selbst. Ich brauche keine Sonderrechte.«

Die Laderampe des Lkw wurde heruntergefahren, und die jungen Männer machten sich daran, Stangen, Bretter und dunkle Holzplanken nach draußen zu tragen.

»Was machen die da?«, fragte er Tante Helga.

»Das ist ein Boxring!« Sie strahlte übers ganze Gesicht. »Ist das nicht großartig?«

»Ein Boxring? Was wollt ihr damit?«

»Das wird die Bühne für die Band! Lautsprecher und Lichtanlage bringen die selbst mit. Das kommt dann alles ins Silo, das wird unser Tanzpavillon!« Tante Helga wandte sich an Siegbert. »Sag mal, hast du die Privatnummer von Bernhard Riedel? Du weißt schon, von Riedel-Ballonstoffe. In seiner Firma geht keiner mehr dran, kein Wunder am Samstagmittag. Deshalb dachte ich …«

»Na klar hab ich die Nummer. Den kenn ich von unserem Stammtisch«, erklärte er stolz.

»Seine Firma stellt Nylonstoffe für Heißballons her«, meinte Helga. »Wir dachten, vielleicht kann er uns dabei helfen, das Silo …«

»… zu einem *Pavillon* zu machen? Ich verstehe.«

Siegbert zückte sein Handy, suchte die Nummer heraus und gab es ihr. »Ruf ihn gleich an. Und bestell ihm einen schönen Gruß.«

Sie bedankte sich und rauschte davon. Siegbert ging zum Anhänger mit den Birkenzweigen. Toni warf einen kurzen Blick auf die Ladearbeiten am Lkw, dann schüttelte er den Kopf und folgte ihm. Doch bevor sie das erste Bündel herunterheben konnten, kam Tante Immi auf sie zugestürmt.

»Toooni!«, rief sie ihm entgegen. »Toooni!«

Er ließ Siegbert alleine auf den Anhänger klettern. Tante Immi stakste über die Wiese.

»Verdammt, wir müssen uns was mit der Wiese einfallen lassen«, rief sie Kayla zu, die etwas entfernt mit ein paar Frauen zusammenstand. »Da kommen eine Menge Frauen mit hochhackigen Schuhen. Die werden sich hier alle die Knöchel brechen.«

Kayla zeigte ihr den erhobenen Daumen und machte sich eine Notiz auf ihrem Klemmbrett. Toni hatte keine Ahnung, was ihr dabei durch den Kopf ging. Wie sollte eine Kuhwiese innerhalb von zwei Stunden für High Heels begehbar werden? Kayla schien diese Frage jedenfalls nicht aus dem Konzept zu bringen.

Tante Immi erreichte den Traktor.

»Toni, ich habe wunderbare Neuigkeiten«, keuchte sie und hielt sich an seinem Arm fest, um wieder zu Atem zu kommen. »Brigitte, du weißt doch, meine Freundin Brigitte, die im Oldenburgischen Staatstheater an der Kasse arbeitet. Du kannst es dir nicht vorstellen! Ich habe gerade mit ihr telefoniert, und sie hat gesagt, dass der junge Mann, der damals eingestellt worden ist, als du die Stelle abgelehnt hast, dass der jetzt nicht mehr da ist. Die Theaterleitung hat sich von ihm getrennt. Das heißt, deine alte Stelle ist zurzeit unbesetzt! Was sagst du jetzt?«

Toni stutzte. Das war eine gute Frage! Was sagte er jetzt? »Ich … ähem … ich …«

»Das heißt natürlich nicht zwangsläufig, dass die dich da immer noch haben wollen«, meinte Tante Immi. »Aber es ist eine Chance. Einen Versuch ist es allemal wert. Was meinst du? Kannst du dir das vorstellen, wieder hier bei uns in der Nähe zu leben?«

»Ich weiß nicht. Mal sehen. Ich denk drüber nach.«

Er spürte in sich hinein. Irgendwie fühlte es sich okay an.

Vielleicht lag es ja an seiner Stimmung, aber plötzlich fand er die Vorstellung, Berlin zu verlassen, nicht mehr so schlimm.

»Übrigens, Toni«, sagte Tante Immi. »Ich finde das ganz toll, wie du hier hilfst. Keiner hätte das von dir erwartet, wirklich nicht.«

Er dachte an das, was Tante Ebba ihm gesagt hatte. Dass er nicht zu ihnen stehen würde. »Warum denn nicht? Drücke ich mich sonst vor der Arbeit?«

»Nein, das meine ich nicht. Aber du bist doch Gast hier. Keiner erwartet von einem Gast, dass er so arbeitet. Du hättest auch zur Kirche und zum Sektempfang gehen können.«

Toni wusste nicht, was er davon halten sollte.

»Was meinst du damit, keiner erwartet das von mir? Ich tue das doch gerne.« Dann rutschte ihm heraus: »Tante Ebba hat gesagt, ich stehe nicht zu euch.«

»Nein, das stimmt nicht«, sagte sie.

Ihre Augen wurden feucht. Sie nahm seine Hand.

»Ebba versteht das nicht. Schon als kleiner Junge warst du anders als die anderen. Du hast ein anderes Leben gewählt als unseres hier. Das ist dein gutes Recht. Aber wir sind immer in deinem Herzen geblieben, nicht wahr? Wir sind deine Familie. So ist es doch, oder?«

Toni dachte darüber nach. Noch vor wenigen Tagen hätte er das Sophia gegenüber womöglich bestritten, doch das änderte nichts daran, dass sie recht hatte mit dem, was sie sagte. Und das wussten sie beide.

Sie zwinkerte. »Aber bei Berlin muss es ja nicht bleiben, oder? Als ich eben mit Brigitte telefoniert habe, dachte ich, mein Herz bleibt stehen. Wenn du wirklich deinen Job verloren hast, dann ist das zumindest eine Option. Und damit lässt es sich doch gleich viel besser schlafen, nicht wahr?«

Er lächelte. »Ich denke über Oldenburg nach, okay?«

»Ach, Toni. Das wäre herrlich!«

Sie umarmte ihn stürmisch und eilte dann davon, wahrscheinlich, um sich einer anderen Baustelle zu widmen. Toni blickte ihr hinterher. Vielleicht sollte er tatsächlich über die Option Oldenburg nachdenken.

»Hier, Toni, fang auf!«

Siegbert stand auf dem Anhänger und warf ihm ein Bündel Birkenzweige herunter. Toni schnappte es auf und schwang es sich auf den Rücken.

»Bring die in die Scheune«, sagte Siegbert. »Da fangen wir an. Das Zelt machen wir später.«

Das Innere der Scheune war von Lichterketten erhellt. Die Decke bildete ein großer dunkelgrüner Fallschirm, der den Raum wie ein riesiges Himmelbett wirken ließ. Darunter waren die Wände mit Tarnnetzen der Bundeswehr abgehängt, damit die hässlichen, unverputzten Mauern verdeckt wurden. Im Eingang zum Hof stapelten sich Stühle und Tische, und Helene Bruns lief mit einem Handy am Ohr im Raum hin und her.

»Fünf Tische und zwanzig Stühle aus dem evangelischen Gemeindehaus?«, rief sie freudig. »Das ist toll, die holen wir gleich ab. Vielen Dank!« Dann entdeckte sie Toni mit den Zweigen auf dem Rücken. »Stell die an der Wand entlang, Toni, schön der Reihe nach. Ihr könnt die Zweige am Boden und an den Tarnnetzen befestigen. Wir haben noch schnell ein paar Papierrosen gemacht, und zwei Kisten sind gestern vom Feuer verschont geblieben. Wenn ihr mit den Zweigen fertig seid, machen wir mit dem Schmücken weiter. Das wird wunderschön hier, warte es ab. Ganz gemütlich.«

Siegbert folgte Toni in die Scheune, ebenfalls mit einem

Bündel Zweige beladen. Gemeinsam machten sie sich an ihre Aufgabe. Sie arbeiteten schnell und konzentriert. Zuerst brachten sie die Zweige in der Scheune an, dann im Büfettzelt und schließlich an der Einfahrt und am Wiesengatter. Siegberts Schweigsamkeit bei der Arbeit gefiel Toni. So konzentrierte er sich nur auf seine Aufgabe. Es war beinahe, als könnte er sich mit den Bewegungen treiben lassen.

Als sie fertig waren, zog Siegbert eine Zigarettenschachtel hervor. Sie lehnten sich ans Gatter, rauchten genüsslich und betrachteten das Treiben auf der Festwiese.

»Wie viel Zeit bleibt uns noch?«, fragte Toni.

Siegbert sah auf die Uhr. »Knapp zwei Stunden.«

»Wahnsinn«, kommentierte Toni.

»Ja. Aber es sieht aus, als würde es klappen, oder?«

Kayla entdeckte sie am Gatter und trat auf sie zu.

»Na, Männer?«, begrüßte sie die beiden und zwinkerte Toni ironisch zu.

»Hey, Kayla«, sagte Toni.

»Ich hätte noch eine Aufgabe für euch. Würdet ihr mit dem Anhänger zur Reithalle fahren?«

»Kein Problem«, sagte Siegbert. »Und wozu?«

»Wir haben eben mit den Leuten vom Reiterverein gesprochen. Wusstet ihr, dass die ihre Reithalle bei Veranstaltungen mit einem Bretterboden auslegen? Da werden Partys drin gefeiert. Und diesen Bretterboden können wir uns ausleihen. Für die Wiese zwischen Zelt, Theke und Silo. Ist das nicht super?«

Toni pfiff durch die Zähne. »Wir haben echt mehr Glück als Verstand.«

»Von wegen Glück. Alles eine Frage der Koordination!«

»Dann machen wir uns gleich auf den Weg«, sagte Siegbert und stieß Toni in die Seite. »Zur Reithalle ist es nicht weit.«

»Moment«, sagte Kayla. »Die brauchen noch ein bisschen Zeit, um die Bretterböden nach draußen zu bringen. Ihr sollt erst in einer Viertelstunde da auftauchen, sagen die.«

»Kein Problem.«

Kayla zwinkerte wieder und ließ die beiden allein.

»Was machst du eigentlich, wenn du wieder in Berlin bist?«, fragte Siegbert. »Jetzt, wo du keinen Job mehr hast.«

»Ein paar Drehtage bin ich noch dabei, ganz so schnell geht das nicht. Und danach sprech ich mal mit meiner Agentin.«

»Dreht ihr eigentlich in einem richtigen Gefängnis?«

Toni lachte. »Nein, wird drehen in einer Halle außerhalb der Stadt. Alle Sets sind da nebeneinander aufgebaut. Die Zellen, der Wachtrakt, alles. Das sieht ein bisschen aus wie bei IKEA. Laute kleine, fertig eingerichtete Bereiche, die vorne offen sind, und obendrüber ein Hallendach.«

Siegbert schien enttäuscht. »Im Fernsehen sieht es aus wie ein richtiger Knast«, sagte er.

»Möchtest du mal sehen, wie das aussieht?«, fragte Toni.

»Wie soll das denn gehen? Das ist doch in Berlin.«

Toni dachte an die Live-Übertragung und an den Link, den Sophia ihm geschickt hatte. Er grinste.

»Komm mit! Ich zeig dir, wie's da zugeht.«

Im Bauernhaus war überall Lärm. Türen wurden geschlagen, Tante Ebba trieb Onkel Ewald zur Eile an, irgendwo surrte ein Haarföhn. »Wo sind denn meine Handschuhe, verflucht?«, hörten sie Silke rufen. Toni legte den Finger an die Lippen und führte Siegbert nach oben in sein altes Jugendzimmer. Es war etwas seltsam, ihn in diesen für Toni sehr privaten Raum zu bringen. Aber der Laptop stand nun mal hier, und deshalb dachte er nicht weiter darüber nach.

Die Live-Übertragung lief immer noch auf dem Laptop, wie den ganzen Tag schon. Momentan wurde mal wieder in der Gefängniswäscherei gedreht. Eine Handvoll Schauspieler war zu sehen.

»Da ist ja Rocco«, rief Siegbert. »Ich werd verrückt. Und dieser Mikey, das ist ja ein ganz übler Typ. Und Stulle, den find ich super. Mann, kaum zu glauben. Da sind die alle, nur in live.«

Die Klappe ging. Die Spannung wich aus den Körpern der Schauspieler, einige reckten sich, andere begannen zu plaudern.

»Leider ist die Szene jetzt vorbei«, sagte Toni.

»Trotzdem Wahnsinn«, meinte Siegbert.

»Die drehen gleich weiter. Und dann kannst du live dabei sein. Als einer der Ersten, der das sehen wird. Warte kurz ab.«

Ein Kameramann lief mit einem Kabel durch das Set, die Schauspieler schlurften links aus dem Bild (dort stand also der Büfettwagen), nur Rocco und zwei seiner Kumpels blieben zurück.

»Wieso hast du denn keinen Ton?«, fragte Siegbert.

»Der funktioniert hier irgendwie nicht.«

»Darf ich?« Siegbert nahm die Maus und klickte auf ein bis dahin für Toni unbekanntes Symbol.

Auf einmal war Roccos Stimme zu hören: »Nein, da oben am Lüftungsschacht ist das.« Er deutete zu dem Gitter über seinem Kopf. »So steht's im Drehbuch, glaubt mir.«

Toni erklärte für Siegbert: »Am Lüftungsschacht ist der Eingang zum Fluchttunnel. Du weißt schon, der Ausbruch.«

»Na klar. Wird der etwa gleich gedreht?«

»Nein, nächste Woche erst. Bei den Szenen bin ich ja noch dabei.«

Einer von Roccos Kumpanen meldete sich zu Wort.

»Ich dachte, das wäre draußen am Tunnelausgang.«

»Wenn ich es euch sage!«, meinte Rocco. »Das passiert hier drin. Willi wird in der Wäscherei erschossen!«

Betretenes Schweigen im Jugendzimmer. Toni schluckte. Darum ging es also bei dem Gespräch. Um seinen Serientod.

»Da oben am Lüftungsgitter«, sagte Rocco mit einem Grinsen. »Ist das nicht geil? Der stirbt nicht mal in Freiheit. Sondern hier in der stinkenden Wäscherei.«

Seine Kumpanen lachten dreckig. Toni wurde übel.

»Vielleicht sollten wir jetzt lieber zum Traktor«, meinte Siegbert vorsichtig. »Es wird langsam Zeit.«

»Nein … ich glaube, ich möchte das hören.«

Rocco sagte: »Pass auf, ich zeig's euch!«, und wandte sich zum Lüftungsgitter. »Willi ist der Letzte von uns, der hier hochsteigt. Die anderen sind schon im Tunnel. Er klettert also hier rauf …« Rocco zog sich mit der Hand am Lüftungsgitter hoch. »… dann hängt der hier wie eine schwindsüchtige Fledermaus, weil er nicht kräftig genug ist, seinen Körper gleich beim ersten Versuch in den Schacht zu hieven.« Gelächter von den beiden anderen. »Und am Ende, wenn er es endlich hat, streckt er seinen dünnen Arsch in die Luft, und dann – BOOM – kommt der Schuss!«

Rocco tat, als wäre er von einer Kugel getroffen, ließ sich theatralisch auf den Boden fallen, täuschte Krämpfe vor, rief nach seiner Mutter und erschlaffte schließlich. Die beiden anderen applaudierten und schlugen sich gegenseitig mit den Händen ab. Rocco sprang auf, lachte und boxte ihnen in die Seite.

Tonis Herz wurde eiskalt. Rocco. Er schien es wirklich zu genießen, Tonis Karriere beendet zu haben.

»Komm schon, Toni«, sagte Siegbert. »Lass die doch. Wir müssen jetzt aufbrechen.«

Rocco fragte: »Soll ich noch mal?« Und erntete Jubel und Applaus. Er kletterte wieder am Lüftungsgitter hoch und spielte Tonis Rolle ein zweites Mal nach.

»Toni ...«, drängte Siegbert.

Doch er bewegte sich nicht vom Fleck. Er wusste, er sollte das wegschalten. Doch er konnte nicht. Da war ein Zwang zur Selbstzerfleischung, dem er nicht wiederstehen konnte.

»Und hier versucht er, seinen ungelenken Körper in den Schacht zu bekommen«, sagte Rocco. »Dann streckt er seinen Arsch in die Luft und ... uff.«

Rocco rutschte plötzlich ab, knallte mit den Rippen gegen den Schacht, verlor den Halt und donnerte kopfüber auf den Betonboden der Halle. Ein unheilvoll lautes Knacken war zu hören, das Brechen von Knochen, dann blieb Rocco reglos liegen.

Es war totenstill – am Set ebenso wie in Tonis Jugendzimmer. Die ganze Szene schien wie eingefroren, bis sich einer der Kollegen endlich aus der Starre löste, neben Roccos leblosen Körper niederkniete und schrie: »Einen Notarzt! Wir brauchen einen Notarzt!«

Sofort war das ganze Set in Aufruhr. Von überall kamen Menschen gelaufen, schreckensbleiche Gesichter, dann breitete sich Blut unter Roccos Kopf aus.

Und Toni empfand dabei nichts als Erstaunen.

22

Ein lauter Knall ließ Kayla zusammenfahren. Sie sah erschrocken auf. Keine der anderen Frauen in der Scheune schien etwas bemerkt zu haben. Alle machten weiter, als wäre nichts gewesen.

»Habt ihr das nicht gehört?«, fragte sie.

Tante Immi sah überrascht auf. »Meinst du den Schuss?«

»Das war ein Schuss? Wer schießt denn hier?«

»Das gehört zur Tradition«, sagte sie. »Die Nachbarn holen das Brautpaar ab, um die beiden zur Kirche zu fahren.«

»Mit einem Gewehr?«, fragte sie verständnislos.

»Richtig. Morgens um sechs wird das Brautpaar von den Nachbarn geweckt, und mittags wird es zur Kirche abgeholt.«

Ein weiterer Schuss ertönte. Obwohl Kayla nun vorbereitet war, zuckte sie erneut zusammen. Sie verließ die Scheune, trat an das Wiesengatter und lugte neugierig zum Bauernhaus hinüber.

Dort stand eine offene Pferdekutsche, ein Zweigespann aus schwarz lackiertem Holz, das mit Blumen geschmückt war. Ein paar Männer aus der Nachbarschaft standen drumherum und redeten miteinander. Einige hatte Kayla eben noch bei der Arbeit gesehen, doch jetzt waren sie alle herausgeputzt und in Festgarderobe. Unter ihnen stand auch der Schütze, der in diesem Moment sein Luftgewehr hob und einen weiteren Schuss abgab. Die Pferde wurden unruhig, und der Kutscher nahm sie am Geschirr und flüsterte beruhigend auf sie ein.

»Das ist die Kutsche vom Reiterverein«, erklärte Immi, die neben Kayla mit Helga am Gatter aufgetaucht war. »Damit wird das Brautpaar zur Kirche gebracht.«

Kayla wollte etwas erwidern, doch da machte sich Lutz hinter ihr bemerkbar.

»Kayla, die Torte ist fertig«, sagte er.

Sie drehte sich um. »Tatsächlich? Wo ist sie?«

»Na, mach mal die Augen auf. Sie steht vorm Zelteingang. Da vorne auf dem Rollwagen.«

Und jetzt sah Kayla sie ebenfalls. Ein Traum in Weiß und Pink. Lutz hatte ganze Arbeit geleistet. Von den Streuselschnitten war nichts mehr zu erkennen. Er hatte den Blechkuchen so zurechtgeschnitten, dass sich eine Pyramide daraus bilden ließ. Dann war unter dem Einsatz von Zuckerguss und Puderzucker alles geweißt worden. Pinkfarbene Marzipanschleifen und Zuckergussverzierungen erledigten den Rest. Das Brautpaar auf der Spitze war noch vom ursprünglichen Kuchen, ebenso die Schleifen.

»Sie sieht großartig aus, Lutz, wirklich.«

»Ein einziger Traum«, sagte Immi.

»Besser hätten wir es auch nicht machen können«, stimmte Helga zu.

»Das ändert aber nichts daran, dass sie wie Blechkuchen schmeckt«, sagte er, »das wisst ihr hoffentlich.«

»Darum geht es doch gar nicht. Vielen Dank.«

Lutz verneigte sich und machte sich daran, die Torte ins Büfettzelt zu schieben. Kayla wandte sich wieder zum Gatter und spähte zu der Pferdekutsche hinüber. Christian kam aus dem Haus, gefolgt von Silke in ihrem schneeweißen Hochzeitskleid. Sie stöckelte eilig auf die Kutsche zu, der Schleier flog hinter ihr im Wind. Christian half ihr beim Einsteigen. Da hielten sie kurz inne und sahen sich an. Sie lächelten auf eine Weise, die selbst Kayla nicht kaltließ. Dann nahmen sie Platz, und die Fahrt ging los.

Als die Kutsche fort war, fuhren dunkle Limousinen vor. Die erste war für Tante Ebba und Onkel Ewald gedacht. Ebba war in dunkles Violett gekleidet, sehr elegant, mit schwarzen Stickereien an Kragen und Ärmeln. Onkel Ewald dagegen trug einen schlichten Anzug. Kayla lächelte. Obwohl der Anzug wie angegossen passte und sicher nicht ganz billig gewesen war, wirkte Ewald dennoch wie ein alter Bauer in seinem Sonntagsanzug. Ihm fehlte einfach die Eleganz. Die beiden stiegen ein und verschwanden.

Dann folgten die Eltern des Bräutigams. Ludger Everding, der griesgrämige Polizist, trug einen edlen dunkelblauen Anzug, der einiges hermachte. Sein Problem war nur, dass oben sein schlecht gelauntes Krötengesicht herausragte und das Gesamtbild ruinierte. Seine Frau folgte ihm mit Trippelschritten. Sie war klein und unauffällig und trug ein lachsfarbenes Kostüm. Die beiden nahmen in der zweiten Limousine Platz. Es folgten die Nachbarn, die sich auf die umliegenden Autos am Straßenrand verteilten. Alle Wagen zusammen bildeten eine Karawane, die dem Zweigespann im Schritttempo zur Kirche folgte.

Das Schießen, die Kutsche, das ganze Drum und Dran. Kayla fühlte sich, als würde sie das Verhalten eines seltsamen Urwaldstammes studieren. Es war beeindruckend.

»Wollt ihr da nicht lieber mitfahren?«, fragte sie die Schwestern. »Ich finde, ihr habt es euch verdient!«

»Nein, wir bleiben hier!«, sagte Immi.

»Natürlich bleiben wir hier!«, stimmte Helga zu. »Das macht Spaß! So viel Aufregung wie heute hatte ich schon lange nicht mehr. Und wir schaffen das doch, Kayla, oder?«

Kayla blickte sich um. Es gab noch einiges zu tun.

»Das hoffe ich jedenfalls«, sagte sie vorsichtig und deutete zur Scheune. »Wir sollten als Nächstes die Tische fertig machen. Mit den Schmuckbändern und den Obstdekorationen. Tischkarten haben wir auch wieder, oder? Dann sollten wir …«

Ein Lieferwagen fuhr vor und hielt am Gatter. Ein Mann kurbelte das Fenster herunter und schob sich die Sonnenbrille ins Haar.

»Guten Tag, die Damen!«, sagte er und grinste übers ganze Gesicht. »Ich schätze, ich bin heute der begehrteste Mann im Dorf?«

»Bernhard!«, rief Helga. »Da bist du ja! Wir können dir gar nicht sagen, wie wir uns freuen!«

Kayla betrachtete skeptisch den Firmenzug, der quer auf dem Lieferwagen prangte: Riedel-Ballonstoffe. Das also war Bernhard Riedel, der das Betonsilo für die Hochzeit in einen luftigen Pavillon verzaubern sollte.

»Sie bringen den Nylonstoff, richtig?«, fragte sie.

»So ist es, junge Frau! Weiße und silberne Stoffbahnen, erstklassige Ware.«

»Aber wird der auch reichen? Das Silo ist ziemlich groß.«

»Ich sag dir eins, Liebes: Mit dem Stoff kannst du den Berliner Reichstag einhüllen, wenn du willst!«

Sie grinste. »Dann sind wir im Geschäft.«

»Das will ich doch meinen! Also, wo kann ich meinen Wagen abstellen?«

Helga erklärte ihm den Weg. Als er fort war, strahlte sie ihre Schwester an. »Also, jetzt würde ich sagen: Es klappt ganz sicher! Oder was meinst du?«

»Das denke ich auch!« Immi wandte sich an Kayla. »Wir werden es hinkriegen, Kayla! Und weißt du was? Ohne deine Hilfe hätten wir das nie geschafft!«

»Das meine ich auch, Kayla. Vielen Dank für alles!«

»Ach, das war doch gar nichts.« Kayla zwinkerte ironisch. »Außerdem gehöre ich doch quasi zur Familie, oder?«

»Und ob du das tust! Natürlich!«

Die Schwestern lachten und kehrten zurück zur Scheune. Kayla blieb zurück und ließ ihren Blick zufrieden über die Festwiese wandern. Kayla Barnes hatte es also tatsächlich geschafft, eine Bauernhochzeit zu organisieren. In Berlin würde ihr das keiner glauben.

Ebba rutschte auf die Rückbank der Limousine. Ewald nahm ihre Handtasche und sagte dem Fahrer, es könne losgehen. Dann lehnte er sich zurück und fiel in Schweigen. Ebba warf ihrem Mann einen Blick zu und dachte an das, was er morgens zu ihr gesagt hatte. Dass es damals für ihn der schönste Tag im Leben gewesen sei, weil er die Frau geheiratet habe, die er liebte.

Sie nahm seine Hand. »Danke, Ewald.«

Er schien sofort zu wissen, woran sie dabei dachte. Ein liebevolles Lächeln tauchte auf seinem Gesicht auf.

»Auch wenn ich an die Umstände unserer Hochzeit nicht gerne zurückdenke«, sagte Ebba, »gilt für mich das Gleiche. An diesem Tag habe ich das Beste in meinem Leben bekommen.«

»Ich weiß, Ebba«, sagte er.

»Du bist mir nicht böse, oder? Wegen dieser ganzen Hochzeitssache? Ich wollte damit nie sagen, dass unsere Hochzeit nichts wert war. Ich hatte mir nur gewünscht …«

»Das weiß ich doch, Ebba«, sagte er und strich ihr über die Wange. »Ich weiß.«

Sie legte den Kopf an seine Schulter. Händchen haltend und mit einem Lächeln im Gesicht saßen die beiden in der Limousine, bis sie den Kirchplatz erreicht hatte. Vor dem Eingangsportal warteten bereits zahllose festlich gekleidete Menschen. Sie standen in Grüppchen beisammen und plauderten. Die Glocken läuteten durchdringend, und nach und nach zogen die Leute in die Kirche, um in den Bänken Platz zu nehmen.

Ebba und Ewald war die erste Reihe zugewiesen. Auf dem Weg durch den Hauptgang warf Ebba glückliche Blicke auf die Moosherzen, die wirklich wunderschön waren. Auch der Chorraum war phantastisch geschmückt. Überall Rosen und Lilien in üppigen Gestecken. Es war genau so, wie sie es geplant hatte.

Sie saßen noch nicht lange, da begann die Orgel zu spielen: »Nun jauchzt dem Herren alle Welt«. Die gewaltigen Klänge erfüllten das gesamte Kirchenschiff. Pfarrer, Messdiener und das Hochzeitspaar zogen von hinten in die Kirche ein. Ebba warf einen Blick über die Schulter und erhaschte einen Blick auf ihre Tochter. Sie wirkte ziemlich aufgeregt. Und dennoch sehr erwachsen.

Vor dem Chorraum stand eine schmale Kirchenbank, passend für zwei Personen. Dorthin führte der Pfarrer das Brautpaar. Silke und Christian nahmen Platz. Beide sahen so wunderschön aus. Ebba konnte es nicht fassen: Ihre kleine Tochter würde heiraten. Ein Seufzer entfuhr ihr, dann spürte sie bereits die ersten Tränen kullern. Ewald bemerkte es und nahm ihre Hand.

Der Gottesdienst folgte der üblichen Liturgie bis zu dem Moment, an dem die eigentliche Trauung beginnen sollte. Der Pfarrer trat nach vorne. Ebba nahm vorsichtshalber ihre Handtasche auf den Schoß, um ausreichend Papiertaschentücher in der Nähe zu haben.

»Bevor wir jetzt zur Trauung unseres Brautpaars kommen«, wandte sich der Pfarrer an die Gemeinde, »möchte ich ein anderes Paar aus unserer Gemeinde hervorheben. Sie werden die beiden alle kennen. Es sind Ewald und Ebba Müller.«

Ebba traute ihren Ohren nicht. Verwundert blickte sie zu ihrem Mann, doch auch er schien nicht zu wissen, was geplant war. Sie sah ratlos in alle Richtungen – und traf auf Silkes Blick. Ihre Tochter lächelte spitzbübisch und zwinkerte ihr zu. Sie wusste also Bescheid. Offenbar hatte sie mit dem Pfarrer zusammen irgendwas ausgeheckt.

»Die Liebe zwischen zwei Menschen ist ein Geschenk Gottes, der die Menschen geschaffen hat«, sagte der Pfarrer. »Ihr beiden, Ewald und Ebba, ihr habt dieses Geschenk empfangen. Ihr haltet seit vielen Jahren zusammen, in guten wie in schlechten Zeiten. An eurer erfolgreichen Ehe können sich viele Menschen ein Beispiel nehmen. Deshalb hat es mich gefreut zu hören, dass ihr heute zusammen mit Silke und Christian, die in den Stand der Ehe treten werden, euer Ehegelöbnis erneuern wollt.«

Ewald warf ihr einen erstaunten Blick zu. Er war also tatsächlich genauso ahnungslos wie Ebba. Doch ihm schien die Sache zu gefallen. Ein jungenhaftes Lächeln tauchte in seinem Gesicht auf.

Auf einmal verstand Ebba, was Silke vorhatte. Sie wollte ihr etwas geben, was Ebba an ihrem Hochzeitstag nicht bekommen hatte. Anerkennung. Es war fast so etwas wie eine Doppelhochzeit. Wenigstens symbolisch wollte Silke das Drama von damals ungeschehen machen. Denn diesmal schämte sich keiner für die Verbindung zwischen ihr und Ewald, ganz im Gegenteil: Sie würden von allen gefeiert werden, genau wie Silke und Christian.

Der Pfarrer näherte sich dem alten Ehepaar, nahm ihre Hände, legte sie übereinander und umschloss sie mit einem Band.

»Lasst uns beten, Brüder und Schwestern, zu Gott, unserem Vater, dass er Ewald und Ebba mit der Fülle seines Segens beschenke.«

Ebba hatte ihre Emotionen kaum unter Kontrolle. Der Pfarrer sprach vom Bund der Liebe als Quelle des Lebens, doch die meisten Worte rauschten an ihr vorbei. Sie kämpfte mit den Tränen. Hätte Silke sie vorher um Erlaubnis gefragt, dann hätte Ebba das niemals zugelassen. Es ist schließlich die Hochzeit meiner Tochter, hätte sie gesagt, und da will ich mich nicht in den Mittelpunkt drängen. Deshalb hatte Silke das heimlich gemacht. Und Ebba war in diesem Moment so glücklich wie lange nicht mehr.

Der Pfarrer löste das Band, und dann war es vorbei.

»Darf ich meine Braut jetzt küssen?«, fragte Ewald.

In den Reihen hinter ihnen wurde gelacht, auch der Pfarrer lächelte verschmitzt.

»Natürlich darfst du«, sagte er. »Nur zu.«

Und Ewald beugte sich zu ihr herab und gab ihr einen Kuss. Dann fasste er nach ihren Händen und ließ sie nicht mehr los.

Der Pfarrer war inzwischen wieder beim jungen Brautpaar. »Christian, ich frage dich: Bist du hierhergekommen, um nach reiflicher Überlegung und aus freiem Entschluss mit deiner Braut Silke den Bund der Ehe zu schließen? Willst du sie lieben und achten und ihr die Treue halten alle Tage ihres Lebens?«

Ein heiseres und erstricktes Ja folgte. Christian nahm das Ganze offenbar doch nicht ganz so locker. Ebba erkannte erst jetzt, wie aufgeregt er war. Dann wandte sich der Pfarrer an Silke und fragte sie das Gleiche. Sie antwortete ebenfalls mit Ja, auch wenn ihre Stimme ein bisschen kräftiger war.

Anschließend wurden die Ringe gesegnet, und dann wurde es ernst. Die Vermählung folgte. Christian legte Silkes Hand in die seine, nahm den Ring und sagte, während er mit seiner Stimme kämpfte: »Ich verspreche dir die Treue in guten und bösen Tagen, in Gesundheit und Krankheit, bis der Tod uns scheidet. Ich will dich lieben, achten und ehren alle Tage meines Lebens.« Er steckte ihr den Ring an den Finger. Dann wiederholte Silke den Vermählungsspruch und steckte ihrem Zukünftigen ebenfalls den Ring an den Finger.

»Was Gott verbunden hat, das darf der Mensch nicht trennen«, sagte der Pfarrer, und dann durften auch Silke und Christian sich küssen.

Die Orgel spielte auf, und die Gemeinde sang. Den Rest der Messe verfolgte Ebba durch einen Tränenschleier. Die Fürbitten, die Eucharistie, schließlich der Segen für die Gemeinde – das konnte sie alles nicht mehr richtig aufnehmen. Dann war die Messe vorüber, und alle drängten nach draußen auf den Kirchplatz.

Am Portal waren die Männer vom Schützenverein in Uniform aufgereiht. Mit ihren Fahnen bildeten sie ein Spalier, durch das die Hochzeitgäste hindurchmussten. Dazwischen standen Blumenmädchen, die Blütenblätter auf alle hinabregnen ließen. Der Spielmannszug formierte sich neben dem Portal und brachte ein Ständchen, und ein paar Kinder pusteten kräftig Seifenblasen in die Luft. Es war genau so, wie Ebba es sich immer vorgestellt hatte.

Sie blickte sich nach Silke um. Das Brautpaar hatte sich gegenüber vom Portal aufgestellt und nahm die Glückwünsche der Gäste entgegen. Ebba hätte ihr gerne für ihren schönen Einfall gedankt, doch von allen Seiten drängten die Gratulanten heran. Da war es unmöglich, zu ihr durchzudringen. Außerdem war das der Moment ihrer Tochter, da wollte sie nicht stören.

Ewald legte seinen Arm um sie. Ebba holte tief Luft und wischte sich die letzte Träne aus dem Augenwinkel.

»Also gut, Ewald, dann wollen wir mal.«

Ihr Tonfall wurde wieder geschäftsmäßig. Der sentimentale Moment war vorüber, jetzt ging es darum, wieder die Organisation zu übernehmen. Schließlich war sie die Mutter der Braut.

»Komm, wir sehen schnell, ob für den Sektempfang alles bereit ist. Sonst müssen wir …«

Doch in diesem Moment packte sie jemand von hinten am Arm. Sie drehte sich verwundert um. Vor ihr stand Silke. Sie hatte sich offenbar von den Gratulanten losgerissen, um kurz zu ihr zu kommen.

»Das ist unser Tag, oder?«, meinte sie und lächelte ihre Mutter an. »Wir wir ihn uns vorgestellt haben.«

»Ja«, sagte Ebba, der wieder ein paar Tränen der Rührung

über die Wange liefen. »Genau so haben wir es uns vorgestellt.« Sie schloss ihre Tochter stürmisch in ihre Arme. »Danke, mein Engel. Danke für alles.«

23

Toni stand am Rande des Festplatzes. Die Dämmerung war inzwischen hereingebrochen, und überall brannten Lichter. In der Mitte der Wiese stand ein Maibaum, von dem Lichterketten mit bunten Glühbirnen in alle Richtungen führten, wie im Himmel eines Zirkuszeltes. In den Bäumen rund um die Wiese leuchteten Papierkugeln, in denen kleine Lampen steckten, und Onkel Ewald ging herum und zündete Fackeln an, mit denen die Wege zwischen Festzelt, Theke und Silo markiert waren. Während der Himmel dunkel wurde, entstand hier unten ein einziges Lichtermeer.

Es war unglaublich, was innerhalb weniger Stunden entstanden war. Natürlich war alles sehr bunt und provisorisch, trotzdem gefielen Toni Scheune und Festwiese beinahe besser als Tante Ebbas hochwertiges Zelt, das den Flammen zum Opfer gefallen war. Alles war mit so viel Liebe und Erfindergeist errichtet worden. Der eindeutige Höhepunkt aber war das Maissilo. Es wirkte wie eine Schönwetterwolke, die auf den Hof herabgeschwebt war. Zahllose Bahnen von weißem und silbernem Nylonstoff hüllten alles ein, die Betonwände, das Wellblechdach, die Reste der Maissilage. Der Lichttechniker der Pussy-Dolls ließ nur weiße, blaue und silberne Lichter zucken. Mit den Discokugeln, die zwischen dem Stoff funkelten, und der Nebelanlage wurde der Eindruck einer Wolke nur verstärkt.

Überhaupt, die Pussy-Dolls. Nach dem Eröffnungstanz, dem Klassiker »Für mich soll's rote Rosen regnen«, hatten sich Tonis Sorgen, die Band könnte anecken, sofort zerstreut. Sie waren tatsächlich schräg, keine Frage. Doch obwohl sie ihrer Auffassung von Musik treu blieben, gelang ihnen das Kunststück, die Songs von Kaylas Liste auf eine Weise zu spielen, die selbst den älteren Leuten auf der Hochzeit gefiel. Toni vermutete, die Pussy-Dolls würden das als »Trash« bezeichnen, aber das spielte ja keine Rolle. Sie waren umwerfend, und alle zeigten sich begeistert.

Inzwischen waren sie eingespielt, und die Tanzfläche war voller Menschen. Am Tresen, wo sich die Männer aus dem Schützenverein niedergelassen hatte, wurde gejohlt und gelacht. Im Zelt, wo das Abendessen inzwischen abgeräumt war und Käseplatten mit Brot und Weintrauben aufgedeckt wurden, bildeten sich schon wieder Schlangen. Und in der Scheune hatten sich die älteren Leute an den Tischen niedergelassen und plauderten bei einem Schnaps miteinander. Es war ein gelungenes Fest, das stand außer Frage.

Jemand trat von hinten an ihn heran. Es war seine Tante Kamilla, die mit weichem Blick die vielen Lichter betrachtete.

»Es ist wunderschön geworden, nicht?«, sagte sie. »Wer hätte das für möglich gehalten?«

»Das ist mir auch gerade durch den Kopf gegangen. Es gefällt mir fast besser als die ursprüngliche Variante.«

Sie lachte. »Lass das bloß nicht Ebba hören.«

»Ich hoffe, die Versicherung zahlt den Schaden fürs Festzelt.«

»Das wird schon. Unsere Pechsträhne ist vorbei, wie man sehen kann. Ich bin da ganz zuversichtlich.« Sie musterte ihn. »Ich habe gehört, im Oldenburgischen Staatstheater ist eine Stelle frei?«

»Ja, das habe ich auch gehört«, sagte er mit einem Grinsen. »Tante Immi will unbedingt, dass ich zurückkomme. Sie sagt, sie wird jede Vorstellung besuchen.«

»Und? Kommst du wieder zurück?«

»Die Stelle ist mir ja gar nicht sicher. Ich weiß nicht, aber ich denke darüber nach. Ich könnte mich darauf bewerben. Mal sehen.«

Er ließ seinen Blick über das Geschehen auf der Festwiese wandern.

»Eine gelungene Hochzeit«, sagte sie. »Ebba hat erreicht, was sie erreichen wollte. Ein Fest, an das sich in vielen Jahren alle noch gerne erinnern werden.«

»Wenn man bedenkt, dass heute Morgen noch die Ruinen des alten Festzelts geraucht haben. Dann war die Braut verschwunden. Und keiner konnte sagen, ob überhaupt eine Hochzeit stattfinden würde.«

»Ja, das waren nicht die besten Voraussetzungen«, stimmte Tante Kamilla ihm zu. »Aber eins darf man eben nicht unterschätzen.«

»Und das wäre?«, fragte er.

»Wenn die Müllers zusammenhalten, dann schaffen sie alles. So ist es doch, oder?«

Er lächelte. »Ja, so ist es wohl.«

»Schenkst du deiner alten Tante nachher noch einen Tanz?«

»Das mache ich gern«, sagte er. »Bis später.«

Sie gab ihm einen Kuss auf die Wange und ging weiter.

Toni suchte unter den Anwesenden nach Silke und Christian. Er hatte bereits ein paarmal versucht zu gratulieren, aber er war bislang nicht zu ihnen durchgedrungen. Sie waren immer umringt von Leuten gewesen. Jetzt entdeckte er sie vor dem Maissilo, wo sie sich offenbar vom Tanzen erholten und mit Helene Bruns plauderten. Zum ersten Mal an diesem Abend schienen sie einen Augenblick durchzuschnaufen.

Er wollte sie gerade ansteuern, da machte sich sein Handy im Jackett bemerkbar. Er zog es hervor und sah aufs Display. Es war seine Kollegin Sophia.

»Sophia! Endlich, da bist du ja. Ich habe schon mehrmals versucht, dich zu erreichen.«

»Ja, das habe ich gesehen. Ist es wegen Rocco?«

»Ja, natürlich wegen Rocco. Wie geht es ihm? Hat er sich ernsthaft verletzt?«

»Das spricht sich ja schnell rum«, meinte sie. »Die Produktionsleitung versucht noch, nichts nach außen dringen zu lassen.«

»Ich habe das nicht gehört, ich habe es *gesehen*! Per Live-Übertragung. Ich war quasi dabei.«

»Du hast … oh Gott, dann weißt du mehr als ich! Wie ist das denn passiert? Es heißt, er wäre auf dem Fußboden ausgerutscht.«

»Nein, das stimmt nicht ganz. Er ist vom Lüftungsgitter abgerutscht und gefallen.«

»Was macht der in der Pause am Lüftungsgitter?«

»Er wollte seinen Jungs meinen Serientod vorspielen. Als Gag, damit alle über mich lachen konnten. Dabei ist er abgerutscht.«

Sophia gab einen Laut der Überraschung von sich.

»Es sah schlimm aus«, meinte Toni. »Ich meine, richtig schlimm. Wie geht es ihm denn?«

»Er ist auf der Intensivstation. Schädeltrauma und ein komplizierter Schlüsselbeinbruch. Es heißt aber, er kommt wieder auf die Beine. Die Ärzte sagen, er wird keine bleibenden Schäden behalten.«

»Das hört sich trotzdem an, als würde er für eine Weile ausfallen. Ich meine, mit solchen Verletzungen kann er doch nächste Woche gar nicht dabei sein, oder?«

»Richtig. Mindestens sechs Wochen, sagen die Ärzte. Aller Wahrscheinlichkeit nach länger. Hier sind natürlich alle in hellem Aufruhr. Die Serie muss ja weitergehen. Eben hat es eine Krisensitzung mit der Produktion und den Drehbuchautoren gegeben. Die nächsten Folgen werden jetzt alle umgeschrieben.«

»Die Flucht wird also neu geschrieben?«

»So ist es. Rocco kann ja jetzt nicht mehr dabei sein.« Sie stockte. Da war jetzt ein Lächeln in ihrer Stimme. »Na ja, und das ist auch der eigentliche Grund, weshalb ich dich anrufe. Ich hab gerade mit einem der Autoren auf dem Hof eine Zigarette geraucht. Das ist natürlich noch nicht spruchreif, aber wie's aussieht, stirbst du jetzt doch nicht.«

»Ich sterbe nicht?«, fragte er fassungslos.

»Nein. Eher im Gegenteil. Wie gesagt, das ist alles noch nicht durch, aber die Jungs diskutieren gerade darüber, ob *du* den Ausbruch nicht sogar anführen könntest. Dann wärst du es, der in den Freiheitsszenen die Hauptrolle für Rocco übernimmt. Und das würde heißen, dass du …«

»… dass ich mindestens bis zum Staffelende in der Serie bleibe.«

»Wenn sie dich nicht sogar zu einer der Hauptfiguren ausbauen. Ist das nicht großartig?«

Natürlich war es das. Großartig. Trotzdem spürte er einen

ganz kleinen Stich. Er würde also definitiv nicht nach Oldenburg gehen.

»Ich melde mich wieder, sobald ich mehr weiß«, sagte Sophia. »Wie gesagt, es geht hier drunter und drüber. Wenn die ihre Sitzung beendet haben, sag ich dir Bescheid. Bis später.«

Sie legte auf, und die Leitung war tot. Tonis Job war gesichert. Er war nicht pleite und seine Karriere nicht beendet. Ihm wurde schwindelig. Er steckte das Handy zurück ins Jackett.

»Da ist ja der junge Herr Schauspieler!«

Das Krötengesicht war vor ihm aufgetaucht, der Vater des Bräutigams.

»Hallo, Herr Everding!«

»Ludger. Nenn mich ruhig Ludger. Wir sind ja jetzt eine Familie, nicht wahr?«

Er schlug ihm freundschaftlich auf die Schulter. Toni zuckte zusammen. Er sah sich nach Fluchtmöglichkeiten um, doch dieses Gespräch war offenbar unvermeidbar.

»Deine Tante Ebba hat mir erzählt, dass du nicht mehr lange in dieser Serie sein wirst«, meinte er. »Die Macher haben dich rausgeschrieben?«

»Ich … also …«

»Nein, nein, nein. Ich will keine langen Gesichter sehen. Das ist eine gute Sache, glaub mir, Junge. Es wird schon weitergehen für dich. Auch in deinem Beruf werden Leute gesucht. Die Serie war widerlich. Eine Provokation. Es ist gut, dass du da raus bist. Für die Familie, verstehst du?«

Es war sicher nicht der beste Moment, damit herauszurücken, dass er nun vielleicht sogar zu einer Hauptfigur werden würde.

»Ja, ich verstehe«, sagte er lediglich, »für die Familie.«

Ludger Everding deutete mit einer ausschweifenden Bewegung auf die Festwiese.

»Respekt, wie ihr das geschafft habt«, sagte er. »Das beeindruckt mich wirklich. Diese Familie Müller hält zusammen, das habe ich gemerkt. Na ja, jetzt gehören wir ja alle zusammen, nicht wahr, Sportsfreund?«

Er lachte, schlug ihm wieder freundschaftlich auf die Schulter und schlurfte endlich weiter. Toni sah ihm nach und fragte sich, was Ludger wohl davon halten würde, wenn Millionen Fernsehzuschauer bei seiner Flucht aus dem Gefängnis mitfieberten.

Im Eingang der Scheune entdeckte er Kayla, die zusammen mit Tante Helga und Tante Immi am Tisch saß. Die drei schienen eine Menge Spaß zu haben. Auf dem Tisch stand eine Flasche Schnaps, Kayla schenkte ein, die drei stießen an und kippten den Schnaps hinunter. Plötzlich tauchten zwei Männer aus der Nachbarschaft am Tisch auf. Es wurde geredet, dann wandte man sich an Kayla, die jedoch mit beiden Händen abwinkte. Offenbar forderten die Männer die Tanten zum Tanz auf, und Kayla gab ihr Einverständnis, denn als Nächstes standen Immi und Helga auf, hakten sich bei den Männern ein und ließen Kayla allein zurück.

Toni ging auf den Tisch zu und ließ sich neben Kayla auf einen Stuhl fallen. »Hier gibt es bestimmt noch Schnaps, oder?«

Kayla lachte. »Wenn es eines im Überfluss gibt, dann ist das Schnaps.« Sie stellte zwei Gläser hin, goss ein und reichte ihm eines. »Zum Wohl, Toni.«

»Zum Wohl, Kayla.«

Der Alkohol brannte angenehm im Rachen. Toni setzte das Glas ab. Er hatte noch etwas auf dem Herzen.

»Hör zu, Kayla, ich muss mich bei dir entschuldigen.«

»Ach was, Toni. Das ist nicht nötig. Lass mal.«

»Doch, das ist nötig. Ich wollte nicht, dass ihr hierherkommt, du und Lutz. Ich dachte, ihr passt hier nicht hin. Ich dachte sogar, es wird Ärger geben. Aber ihr habt mich eines Besseren belehrt. Ihr passt so gut hierher, dass diese Hochzeit ohne euch beinahe nicht stattgefunden hätte.«

»Das ist doch keine große Sache, Toni. Du denkst halt, Stadt und Land, diese beiden Welten verstehen sich nicht. Das passt nicht zusammen. Aber das ist Unsinn. Und weißt du auch, weshalb? Weil du beide Welten in dir trägst. Das hier gehört genauso zu dir wie die Großstadt. Und deshalb passen deine Freunde aus Berlin eben auch gut hierher.«

»Dann bist du mir nicht mehr böse?«, fragte er.

»Nein, natürlich nicht.«

»Und dass ich gesagt habe, du wärst nur gekommen, um mich zu ärgern, das tut mir auch leid. Das war schon ziemlich egozentrisch.«

Kayla grinste. »Obwohl an dieser Sache schon ein kleines bisschen Wahrheit dran ist.«

Toni lachte. »Ich verstehe. Also gut, was ist? Trinken wir noch einen Schnaps?«

»Aber hallo!«

Jemand tauchte an ihrem Tisch auf. Es war Siegbert. Mit Anzug und Krawatte sah er aus, als hätte er sich verkleidet. Er hatte sich einen strengen Scheitel gezogen und mit Pomade gefestigt, doch seine borstigen Haare widersetzten sich zunehmend dem Diktat. Auch die schwieligen Hände, die aus dem edlen Stoff seines Jacketts ragten, passten nicht ins Bild. Siegbert war einfach ein Bauer, daran würde kein Anzug der Welt etwas ändern.

»Hallo, Siegbert«, sagte Kayla mit der Schnapsflasche in der Hand. »Setz dich doch zu uns.«

Er zögerte. »Nein, ich wollte eigentlich …« Sein Blick wanderte zum Silo. Dort wurde ein Walzer gespielt: »Piano Man« von Billy Joel. »Ich wollte fragen …« Er lächelte unsicher. »Ähm … darf ich bitten?«

»Oh … ach so«, stammelte Toni. Er war etwas verlegen, ohne überhaupt sagen zu können, weshalb. »Also, ich meine: Ja, natürlich.«

Er wandte sich an Kayla. »Ist das in Ordnung?«

»Na klar, ihr Turteltäubchen! Los, amüsiert euch! Jetzt macht schon!«

Toni stand auf und räusperte sich. Dann folgte er Siegbert zum Silo. Beinahe hätte er sich eingehakt, doch etwas ließ ihn zögern. »Werden die Leute nicht über uns reden?«

»Du fährst ja morgen, was soll's«, meinte Siegbert. »Und über mich wird man sagen, ich hätte mit einem Filmstar getanzt.«

Toni lächelte. Siegbert hatte ja Charme. Wer hätte das für möglich gehalten?

Nun hakte er sich doch bei ihm ein. Bevor sie aber das Silo erreicht hatten, ertönte hinter ihm ein lautes: »Toooni!«

Das war Tante Immi, die über die Festwiese lief. Offenbar waren sie und Helga ihre Tanzpartner schon wieder losgeworden.

»Toooni! Wo bist du?«

»Ich bin hier, Tante Immi. Was gibt es denn?«

»Hat dir keiner gesagt, dass wir ein Gruppenfoto machen? Jetzt komm schon. Alle anderen warten schon.«

Der »Piano Man« wäre ein gutes Lied zum Tanzen gewesen, dachte er. Er hatte schon lange keinen Walzer mehr getanzt. Etwas unglücklich sah er zu Siegbert.

»Können wir den Tanz auf später verlegen?«

»Ja, natürlich. Geh zu deiner Familie. Das hat Vorrang.«

»Toooni, beeil dich!«, rief Tante Immi.

Im Laufschritt machte er sich auf den Weg zum Festzelt. Und tatsächlich, da standen bereits alle vor dem Eingang und lächelten den Fotografen an, einen älteren Mann mit Glatze und Nickelbrille. In der Mitte befanden sich Christian und Silke, gleich daneben Tante Ebba und Onkel Ewald, und drum herum die anderen Tanten und der Rest der Familie.

Tante Ebba bemerkte ihn und winkte ihn eilig heran.

»Komm zu uns, Junge«, sagte sie. »Mach schon!«

Als er in Reichweite war, zog sie ihn neben sich und legte den Arm um ihn. Sie wirkte so gelöst, wie er sie lange nicht erlebt hatte.

»Und jetzt wieder alle zu mir!«, rief der Fotograf. »Und lächeln!«

Bevor er jedoch abdrücken konnte, rief Tante Immi: »Wir sind noch nicht vollzählig!«

Toni sah sich überrascht um. Tante Immi winkte Lutz und Kayla heran, die am Gatter standen und die Szene von dort aus beobachteten.

»Kommt schon, ihr beiden! Ihr gehört doch dazu!«

Keiner widersprach, im Gegenteil. Es wurde kräftig genickt und gewunken. Allen schien die Idee zu gefallen. Lutz und Kayla ließen sich nicht lange bitten und reihten sich in die Gruppe ein. Und dann, als endlich alle zusammen im Bild waren und in die Linse lächelten, drückte der Fotograf den Auslöser.

Familie, dachte Toni. Am Ende bedeutet das doch gar nichts Schlechtes. Schließlich gibt es Momente wie diesen. Momente, in denen sich alle nahe sind und zusammen ein Fest feiern. Daran wollte er sich in Zukunft erinnern. Und nicht an das, was ständig schieflief. Nicht an diesen ganzen Stress der letzten Tage.

Plötzlich nahm er aus dem Augenwinkel ein seltsames Flackern wahr. Die Band hörte abrupt auf zu spielen. Schreie waren zu hören. Toni sog erschrocken die Luft ein. Die ganze Familie drehte sich gleichzeitig um. Der Fotograf war augenblicklich vergessen.

Das Silo. Tanzendes Licht breitete sich an den Stoffwänden aus. Tänzer und Pussy-Dolls liefen allesamt ins Freie. Und noch ehe Toni begriff, was überhaupt passierte, drang bereits ein Schrei quer über den Hof: »Feuer!«

Stella Newman

Süße Teilchen

Roman. Übersetzung aus dem Englischen von Gabriele Weber-Jarić. 464 Seiten. Piper Taschenbuch

Als Sophie Klein – passionierte Produktdesignerin für süße Teilchen und Köstlichkeiten aller Art – James Stephens kennenlernt, verändert sich ihr Leben schlagartig. Der attraktive Mann Ende vierzig ist absolut umwerfend, klug und auch noch gut situiert. Wäre da nicht seine Exfreundin, ein Strumpfhosen-Model, das einen langen, dünnen Schatten auf die junge Liebe wirft. Aber einen solchen Traummann einfach ziehen lassen? Unmöglich!

»Lustig, ehrlich und erfrischend. Ein absolutes Muss für jeden, der schon einmal unglücklich verliebt war – oder zu viel Dessert gegessen hat.«
Claudia Carroll

»Ein großartiges Debüt: intelligent, schlagfertig und höchst amüsant.«
Daily Mail

05/2732/01/L

Lucy Clarke

Die Landkarte der Liebe

Roman. Übersetzung aus dem Englischen von Astrid Mania. 352 Seiten. Piper Taschenbuch

Ein meerblaues Reisetagebuch. Das ist alles, was Katie von ihrer Schwester bleibt. Denn Mia ist tot. In Bali stürzte sie von einer Klippe. Katie hat nur eine Chance, das Geheimnis um den Tod ihrer unnahbaren Schwester zu lüften: ihr Tagebuch zu lesen und den Stationen ihrer letzten Reise zu folgen. Und so taucht Katie immer tiefer ein in das Leben ihrer Schwester ein und entziffert Stück für Stück Mias ganz persönliche Landkarte der Liebe …

05/2729/01/R